あの夏、二人のルカ

誉田哲也

角川文庫
22637

目次

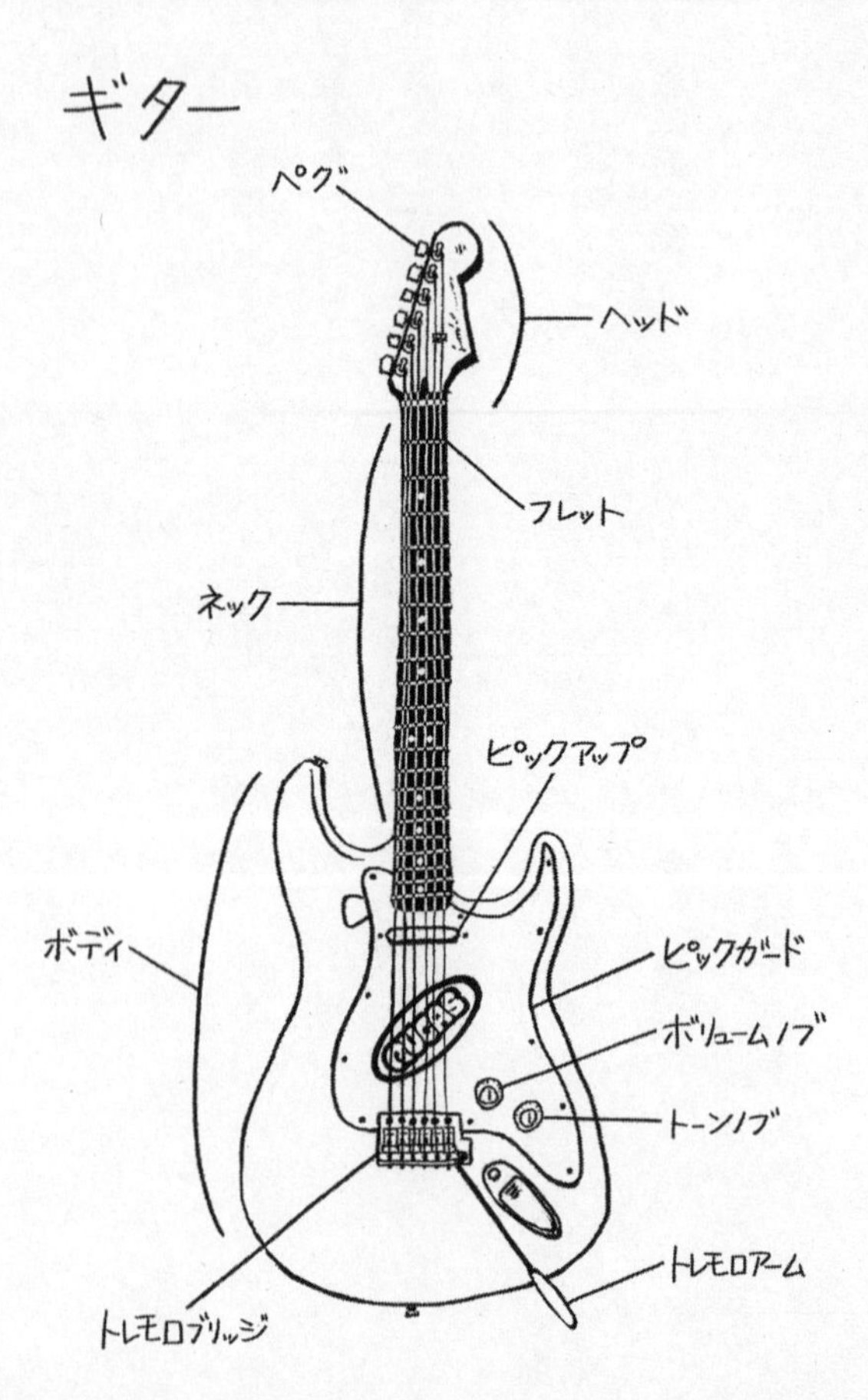
ギター
ペグ
ヘッド
フレット
ネック
ピックアップ
ボディ
ピックガード
ボリュームノブ
トーンノブ
トレモロアーム
トレモロブリッジ

第一章　薔薇とギターとストレンジャー

1

午前十時二十六分、名古屋発の新幹線に乗り、日暮里駅に着いたのが十二時四十分過ぎ。若干、名古屋の方が暑かった気もするけれど、そんなのはせいぜい天気の違い程度で、ありがたく思うほど東京が涼しいわけではない。

日暮里駅西口から出て、ゆるい上り坂を「谷中ぎんざ」の方に歩いていく。

東京に戻ってくるのは母の葬儀以来だから、約二年振りになる。ただし、今回は正真正銘の帰京、あるいは帰郷。もう名古屋には戻らない。引越しの荷物も、明日にはこっちに届く手はずになっている。

なので、今日のところはこのキャリーバッグ一つだけだ。別れた旦那に散々「オッサン臭い」と言われた、黒いナイロン製のやつだ。でも、私はこれでいい。ポケットがいっぱい付いていて、丈夫で、汚れも拭けばすぐに落ちるこれが、結局は一番便利なのだ。

大体、黒のナイロンがオッサン臭いのなら、ギターケースを担いだ女子高生だってみんなオッサン臭いってことに——やめよう。せっかく別れたのだから、何も嫌いな男のことを思い出して、自ら気分を滅入らせることはない。

私は、厳密にいったらこの街で生まれ育ったわけではないが、やはり戻ってくれば、それなりに懐かしいと感じるものはある。一度も入ったことはないけれど、古い喫茶店とか。年に二、三回はお参りに行ったお寺とか。いつもどら焼ののぼりを出している和菓子屋とか。そんな馴染みのある風景が、ささくれ立った心をいくらかは穏やかにしてくれる。

ふた股の道を右に、今度は坂を下りていく。

この辺も、ずいぶんと観光地っぽくなったものだ。それこそどら焼や、ソフトクリームを食べながら歩いている外国人を見ると特にそう感じる。おそらく新宿、渋谷、浅草辺りに飽きた日本旅行中級者にとっては、気軽に東京の下町情緒を味わえる観光スポットとなっているのだろう。

「夕やけだんだん」の手前まできた。

晴れた日の夕方、この四十段ほどのコンクリート階段の上に立つと、東京で一番——と言われているかどうかは知らないが、美しい夕陽を見ることができる。また夕方は「谷中ぎんざ」が最も賑わう時間でもあり、オレンジ色の夕陽と下町商店街の鈍い明かりが織りなす情景は——まあ、時間と気持ちに余裕があるときは、いいもんだなと、思うこともある。

キャリーバッグを手摺り沿いのスロープに載せ、スピードが出過ぎないよう転がしながら階段を下りていく。自転車ならさっきのふた股を左にいき、坂道を一気に下っていくのだが、今日はキャリーバッグ一つなので、こっちにした。階段を下りる方が近道でもある。

「夕やけだんだん」を下りきると、三十メートルほど先に見えるのが「谷中ぎんざ」商店街の入り口だ。個々の店の顔ぶれは、観光客向けと地元民向けとが概ね半々といった具合。店先に漢字Tシャツを並べた洋品店、和菓子や鰻、そば屋といった飲食店と、魚屋、惣菜屋、クリーニング屋、スーパーマーケットなどが、分け隔てられることなく軒を連ねている。

一見、どうってことないゴチャゴチャな商店街だが、一つだけ各店に共通しているものがある。木でできた看板だ。デザインや字の形は様々だが、どの店も、ちょっとレトロな風合いの木製看板を掲げている。でもこれが「谷中ぎんざ」を「谷中ぎんざ」たらしめているのだと、個人的には思っている。

和栗を使ったスイーツの専門店「和栗や」辺りまでくると、もう出口も近い。入り口とほぼ同じ形の門をくぐったら、右。あと百メートルほど行ったら我が家に着く。

こっちの「谷中よみせ通り」商店街も、そこそこ賑わっている。ドラッグストアやカフェ、花屋、薬局――。

だがパン屋のあるT字路に差し掛かったとき、私は、何か見慣れないものを目にした気がして、足を止めた。

「……」

左、こっち向き一方通行の細道を、二十メートルほど入った辺り。道の端に立てられた、オレンジ色のスタンド看板。【ルーカス・ギタークラフト】と書いてあるのが読める。

あんなの、五年前まではなかった。たぶん、二年前もなかったと思う。そもそも谷中に【ギタークラフト】って、どうなんだろう。こんな、ロックの「ロ」の字もないような昭和レトロの商店街に、ギタークラフトって。

しかも【ルーカス】って。

我が家に着いた。

とはいっても家族なんぞ一人もいはしない。三階建ての、道から奥に細長く建てられたビル。一階はテナントで、ここ何年かは「ヨーキーズカフェ」という喫茶店が入っている。二階と三階は二世帯ずつ入れるので、三世帯分は賃貸住宅として貸している。

何を隠そう今現在、このビルのオーナーは私だ。母が亡くなって、その他の財産を全て現金化して相続税を払ったら、上手いことこのビルが丸ごと残ったのだ。

誰に挨拶をするでもなく、喫茶店脇からエントランスに入る。たった三階なのに、エレベーターを設置してくれたことだけは今も母に感謝している。これのお陰で、明日の引越しもかなり楽に済むはずだ。まあ引越しといっても、元旦那と選んで買った家具なんて今さら使いたくはないし、思い出の品なんてなおさら必要ない。要るのは衣類とか靴とかパソコンとか、せいぜいそんなものだ。本もCDも売り払ってきたので、さっぱりしたものだ。

「……ただいま」

別に臭いわけではないけど、なんとなく、ふんわりと母の匂いがするのはいただけない。ここに住んでいた頃は気づかなかったが、仕事の関係で名古屋に移り住んで、何回か帰省したときはいつも感じていた。

ここ、お母さんの匂いがする――。

愉快か不愉快かと訊かれれば、まあ不愉快な方だ。

母の荷物は全て処分したので空き部屋同然だが、鍋とか冷蔵庫とか、洗濯機などは残してある。いつかこういうこともあろうかと思って、捨てずにおいたのだ。

「……冷蔵庫のコンセントは、繋いどくか」

間取りは2LDK。以前は玄関に近い七畳の洋室を自室にしていたが、もう母もいないのだから、これからは奥の、バルコニーに面した六畳の和室を寝室にしようと思う。

「ベッドか……いつ、買いにいくか」

それも喫緊の課題ではあるが、いま最も切実なのは、

「う、腹が鳴る」

この空腹だ。とりあえず何か食べたい。

一時を過ぎたので、もう下の「ヨーキー」も空(す)いているだろう。大家から挨拶に行くのも変な話だが、店主の武井(たけい)桃子(ももこ)はよく知っているので、顔を出すのは吝(やぶさ)かではない。

冷たいシャワーを浴びて、着替えて、化粧は省いて、髪を後ろで括(くく)って部屋を出た。

母の匂いから解放されて、街の匂いを吸い込んで安堵(あんど)する私は、一体誰の子供なのだろう。

喫茶店のドア。格子状にはまったガラス越しに中を覗(のぞ)く。案の定、客はもうひと組しかいない。

「……こんにちは」

入ってすぐのテーブルを片づけていた桃子がこっちを振り返る。相変わらずの美人さんだ。個人的には長ネギみたいな人だと思っている。白くて、細くて、長い感じ。

「いらっし……あら大家さん。いつ戻ったの?」

短く頭を下げておく。

「ついさっき、ここ通って。でもウチ、お腹減ってもなんもないんで。食べにきました」

「ほんと。全然気づかなかった」

桃子が「どうぞ」とカウンター席を勧める。そこにはスツールが四つ。あとは二人用のテーブル席が三つに、四人用が二つ。本音を言ったら、ゆったりと四人用テーブルに陣取りたいところだが、今日は一人なので我がままは言わない。

私と同年代、三十歳前後の女性客二人組の横を通り、カウンターまで進む。内装を白で統一したこの店は、谷中にしてはレトロ感が薄いけれど、女性客にはむしろこの「さっぱり感」がいいのだろう。いつ覗いても、客の大半は女性という印象がある。

スツールに座ると、桃子がペラのランチメニューを差し出してきた。

「今日のプレートはチキンソテーとガーリックライス、パスタはジェノベーゼ。他のでもいいけど」

「じゃあ、ジェノベーゼで」

「お飲み物は」

「先に、アイスティーください」

桃子は笑みを添え、「かしこまりました」とランチメニューを引き取り、カウンター内のオープンキッチンに入っていった。

私は片肘をつき、なんとなく店内を見回した。

そうそう。店名にもなっている「ヨーキー」とは「ヨークシャーテリア」の略称で、桃子がヨーキー好きなのは言うまでもないことだが、なぜかそれを思わせるものは店内にない。写真も、それを模した置き物も、イラストすらもない。実にさっぱりとしている。

「じゃ、先にお飲み物……こっからでごめんね」

「はい、大丈夫です」

BGMは、ゆったりとした女性ボーカルもの。カウンター越しに出されたアイスティーを飲みながら聴いていると、まもなく次の曲になった。「タイム・アフター・タイム」、シンディ・ローパーのカヴァーだ。歌は上手いし、曲も嫌いではないけれど、昨今のカヴァーブームには正直、辟易(へきえき)している。ああいうのを「思考停止」というのだろうと、僭越(せんえつ)ながら思ってしまう。わざわざ口に出して言いはしないが。

パスタを鍋に入れて手が空いたのか、桃子がカウンター越しにこっちを向く。

「今日はなに、東京に用事でもあったの？」

正直に話す必要はないが、特に隠しておきたい事情もない。

「んん……私、離婚したんですよ。つい先日」

桃子が「えっ」という口をする。そういう反応、要らない。

「……それは、別にいいんですけど。いろいろあって仕事も辞めちゃったんで、だったら別に、名古屋にいる必要もないかなって思って、戻ってきたんです」

「じゃあ、あれだ。これからは上に住むんだ」

「そのつもりです……っていうか、そうします」

同情と、社交辞令的な歓迎の笑みと、事情が呑(の)み込めない怪訝(けげん)と。桃子の表情は実に分かりやすく、かつ複雑だ。

「仕事は？」

「まだ決めてません。ぼちぼち、探しはしますけど」

だが焦る必要がないことは、桃子のような店子が一番よく分かっているはずだ。ここの家賃は決して安くない。喫茶店と三世帯の住居。それらの賃料を合わせれば、三十二歳の女がそこそこ贅沢に暮らしていける額にはなる。それくらい、小学生でも暗算できる。

いいご身分ですこと。そう、言いたければ言えばいい。

茹で上がったパスタをフライパンに移し、桃子が揺すり始める。

「……部屋は、お母さんが……いたときのまま？」

ようやく思いついた、当たり障りのない質問がそれか。

「いえ、亡くなったときに片づけたんで、ほとんど空っぽです。むしろ、買い揃えなきゃいけないくらいで」

「なに、クローゼットとか？」

「はい。ベッドとか」

「大変じゃない」

「ですね……レンタカーでも借りて、一気に一日で済ませちゃおうかな、とか思ってるんですけど」

幸い、大工仕事は苦手ではないので、安い組み立て式の家具でも、私は一向に困らない。

バジルソースで和えたパスタを皿に盛り付け、葉っぱ——ルッコラか。あと粉チーズを散らして、ミニトマトを添えたら、完成と。

「お待たせしました」

「ありがとうございます……いただきます」

タイミングを計っていたのかどうかは知らないが、私が食べ始めるとすぐ、斜め後ろの女性客たちが「お会計、お願いします」と席を立った。この近所で働いている人たちにしては、恰好が洒落ている。ふらりと遊びにきたわりには手荷物がない。どちらかが近所の住人で、もう一方が遊びにきて、近くにランチでも食べに出ようか——そんなシチュエーションだろうと、勝手に想像しておく。

「ありがとうございました」

桃子の応対も、顔見知りの客に対するそれではない。七掛けくらいのよそよそしさ。それでも、ドア口まで行って二人を丁重に見送ってはいる。

外から漂ってくる、街の匂いを嗅いだからだろうか。ふと、さっきのアレを思い出した。

こっちに戻ってきた桃子に声を掛ける。

「ねえ……そこの、パン屋さんのあるとこ」

「ん、『モリベーカリー』？」

そんな名前だった気もする。

「うん。その、正面の道」

「細いとこ」

「アレをちょっと入ったところに、なんか、ルーカス・ギタークラフトって、看板が出てるんだけど」

出ていった二人客の食器を片づけていた桃子が、一瞬、その手を止める。

「……ん、なにクラフト？」

「ルーカス、ギター、クラフト。オレンジの看板の」

すると「ああ」と明るく言って、また手を動かし始める。

「ギターの修理屋さんね。うんうん、あるね」

「あれ、いつ頃から？」

「一年……んー、二年くらい前だったかな」

「母の葬儀のときには、もうありました？」

食器を載せたトレイを持ち上げ、桃子が首を傾げる。

「どうだったかな……より、ちょっとあとかもしれない」

大々的にオープンを宣伝するような業種でもないので、その辺は曖昧でも致し方あるまい。

むしろ、驚くべきはそこだ。

「……でも、桃子さん、よく知ってましたね」

か。

「だって桃子さん、ギターとかロックとか、別に興味ないでしょ」

「うん、ない。でも、ちょいちょい、噂は聞いてたから」

噂。やはり、谷中でギターの修理屋をやるくらいだから、相当な変わり者ということか。

「なに……気持ち悪い感じなの」

ふにゃっ、と桃子が相好を崩す。

「んーん、そういうことじゃなくて……なんかね、ギターだけじゃなくて、いろんなものを修理してくれるらしいの。私は頼んだことないけど」

ますます謎の人物だ。

「いろんなものって、たとえば」

「たとえば……最初は、なんだったっけな……ああ、だから、モリベーカリーの隣の、おそば屋さん。あそこのおばあちゃんが、お仏壇の前に置いてる、あれ、なに……経机っていうの？　あれの脚が折れちゃったみたいな話をしてたら、たまたま食べにきてたんでしょ。修理屋さんが、じゃあ僕が直してあげますよ、みたいになって。たぶん、それが最初じゃないかな。それでおばあちゃんが、えらく彼のこと気に入っちゃって、方々でその話をして。おまけに修理屋さんに、日用品の修理も承りますって、看板に書いちゃいなさいよ、って言ったらしくて。その人も、よっぽど人が好いんでしょ。言われた通り、そう看板に書き足したんだって。だから、近所じゃそこそこ有名よ。なんでも直してくれる修理屋さんって。本職の、ギターの方はどうだか知らないけど」

なんというか、下町っぽい話ではある。

前の仕事のときは、よく現場で仮眠をとったりしていた。コンクリートの地面に、直に横になることだってあった。それと比べれば、畳敷きの和室に数日寝るくらいはさしたる問題ではない。布団もないが、寒くて風邪をひくような季節ではないので、それも大丈夫だろう。

要するに、いま絶対に必要なのは食料なので、とりあえずスーパーに買いに出かけた。

調理器具に関しては、鍋とフライパンはあったので、あとフライ返しがあれば何か焼くことはできる。調味料は全くないので、ひと通り揃えなければならない。電子ジャーもないが、それは通販で買うとして、だからコメは買わないで、しばらくはパンとか、インスタントラーメンとか――。

最終的にはけっこうな買い物になってしまったが、最初からそれを見越して、空にしたキャリーバッグを引いてきたので、困ることはなかった。唯一、会計が二万円を超えたことにはギョッとしたけれど、これも毎日ではないはずなので、問題なしとする。

冗談のように重たくなったキャリーを引きながら、我が家への道を戻る。当然その途中には、例の、謎のお人好しがやっているという、ルーカス・ギタークラフトがある。

夕方の六時半。空はまだいくらか明るいが、その細道はもう夜の暗さになっていた。ルーカス・ギタークラフトは、この時間でもまだ営業しているらしい。蛍光灯の明かりが煌々と、外のアスファルトを照らしている。

もうちょっと、近くまで行ってみるか。

キャリーを方向転換させ、細道を左に入っていく。

舗装が傷んでいるので、キャスターの音が妙にガラゴロとうるさい。別に悪いことは何もしていないのに、後ろめたさに似た何かが、肩から背中、終いには腰の辺りまで伝い落ちてくる。

看板にある【ルーカス・ギタークラフト】以外の文字も読める距離まで近づいてきた。

屋号の下には【エレクトリック、アコースティック、ギター、ベースの修理、製作】とある。さらに【ネック折れ、フレット交換、電装品交換、リフィニッシュ、レリック加工など、なんでもご相談に乗ります。お見積もりは無料です。】と続いている。

その下に、例の文言はあった。そこだけは手書きだ。

「木製・金属製日用品の修理も承ります。ご相談ください」

こう書いてあるからといって、じゃあ電子レンジの修理を頼む人がいるかというと、それはいないと思う。頼むとしたらなんだろう。鍋の取っ手が取れちゃったとか、子供の玩具が壊れちゃったとか、そういうことなら頼むかもしれない。あとは、ネックレスのチェーンが絡まっちゃって解けないとか、ファスナーが布を巻き込んで動かなくなっちゃったとか。

さらに近づいて、店の中を覗いてみる。

入り口のドアは上下ともガラスになっている。胸辺りの高さには、看板と同じロゴで【ルーカス・ギタークラフト】と入っている。その内側、入ってすぐ右手には、明らかに外からも見えるように、一本のギターが飾られている。

ヘッドにロゴがないので、メーカーは分からない。でも、形はフェンダーのストラトキャスターと同じに見える。私も昔バンドをやっていたから、それくらいは分かる。ボディの色は、なんといったらいいのだろう。リンゴの一番濃い赤を、メタリックにした感じか。ただこのギターには、他にはない特徴がある。

ボディに、彫刻が施されているのだ。

パッと見は分からなかったが、それは細かく彫り込まれた薔薇だった。ギター自体が、薔薇の花束のようになっている。だから赤なのか、とも思ったが、それにしては赤が濃過ぎる。そこはどうかと思うが、でもちゃんと、弾くときに腕が当たる部分には彫刻をせず、ツルツルなまま残してある。確かに、そんなところにまで薔薇を入れられたら、手首が擦り剝けてしまうに違いない。

背伸びをしたり、屈み込んだりして奥を覗いたが、それ以外に立て掛けてあるのは、修理中と思しき半端なギターばかりで、薔薇ギターほど目を惹くものは他になかった。

でもちょっと、興味が湧いた。

しかも、店の名前が「ルーカス・ギタークラフト」。

店主は、日用品の修理まで引き受ける、妙なお人好し。

2

高校二年の夏休みに何を始めるか、あるいは「何が始まるか」は、まさに人それぞれだろう。

恋を始める。いいかもしれない。ウチみたいに、アルバイトは疎か寄り道も禁止、用務員も警備員も女性で固めるというガチガチの女子校に、男子と出会うチャンスなんて砂粒一つほども転がってやしない。そういった意味で、夏休みは普段できない行動をする、行けない場所に行く、出会うはずのない人に出会える、絶好のチャンスではある。

ただ、あたし個人はそういうの、全く不自由していない。家庭の事情というかなんというか、男と出会うチャンスなんて掃いて捨てるほど周りに転がっている。埃と一緒に宙を舞っているといってもいい。実際、十代、二十代、三十代、なんだったら四十代後半まで、大袈裟でなく選り取り見取りだ。

話が逸れた。

高二ともなれば、大学受験を見据えて夏期講習を受講する、なんて真面目な方もいらっしゃるようだ。あたしは違うけど。自動車教習所で原付免許を取る、と宣言する友達もいた。本当に行ったかどうかは知らないけど。

新しい趣味を始めてみる。そういう方向性もありだろう。パソコン教室とか。油絵、陶芸みたいな美術系とか。料理教室で花嫁修業ってのはちと焦り過ぎだと思うけど、ダンススクールなんかはいいと思う。隠れて短期のバイトというのも、夏休みならできそうだ。

おそらく、そんなノリで誰かがギターを始めたのだと思う。

二学期に入って、二日目か三日目辺りのことだ。

教室の後ろの方、掃除用具入れのロッカーに立て掛けるようにして、黒いアコースティックギターのケースが置いてあるのを、あたしは発見した。フォークギターの輪郭を、ぼんやりと丸く太らせて厚ぼったくしたような、アレだ。表面は黒くて、もちろん本物の革なんてことはないんだけど、それっぽいザラザラに仕上げてある、ごく普通のハードケースだ。銘柄は、あたしの席からでは分からない。近づいてよく見たら書いてあるのかもしれないけど、それはあえて、あたしは確かめなかった。

持ち主が誰だか、分からないからだ。

あたしは、クラス内の序列でいったら中の下か、控えめにいったら下の上か、どっちにしろそんなところだ。別に苛められたりはしてないけど、目立つこともしない、上の方の子に訊いたら「佐藤久美子？　そんなのいたっけ」と鼻で嗤われる可能性もないとは言いきれない、そんなポジションだ。なので、迂闊にケースに触って、

「なに勝手に触ってんの、あんた誰」

みたいになって、下手に目を付けられたら嫌だなと、思ったわけだ。

だから、あたしは大人しく待った。持ち主が、あのギターケースを触りにくるのを。

仕掛けた罠に、野生動物が掛かるのを待つ心境に似ている。そんなこと、一度もしたことないけど。

意外とこなかった。授業中はもちろんないが、昼休みはくるだろうと思っていた。でも、それもなかった。そもそも学校にギターを持ってきていいのか。それが許されたとしても、教室で出して弾くのは駄目そうだ。そういう細かいことまで、ウチの先生たちは本当にうるさい。じゃあ、なんで持ち主は学校にあんなもの、わざわざ持ってきたんだろう。アコースティックならさして重くはないだろうが、それにしたって、女の子が持つにはなかなかの大荷物だ。

クラブ活動でないことは明らかだ。この学校には、いわゆる「軽音楽部」的なクラブ活動はない。あったらあたしが真っ先に入ってる。音楽系であるのは、クラシック音楽を演奏する正統派の音楽部と、鳥の雛みたいにピーチクパーチク、顎が外れるくらい口を大きく開けて唄う合唱部だけだ。合唱部の悪口なんて、面と向かっては絶対に言えないけど。あいつら、実はけっこう陰険で——。

それはいいとしてだ。

一つ可能性があるとしたら、友達の家への寄り道だ。これに関しては、途中で買い物や飲食などの寄り道をせず、かつその友達の親も了承していれば、アリということになっている。実際には親も抱き込んで、その友達の家で着替えて繁華街に遊びに行く、という抜け道に使われているのは暗黙の了解というか、もはや公然の秘密だが、それと比べれば「○○さんの家で、一緒にギターの練習をしたい」というのは、立派過ぎるくらい真っ当な理由といえよう。

　そして、六時間目の終了後。今か今かと待っていたら、きた。ようやく獲物が掛かった。そりゃそうだ。ここでこなかったら、ただの大きな大きな忘れ物だ。

　しかし、意外。どうやらギターの持ち主は、蓮見翔子（はすみしょうこ）だったようだ。スラッとした、ショートボブのよく似合うスポーティな子だ。彼女、確かバスケ部じゃなかったっけ。でも、翔子でよかった。彼女とは、何かのグループ分けで一緒になっても普通に喋（しゃべ）れるくらいの間柄ではあるし、一学期の期末のとき、あたしが英語のテストでカンニングしたの、隣で見てて気づいてるのに黙っててくれた。言い訳じゃないけど、あのテストではあたしだけじゃなくて、けっこういろんな子がカンニングしてた。でも翔子はしてなかった。そういった意味では、真面目な性格なんだと思う。

　よし、ちょっと声を掛けてみよう、と思ったのだが、その前に二匹目の獲物が掛かった。

　なに、谷川実悠（たにがわみゆう）じゃん。

　いつもわりと一人で、休み時間なんかは本を読んでることが多くて、話してみると暗いわけではないけれど、まあ、あたしとは違う理由で目立つのが嫌いなんだろうな、的な印象の子だ。背中まである長い髪も、大人しめな印象をさらに強めるのにひと役買っている。

しかも、なに。谷川、めっちゃ笑顔。あんな顔の谷川、今まで見たことない。笑うとけっこう可愛いかも。翔子もやけに嬉しそう。翔子と谷川って、そんなに仲良かったっけ。

これは急がねば。

「ねえ、ねえねえ」

そうあたしが声を掛けると、ひゅん、と二人の、顔の表面温度が下がるのが分かった。

応えたのは谷川の方だった。

「……佐藤、さん。なに？」

でも、かなり探り探り。「佐藤」という名字すらうろ覚えのご様子。

あたしも、もうちょっと考えてから話し掛ければよかったんだろうけど、もう始めちゃったものはしょうがない。ノリで繋いでいくしかない。

「うん、あの……そう、これって、なんの集まり？」

やんわりと丸く、ギターケースの辺りを指で囲んでみる。

でも翔子には、あまり通じなかったみたいだ。

「集まり……って、二人だけど」

「うん、うんうん。だから、二人は、なんの集まり？　あと、それ」

もう少し強めにギターケースを指差す。

すると谷川が、「ああ」と表情を和らげた。

「これは、ギター」

それは分かっちょるわ。

「うんうん。ちなみに、誰の？」

翔子が自分を指差す。

「これは、私の」

「家から持ってきたの？」

「そう」

「持ってきて、どうすんの？」

「どう、って……実悠の家に行って、二人で練習しようか、って」

きた、きたきた。予想通りだ。

「へえ、二人で……ってことは、谷川さんも？」

「うん」

「ギターを？」

「弾くよ」

意外。窓際の席で本読んでるだけじゃなかったんだ。

ということは、だ。

「つまり、二人は……フォーク・デュオ、みたいな」

谷川は照れ笑いを浮かべ、掌を振って否定した。

「そんな、ちゃんとしたんじゃないよ」

一方、翔子の方はちょっとした膨れっ面だ。

「えー、この前、ユニット名考えようって言ってたじゃん」

「それは……うん、言ったけど」

なんかよく分かんないけど、二人の世界が出来上がりつつあるのは感じ取れた。これは願ったり叶ったりだ。

いい獲物がいっぺんに二匹も掛かったが、まだこっちの手の内は明かさない。

「ちなみに、谷川さんチって、どこ？」

「ウチは、せんだがや」

「それ、どこら辺？」

「四ツ谷から総武線で二つ目。大体、二十分くらい」

近い。いろんな意味でチャンス。

「ねえ、それ、あたしも行っていいかな」

翔子はちょっと驚いたみたいな顔をしたけど、谷川は普通に笑顔で頷いてくれた。

「うん、いいけど、なに……佐藤さんも、ギター弾くの？」

「ギターは弾かないけど、好きなの、そういうの」

谷川は、ちょっと怪訝そうに眉をひそめたけど、拒否したい感じでもなかった。

「私は、全然オッケーだけど、でも、先生に言わないと駄目だよね」

「うん、だから、今から言ってくる。ちょっと待ってて……っていうか、谷川さんも一緒にきてくんないと駄目か」

「だよね。うん……じゃ翔子、ちょっと行ってくるから」

「うん、私は待ってる」

よしよし。これは面白くなりそうだぞ。

電車の中で「実悠でいいよ」と言われたので、急遽あたしもそう呼ぶことにした。

実悠の家は駅からもすごい近い、ちょっと大きめの一軒家だった。車庫が二台分もある。銀色の普通の乗用車と、メロン色の小さいのが駐まっている。

「ただいまぁ」

「こんにちは。お邪魔します」

「……お邪魔しますぅ」

実悠のお母さんは、ふっくらとした感じの、優しそうな人だった。

「いらっしゃい。えっと……そちらが、佐藤さんね」

「はい、初めまして。佐藤久美子です」

あとで飲み物とお菓子を持ってきてくれるというので、とりあえず三人で二階の、実悠の部屋に上がった。

「入って」

「うん、ありがと」

あたしの部屋より明らかに広いから、たぶん八畳とか、それくらいはあるんだろう。しかも綺麗(きれい)に片づいている。それは、もしかしたらお母さんが掃除してくれたからなのかもしれないけど。

案の定、本棚には文庫本がいっぱい詰まっている。勉強机の横には、ちゃんとギターもあった。ヤマハのフォークギターだ。たぶんエレアコ。ギターアンプでも鳴らせるようにピックアップが内蔵されている、エレクトリック・アコースティックだろうと予想した。ボディの色は、周りが黒くて、中心に従って赤くなっていくグラデーション。こういうの、確か「サンバースト」っていうんじゃなかったっけ。

そうなると、気になるのは翔子のギターだ。

「翔子のも見せてよ」

「うん、いいよ」

翔子はケースを床に置き、意外なほど慣れた手つきで留め具をはずし、フタを開けた。

「ほう。カッコいい」

「ほんと？　嬉しい」

そうは言ったものの、こっちはごくごく普通のフォークギターだった。表面は木地の白っぽい色で、真ん中の穴の横に、パンダの目の下みたいに、黒いプラスチックが貼ってあるタイプだ。

実悠のお母さんがジュースとクッキー、チョコレートを持ってきてくれて、それらをいただきながら雑談をしてる間は、あたしも大人しくしていた。でも、普段はどんなの聴いてるの、とか、徐々に本題の方に話を寄せていくことも忘れなかった。

翔子は、意外とロック系が好きみたいだった。

「ラルクとか、LUNA SEAが好き。あと、ミッシェル・ガン・エレファントも、最近聴き始めた」

対して、実悠はもうちょっと大人しめが好みのようだった。そこは見たまんまか。

「私はELTとか、宇多田ヒカルとか。椎名林檎も好き」

翔子が横から茶々を入れる。

「中島美嘉も好きって言ってたじゃん」

「ん、ああ……最近のは、そうでも……」

そろそろ、本題にいってみようか。

「で、二人では、どんなのやるの？」

すると翔子が、急に眉をひそめて困り顔を作る。

「いや、そんな、二人でやるってほどじゃなくて……私が実悠に、習ってるっていうか

「……うん、そんな感じだから」

おやおや。さっきの、ユニット名がどうこう言ってた辺りの勢いは、どこにいったのかしら。

実悠が、そっと翔子の膝に手を載せる。

「でも、ゆずの『夏色』はできるようになったじゃん」

「えー、できない、全然できてないよ、無理無理。あの曲速いもん」

なるほど。そういう段階か。

意外と実悠の方が引かない。

「ゆっくりだったら、できてたって」

「えー、ゆっくりじゃ『秋色』になっちゃうよ」

上手いこと言うわね、などと感心している場合ではない。

「ねえ、ちょっとやってみてよ」

むろん、翔子は渋った。だいぶ渋った。でも実悠がかなり押し気味で、さらに翔子は唄わないでいいと譲歩すると、なんとか彼女も演奏することを承知した。

二人がギターを構え、チューニングをし、譜面をテーブルに並べてカポを付け、実悠が「ンンッ」と声の調子を整え、

「じゃ、いくよ」

「……うん」

コツ、コツ、コツ、と実悠が軽くギターのボディを叩き、そのテンポで、二人の演奏は始まった。

確かにゆっくりだった。翔子の左手、弦を押さえる指はどれもまだ弱々しく、右手で強く掻き鳴らしたら弾き飛ばされそうではあったが、でも指の爪はどれも短く切り揃えてあるし、女の子特有の、大福を食べるときみたいに指先でそっとネックを摘む感じではなく、ちゃんと握り込んでもいるので、そんなにカッコ悪い感じではなかった。

たぶん、そうするように教えたのは実悠だ。

クラシックギターの弾き方からしたら、邪道かもしれない。でもフォークとかロックでは、正しく綺麗に鳴らすことよりも、ノリとか力強さとか、ある種の粗さとかの方が重要視される。だから、この弾き方でいいんだと、あたしも思う。

しっかりとネックを握り込んで、六本全ての弦をジャンジャン鳴らす。もう、それだけで聴いてる方は楽しくなってくる。実悠はもう、そういう弾き方をちゃんと身につけている。

あたしは大して弾けないから、ギターのことは詳しく分からないけど、たぶん「夏色」はそんなに難しい曲じゃないんだと思う。左手そのものはネックの上の方、カポをはめた辺りからほとんど動かさない。同じ場所で、指の押さえ方だけを変えて、鳴らす和音──コードを変えていく。難しい曲だったり、エレキでソロを弾くときは、もっとボディに近い辺りを握ったり、忙しない曲だと上下に行ったり来たりを繰り返す場合だってある。「夏色」にそれはなさそうだけど、だからって面白くないわけじゃない。楽しくないわけじゃない。

ここは普通の部屋だから、防音とかしてないはずだから、実悠だってたぶん、全力では弾いていない。声も目一杯は張っていない。どっちかといったら、そっと弾きながら、そっと唄ってる感じ。でも、それでもあたしには充分伝わってきた。

実悠は、ちゃんと弾けて、ちゃんと唄える子だ。翔子はそんな実悠にギターを習って、真剣に弾けるようになろうとしてる子だ。

いい。この二人、いいよ。

あたしは二人が弾き終わって、五秒くらい拍手をしてから切り出した。

「ねえ……あたしたちで、バンド組まない？」

いきなりだから、驚くのは分かる。でも、それはさすがにオーバーでしょう。目ん玉ひん剝いて、しかも仰け反って。それってまんま、死んだはずの友達がゾンビになって起き上がってきたときのリアクションでしょう。

二人とも、やり過ぎ。いくらなんでも驚き過ぎ。

あたしの側には、どうしてもバンドを組みたい事情があった。

あたしがドラムを始めたのは、幼稚園年中の頃。それから今まで、本当にたくさんの人たちと、特に年上の人たちと数えきれないほどのセッションをしてきた。セッションっていうのは、いろいろやり方はあるけど、簡単にいうと、そんなに決めごとを多く作らないで、パッと集まって自由に演奏するみたいな、そういうこと。

だから、腕にはそれなりに自信があった。小難しいジャズ・フュージョンは無理だけど、ロックだったら大体叩けた。ビートルズ、ストーンズ、ベンチャーズ、ディープ・パープルに、サザンオールスターズもやった。ミスチル、ボン・ジョヴィ、BOØWYもやった。ブルース・セッションなんて、ほんとしょっちゅう。三十分、四十分、同じ展開で演奏しっ放しなんてこともあった。

でもやっぱり、一番やりたかったのは同年代の子たちとバンドを組んで、自分たちのオリジナル曲を演奏すること。それが初めて叶ったのは中二のとき。一つ年上のギター・ボーカルと、同学年のギターとベース。三人の男子とあたしの、四人バンドだった。

でも今年の二月、あたしはそのバンドを、突如クビになった。

理由は単純。新しく、男の子のドラマーが見つかったから。

フザケんな、って思った。その後に奴らのライヴを観たら、もう、悔しいっていうか情けないっていうか、怒りで血管ブチ切れて出血多量で死にそうになった。

だって、あたしの後釜なんでしょ、そいつ。だったらリズムキープくらいちゃんとしろよ。スネアのリムショットくらい狙って叩けるようにしとけよ。緊張のあまり手汗ですべるのか？　スティック何度も放り投げてんじゃねえよ。そこ、キックはダブルだろ。あたしはずっとダブルで踏んでたぞ。勝手にシングルにして誤魔化してんじゃねえよ。

ハット、オープンにするたびにモタってんじゃねえよ。タム回すとき、スティック同士がカチャカチャ当たって、何回も空振ってんじゃねえよ。下手糞、下手糞、ヘタクソ、ドヘタクソォーッ――。

どうしても奴らを見返してやりたかった。一日も早くあたしのバンドを組んで、あいつらより高いステージに立って、なんだったらプロデビューとかしちゃったりして、久美子クビにしてマジで後悔してるって、泣いて土下座してる頭を上から踏んづけてやりたかった。いや、実際そこまでする気はないけど。

でもあたし、そのバンドをクビになるまで、あんまり学校で友達とか作ってなかったから、いざとなると、誰にどうやって声掛けていいのか分かんなかった。どうせ音楽の話しても浅く終わっちゃうだろうと思って、あえてそういう話題にも乗らないでいた。そんな今さら、あたしバンドやりたいんだけど誰か知らない？　なんて言いづらかった。そんなこんなしてたら二年の一学期も終わっちゃって、夏休みに入っちゃって、それも終わっちゃった。

何も学校の子とバンド組まなくてもいいか、とも思い始めていた。どっかのバンドに加入してもいいし、メンバー募集出してもいいし。

そんな日々を過ごしていたあたしの前に現われたのが、あのギターケースだった。それを回収しにきた翔子だった。音楽の話だと妙に目を輝かせる実悠だった。

いい。誰だって最初は初心者なんだから、テクはこれから磨いていけばいい。なんだったら、ギター教えてくれる人なんてあたしの周りにゴロゴロいるから、何人でも紹介してあげられる。

あたしにいきなりバンド結成を持ち掛けられて、二人はその驚きからしばし言葉を失ってたけど、そこから回復するのも、やはり実悠の方が少しだけ早かった。

「……佐藤さん、は、何を、やるの？」

「あたしはドラム。けっこう経験あるから、そこは安心して。ああ、あたしのことも『クミ』って呼んでいいよ。あと、練習場所だったら心配なし。ウチ、父親がレンタルスタジオやってるから、そこならタダで何時間でも練習できるし……っていっても、予約の入ってない時間に限るけどね。それから、楽器の心配もしなくていい。わざわざ持ってこなくても、ギターとかベースだったらスタジオに何本か置いてあるし、古いのならキーボードだってあるし、父親が結構なコレクターだから、余ってるのいっぱいあるから、なんなら好きなの選んで使っててていいよ。それと、二人ともアコギ弾いてるけど、なんかギターってアコギよりエレキの方が弾きやすいらしいから、翔子だってエレキに持ち替えたら、今より全然弾けちゃうかもよ」

実悠は両手を並べて、押し出すようにあたしに向けた。

「ちょ、ちょっと待って……情報量、多過ぎ。いっこいっこ、整理させて……佐藤さんのお父さんは」

「クミでいいから」

「ん、うん……クミちゃんのお父さんは、何をしてる人？」

そこから説明が必要だったか。

「レンタルスタジオの、経営。ちなみに自宅はその上」

「レンタル、スタジオ、っていうのは……」

そうか。バンド経験がない、普通の子は知らないのか。

「まあ、防音室よ。防音スタジオ。ドラムがあって、ギターアンプにベースアンプ、ミキサーとスピーカーがあって、マイクとかマイクスタンドもあって、自分のギターとかエフェクターさえ持ってくれれば、バンドで練習できるっていう……まあ、持ってこなくても貸し出し用のがあるからできるけどね、って話」

翔子が、急にパンッと手を叩く。

「それ、なんか見たことある。そういう専用の部屋で、メンバー同士が向かい合って演奏してるの。で、隣の部屋とは窓で繋がってて」

大体合ってるけど、惜しい。ちょっと違う。

「それは、レコーディングスタジオだね。でもまあ、似たような感じだよ。窓はなくて、一つひとつ独立した造りになってるけど、向かい合って演奏っていうのは、同じかな」

翔子が、今度は両手を胸の前で組む。神頼み、というよりは、恋する乙女のポーズか。

「すごーい、それ、憧れだったァ」

さらに、こっちににじり寄ってくる。あたし、若干引く。

「夢だった夢だった。なに、私たち、そのスタジオで練習させてもらえるの？　タダってこと？　何時間でもいいの？」

翔子って、積極的なんだか違うんだか、よく分かんない子だな。

「うん……あたしにとっては、まあ、子供の頃から、遊び場みたいなもんだったしね。予約状況によっては、四時までAスタジオで、ちょっと空いて、六時からCスタジオ、なんてことになる可能性もあるけど、そこはあたしが、適当にやり繰りするから」

数秒、翔子と実悠は目を見合わせ、示し合わせたように「やったーッ」とバンザイをしてから、手を取り合ってブンブンと振り回した。

いい。この子たち、二人ともいい。なんか素直そうだし、やる気もありそう。それに、翔子はもともと美人系だと思ってたけど、実悠だって、笑うとけっこう可愛いし。この二人を前に立たせたら、けっこうルックス的にも強いかもしれない。

いい。この子たちとバンド組んだら、イケる気がする。俄然やる気が出てきた。

よしよし、いいぞ。あたしにもいい風が吹いてきたぞ。

見てろよ、瀬川、中田、横沢、あと名前も知らないヘタクソ。

ぜってーお前らを、泣いて悔しがらせてやるからな。

3

四十歳を目前にして、試し始めたことがある。

食生活の改善だ。

職業柄、一度仕事場に入ってしまったら滅多なことでは外に出ない。依頼が立て込んでいれば自然と立ち仕事が長くなるが、それでも座りたければいつでも座れる環境なので、運動と呼べるようなことはほぼしていないに等しい。この仕事を続けている限り、運動によって健康管理をするのは無理だと思う。

なので、他に気をつけられることといったら、せいぜい食べ過ぎないことくらいだ。食べるにしても内容に気を遣うとか。脂肪分は少なめに、糖分は控えめに、酒も休肝日を設けてほどほどに、とか。

朝を和食に切り替えたのもその一つだ。毎日コメを炊いて、味噌汁もインスタントではなく、ちゃんと出汁をとって自分で作る。あとは焼きのりとか昆布の佃煮とか、玉子かけご飯とか、なるべく質素に済ませる。ハムは、二枚までなら和食に入れてもいいという自分ルールを作った。なのでハムエッグは献立に加えて構わない。缶詰の「ツナ」も「まぐろ」と言い替えれば、和食に組み入れて差し支えない。

当初、食後に飲むのはコーヒーのままだったが、それも途中から緑茶に替えた。というか、遅ればせながら緑茶の美味しさに気づいたのだ。こう、体の内側から透き通っていくというか、澄み渡るというか、落ち着いていくのが分かる。俺もそういう年頃になったのだと、しみじみ思う今日この頃だ。

　テレビもラジオも、朝は点けない。これは健康とは関係なく、仕事中はずっとラジオを点けっ放しにするので、どうせ同じニュースを聞くならあとでいいや、というだけのことだ。じゃあCDで音楽でもかけるのかというと、それもしない。基本的にはロックが好きだが、もう朝っぱらからロックを聴いてテンションを上げたい歳でもない。ジャズも、気分が煙たくなるのでよろしくない。一番いいのはクラシックだが、それもなんというか、綺麗過ぎるというか雑味がないというか、性に合わない。そこまで自分が清く正しい人間でないことは、自分が一番よく分かっている。

　朝食を終え、食器を片づけたら、ヒゲを剃る。普通に電気剃刀だ。本当はひとっ風呂浴びて、そのついでにT字剃刀で剃るのが一番いいのだが、入浴してすぐに出かけると体調を崩すことが多いと何年か前に気づいたので、それも今はしないようにしている。たぶん、他人より風邪をひきやすい体質なのだと思う。

　夏場は、ジーパンにポロシャツか、涼しめのシャツ。別にどんな恰好でも構わないのだが、仕事中はずっとエプロンをしているため、襟のない服だと首の後ろがこすれて嫌なのだ。最悪、エプロンの紐が合わないと肌が荒れる。でもそれも、ここ数年の話だ。若い頃は、たぶんそんなことはなかったと思う。

よし。支度はできたから、少し早いが仕事に出かけよう。

基本的には自転車通勤だ。駅もバス停も遠いし、そもそも運動をしないのだから、仕事場との往復くらい人力で頑張ろう、ということだ。ただ、仕事場の近所で酒を飲んで帰ることも少なくないので、そういう日は自転車を置いて、歩いて帰る。当然、翌日は徒歩出勤になる。雨の日も、歩きにすることが多い。まあ、自転車で十分ちょっと、徒歩でも二十分だから、大した違いではない。

住宅街をくねくねと通り抜け、気が向いたらコンビニに寄ってタバコや昼飯代わりのサンドイッチなどを買う。いつのまにか更地になっている土地を見つけたら、前はなんだったかな、今度は何が建つのかな、などと考えつつ、「よみせ通り」の門をくぐったら、仕事場はもうすぐだ。到着は十一時くらい。一般的には遅い出勤なのだろうが、ギターのリペアマンにしては極めて早い方だ。

鍵(かぎ)を開けてシャッターを上げ、ガラスドアを開け、まずは店の看板を表に出す。

ルーカス・ギタークラフト。

看板をオレンジにしたのは、老舗(しにせ)ギターメーカーである「フェンダー」の、「フィエスタ・レッド」という色が好きだったからだ。チープなアメ車のオレンジと思ってもらえば分かりやすい。

看板を出したら店の明かりを点ける。このとき、俺はいつも思う。夜の間に泥棒が入っていたらどうしよう、と。

預かりもののギターは、何十万もする高いものから、道端で拾ってきたような安物までピンキリだ。その価値を見極められる泥棒だったら、入ってみて損はない物件かもしれない。俺が帰ってしまえば、一階の店舗部分は無人。住居として別に貸し出されている二階も、今現在は空き部屋になっている。シャッターとガラスドアの鍵を壊して入って、あとは明かりを点けてごゆっくり、堂々とギターを物色すればいい。たぶん、翌日俺が出勤するまで、誰も警察になど通報しないはずだ。結果、盗まれたのが貴重なオールドギター、に見えるただのポンコツだったら、引き取り手もないようなゴミギターだったら、俺も警察には届けないかもしれない。

ちょっとした接客スペース、作業台を兼ねた接客カウンター、その中にもう一ヶ所作業台と、事務用デスクがある。さらにその奥、間仕切りの向こうは、工作用機械を置いた加工スペースになっている。預かりもののギターも、多くはそっちに保管している。

とりあえず掃除でもするか、と表を振り返ると、ちょうど店内を覗き込んでいる人と目が合った。四十代半ばくらいの、わりとふくよかな体形の女性だ。肩に大きめのトートバッグを掛けている。

「……はい、何か」

女性は通りの左右をチラチラと確認し、人目を避けるようにして入ってきた。なんとなく見覚えのある顔ではあるが、どこの誰かは分からない。

「あの、修理屋さん……ちょっとこれ、見てもらえる？」

そう。俺はいつのまにか、この街の人たちに「修理屋さん」と呼ばれるようになっていた。ひょんなことから「日用品の修理も承ります」と看板に書き加えたところ、意外なほどそれが広まってしまったのだ。この女性もそっちの用件に違いない。どっからどう見ても、エレキギターの修理を依頼しにくるタイプではない。

まあ、そういう仕事も嫌いではないので、一応、どんなことでも相談に乗るようにはしている。

「はい、なんでしょう」

「あのね……」

女性はトートバッグをカウンターに載せ、皮を剝ぐようにその口を広げ始めた。

中から出てきたのは、黒光りする木彫りの、人形の置き物だった。満面の笑みと、盛大に出っ張った太鼓っ腹。七福神の「大黒天」だ。がしかし、小槌を振り上げたその右腕は、無残にも肘の辺りから圧し折れている。今はそれを、セロファンテープで仮留めしてある状態だ。

「この大黒様、おじいちゃんの宝物なのよ。それをさ、ついさっき、あたしが掃除してるときに、ぽんって、お尻で押して落っことしちゃって」

その尻で押されたら、大抵のものは転げ落ちるだろう。

「修理屋さん、これ、なんとかなんないかね。それも、できるだけ早く……四時頃にはおじいちゃん、ケアハウスから帰ってきちゃうからさ、それまでになんとかしてくれると、助かるんだけどね」

タイムリミットとしては、かなりタイトだ。

「なるほど……まあ、接着するだけでしたら、短時間でできます。ただ、それだけだと継ぎ目が出ちゃうと思うんですよ。木って、折れるときに、ただ割れるだけじゃなくて、繊維も裂けちゃうんで。こればかりは、やってみないと分からないですけど、継ぎ目が目立つようだったら、少しその辺を削って、必要なら継ぎ目を埋めて、上から色を塗り直さなきゃならないです。でもそれだと、おじいちゃんのお帰りには、まず間に合わないです。削って色を塗ったら、最低二日はかかりますから」

こっちの事情も明かすと、悠長に置き物の修理をしている時間的余裕は、はっきり言ってない。

彼女は、大黒天並みに太い腕を組み、首を捻（ひね）った。

「おじいちゃん、半分ボケてっからさ。これがなくなってても、ひょっとしたら気づかないかもしれないんだけど、万が一気づいてさ、怒り始めたら手ぇつけらんないんだよね。気性の荒いとこだけは昔のまんまだから」

面識がないので、怒り出したおじいちゃんがどんな感じかは知らないが、俺が想像したのは、まんまこの大黒天が、小槌を振り回して暴れている状況だ。

「それは、困りますよね……だったら、今日のところは接着だけしとくっていうのは、どうですか。大黒様がいないのは気づかれやすいですけど、形は一応元通りで、ちょっと継ぎ目っていうか、ヒビが入ってるくらいだったら、たぶん気づかれないんじゃないですかね。おじいちゃん、そんなに毎日、しげしげと眺めるわけでもないでしょう？」

うん、と彼女は頷いた。

「パッと見は分かんないくらいには、くっ付けられるかい」

「たぶん、できると思います」

「じゃあ、とりあえずそれで、お願いしようかね……ちなみに」

彼女は、下からすくい上げるように、俺の顔を見上げた。

「……お代は、どんなもんかしらね」

日用品の修理で困るのは、ここだ。ギターと違って、どこをどう修理したらいくら、という相場みたいなものがない。あくまでも、作業時間や材料費から、ギターだったらいくらもらうか、という仮定で見積額を出すしかない。

俺は、恐る恐る「V」サインをしてみせた。

彼女が、きゅっと眉根をすぼめる。

「……二千円かい」

「接着だけなら」

「じゃ、継ぎ目まで綺麗にしたら？」

俺は「V」の横に「パー」を並べた。

「七千円？　そりゃ、ちょっといきなりじゃないかい」

「奥さん。大黒様の腕圧し折っといて、修理代でケチったら罰が当たりますよ」

沈黙、五秒。

「……あんた、なかなかの商売人だね」

「ええ、お陰さまで」

結局は俺の作戦勝ちか、彼女は接着修理だけということで納得し、二千円置いて帰っていった。預かり伝票を書いた際に、「まつばら」と聞いて思い出した。この人は「まつばら薬局」の奥さんだ。あそこのおじいちゃんなら見たことがある。どっちかといったら細っこい、七福神でいったら「福禄寿」みたいな人だ。怖い感じはまるでないが、なんにせよ、上手く修理してやれば俺が怒られることはあるまい。

しかし、腕が折れても笑ったままの大黒天って、けっこう気持ち悪い。

実は今、俺は本職の方で少々厄介な案件を抱えている。

エレクトリック・ギターには「フェンダー」と「ギブソン」という二大メーカーがある。フェンダーの代表的なモデルは「ストラトキャスター」、ギブソンは「レスポール」と言い切っても、まず異論は出ないだろう。楽器になど、まるで興味のない人が「エレキギター」と聞いてイメージするのは、たいていこの二つのモデルのどちらかだ。

つまり二大メーカーの代表ということは、同時に、エレキギターの代表でもあるということだ。

それくらい有名なモデルだと、コピーも星の数ほど出回ることになる。多くはメーカーのロゴまで似せた真面目なニセ物だが、中には似せるのを途中で諦めたようなポンコツ系のニセ物もある。ごくたまに、それを「オリジナリティ」と主張する製作者もいるが、個人的には尊敬できない。それならば潔く「ギター製作なんて所詮はパクリよ」と胸を張る奴の方が共感できる。

いま俺がリペアを手掛けているのは、その中間くらいのニセ物ギターだ。ボディのデザイン自体はレスポールだが、ヘッドの形やネックのセット方法がギブソンのそれとは明らかに異なっている。似せるのを諦めたというよりは、往生際の悪いオリジナリティを主張したタイプだ。

だがこの一本が厄介なのは、コピーのクオリティ云々の部分ではない。フィンガーボードにデカデカと「白蝶貝」で施されている、「Jack Daniel's」のロゴ。そのはめ込み細工が、誠に厄介なのだ。専門用語では、この細工を「インレイ」と呼ぶ。

ギターは大雑把にいうと、ひょうたん形をしたボディと、細長い棒状のネック、和楽器では「棹」と呼ばれる部分、その二つの部位からできている。エレキの場合、ボディの形状は必ずしもひょうたん形とは限らないが、そういった変形ギターについては、今は考えないことにする。

細長いネックの前面は「フィンガーボード」と呼ばれ、音程を決定する重要な役割を担う。ギターを構えたときに正面を向く、縦線がいっぱい並んで見える、あの部分だ。あの縦線。実は何かで白く線が描いてあるわけではなく、「フレット」と呼ばれる金属製の棒を打ち込んで作ってある。このフレットがあるからこそ、ギターは半音階ずつの音程を正確に出すことが可能なのであり、そこがバイオリンやビオラ、チェロ、コントラバスといった、オーケストラで使われることの多い擦弦楽器と異なる部分でもある。

普通の弦楽器は主に単音の旋律を奏でるものだが、ギターはむしろ、複数の弦を使って和音を鳴らすことを得意としている。弦は全部で六本あるので、最大六声の和音が出せる。そういった意味では、ピアノに近い性質を持った撥弦楽器、ということができるかもしれない。

しかし、このフレット。直接弦が当たるため、長い間弾いていると、当然のことながらすり減ってくる。特によく弾く部分は、減りも早くなる。安いギターだと、そもそもフレットの打ち込みが雑で、まともに音が出ないこともある。

この「Jack Daniel's」ギターが、まさにそれだった。

どうもこのギター、ウイスキーの「ジャックダニエル」のノベルティグッズとして製作され、何十本か限定で購入者にプレゼントされたものらしいが、いいのは派手派手しい見た目だけで、楽器としてはとんだポンコツだ。「クラリネットをこわしちゃった」の方がまだマシだ。壊れて音が出なくなったわけではない。もう、作られた段階でまともな音階は出なかったであろう。それくらいフレットの打ち込みが雑なのだ。

しかも、そのフレットが打ち込まれているフィンガーボードには、薄く切り出した白蝶貝で、デカデカと「Jack Daniel's」のロゴがインレイで施されている。この部分だけは、なぜか妙に手が込んでいる。実際、綺麗に仕上がってもいる。持ち主もこの点が気に入り、中古で購入したらしい。だがポンコツ過ぎてまともに演奏できないので、とりあえずフレット交換をしてくれ、と俺のところに持ち込んできたのだ。

普通のギターなら一本一本フレットを抜いてやり、その際に少々、地の木部分がささくれるので、薄く削って均してやり、新しくフレットを打ち込んでやれば、それでいい。でもこのギターの場合、ささくれた木部分を削ってやろうにも、「Jack Daniel's」のインレイが邪魔で上手く削れない。何しろ木部分は、ローズウッドという堅い種類とはいえ、所詮は木材。インレイは貝。木と貝を一緒に削っても、同じように削れるわけがない。それを綺麗に、全く段差ができないように仕上げなければならないのだから、厄介この上ない。

しかし、引き受けてしまった以上はやるしかない。普通のフィンガーボードより丁寧に、時間をかけて慎重に、様子を見ながら削るしかない——というのが、悠長に大黒天の腕を直してやる時間がない最大の理由だ。

そんな作業中にも、ぼちぼち新しい依頼は舞い込んでくる。

下唇にピアスを挿した、なかなか気合いの入ったロッカー風のニイちゃんが、渋いオールド・レスポールのネック折れ修理を依頼しにきたり。きちっとスーツを着込んだサラリーマン風の男性が、アニメ『ポケットモンスター』のキャラクターがプリントされたベースを持ち込み、音が出ないから見てくれと泣きついてきたり。俺の一日というのは、リペア作業を中断して接客、相談と雑談、客が帰ったら作業を再開、また客がきたら作業を中断して接客――たいていはその繰り返しだ。

仕事帰りの人がふらりと寄ることもあるので、夜の八時くらいまでは店を開けておくようにしている。今はまだ夕方の六時半。なので、あと一時間はこの「Jack Daniel's」ギターの相手をしてやろう。残りの三十分くらいで、ポケモン・ベースの診察をしてやろう。たぶんジャック部分の接触不良か、電気配線の断線か、そんなところだ。患部さえ特定できれば、クリーニングか、ちょちょいとハンダ付けしてやって終わりだろう。レスポールのネック折れは、明日以降でいい。

そんなことを考えながら小用を足し、奥のトイレから出てくると、店の前に人影があるのが見えた。ただの通行人かと思ったが、妙にしげしげと店内を覗き込んでいる。えらく色の白い、二十代後半くらいの女性だ。

なんだろう。珍しく俺が気合いを入れて彫刻した「薔薇」ギターが気になるのか。ひょっとして欲しいのか。残念だが、それは駄目だ。売り物じゃない。もし三十万、いや、三十五万以上出すつもりなら話は変わってくるが、それ以下だったら譲るつもりはない。とはいえ、あのギターにそんな大枚を叩く物好きがいるとは、こっちも思ってはいない。見た目はともかく、音はかなりのポンコツだからだ。

女性は、けっこう長い時間見ていたが店に入ってくることはなく、最終的には「よみせ通り」の方に方向転換して去っていった。

誰だったのだろう。見覚えはないが、近所の住人だろうか。

なんだか、季節外れの雪女みたいな人だったが。

4

あたしは実悠と翔子とバンドを組むことにした。それはいい。楽器も練習場所も心配ない。それはあたしが責任を持つ。問題はそういうことではない。

では、何が問題なのかというと。

今のあたしたちでは、今のままの三人では、いわゆる「ロックバンド」の編成にはならないということだ。簡単にいうと、ロックバンドに必要なパートが一つ足りない。

それは何か。ずばり、ベースだ。

ベースは、クラシックでいうところのコントラバス。低音を担当する弦楽器だ。ギターは弦が六本あるけれど、ベースは四本。その、ギターの太い方の弦四本を取り出して、それをさらに太くして音階を一オクターブ下げたのがベース、といえば分かりやすいか。

小学校だったか中学校だったかは忘れたけど、理科の授業で「固有振動数」というのを習った。あたしはそのときに「楽器って全部そうだな」と納得したのを覚えている。

要は、小さい物体は固有振動数が高く、つまり細かく速く振動する。大きい物体は逆に固有振動数が低いから、大きく遅く振動する。この振動数こそが、楽器の音階の正体である。その証拠に、小さい楽器は高いパートを、大きな楽器は低いパートを担当している。太鼓だって、小さいのは甲高く、大きいのはドンと低く鳴る。ほんと、全部そうだ——やや大雑把な気もするけど、当時のあたしはそう理解した。

だから、ギターの弦を四本にして、弦を太いのに張り替えたらベースになるかというと、そうではない。楽器本体にも、長いネック、大きなボディが必要になる。ギターとベースは形がそっくりなので、意識しないで見てたら分からないかもしれないけど、大きくて長いのがベース、と覚えておくと簡単に見分けることができる。

そしてここにも、今の今までギターとベースの違いが分かってなかった子がいる。

翔子だ。

「ほんとだ、どのバンドにも長いのがある」

ウチのスタジオにきて、待ち合いスペースに置いてある音楽雑誌を片っ端から捲り倒して、ようやく、どのバンドにもベース担当のメンバーがいることに納得してくれた。

実悠はそれを、苦笑いしながら眺めている。

で、あたしからの提案だ。

「だからさ、ウチのバンドにも、ベースが必要なわけよ」

こういう場合、残酷なようだが、ギターが下手な方がベースに転向する、というのがお決まりのパターンだ。ロックバンドの歴史を繙いても、自分よりギターの上手い奴がバンドにいたからベースに回った、というベーシスト誕生秘話はけっこう多い。

でもまだ、翔子はその段階にすらない。

「ねえ……でもなんで、ベースって必要なの？　私と実悠が二人で弾き語りして、クミちゃんがドラム叩けば、それでバンドになるんじゃないの？」

確かに、過去にそういうバンドがあったのは事実だ。谷村新司、堀内孝雄らが在籍した「アリス」は、ギター兼ボーカルが二人にドラム、という三人編成だった。でもそれはずいぶん昔の、それこそ二十世紀の話だし、たぶんアリスだって、メジャーになってコンサートツアーとかをやってた頃は、サポートでベーシストを入れていたはずだ。だから、ベースが要るか要らないかって話なら、やっぱり「要る」ってことになると思う。

しかし、おそらく翔子が訊いているのはそういうことではない。もっと根本的なことだと思う。

そしてそれを説明する義務が、あたしにはある。

「んー、だからさぁ……まあ、たとえばよ。たとえば、ギターでの弾き語りがさ、お握りだとするよね」

「はァ？　お握りィ？」

はいはい、二人いっぺんに、同じ顔で驚かない。

「もうちょっと聞いてよ。お握りはさ、一つの完成された食べ物じゃん。イッコ渡されたら、いただきますって、そのまま食べられるじゃん」

「だったら、ハンバーガーでもよくない？」

翔子、あんたちょっと反抗的。

「いいから聞いてって、ちゃんと意味あるんだから……でね、だからお握りは、翔子と実悠、一人ひとり、つまりお握りが二個なわけ。でもあたしはドラム、それってお茶碗なの。バンドでさ、全体を支える、器なんだよ」

ほう、と二人の顔が、少しだけ縦に伸びる。

続けるよ。

「でね、お茶碗に入った以上、そういう食べ方をするじゃない、誰しも。そこでさ、必要になってくるものがあるじゃない」

実悠が、微妙に眉をひそめる。

「なに……お箸？」

「そう、それよ。あたしたちには今、お箸がないわけ。とりあえずお茶碗はある、お握りもある……シャケでも梅でもいいけど、あたしはツナマヨが好きだけど、それをさ、お茶碗に入れる以上、お箸で食べるのがマナーだと思うのよ。マナーっていうか、食べる動作として、自然とそうなるじゃない、日本人だったら、お箸使おうって。そのお箸こそが、つまり、ベースなのよ。バンドにおける、ベースの役割なのよ」

やはり、翔子は納得できないようだ。

「お茶碗から取り出して、手で持って食べればいいじゃん」

「でもそれじゃ、茶碗に入れた意味ないっしょ」

「ぼろって崩れたときの、受け皿にはなるじゃん」

「……まあ、ね」

あたしも途中で気づいてたけど、やっぱ駄目か。

この喩え(たと)は、ちょっと失敗だった。

せっかくスタジオにきてるんだから、実際にやってみて、ベースが本当に必要な楽器なのかどうかを、自分たちの耳で、体で、確かめてみようってなった。

あたしの父親が経営する「スタジオ・グリーン」には、AからEまで五つの防音室がある。左手前からA、Bとドアが並んでいて、正面奥にあるのがEスタジオ、一番せまい部屋。共有スペースの右側にはカフェみたいにカウンターがあって、その中に受付をするスタッフが入る。ほとんどは父親か、バイトの松宮(まつみや)くん、たまにあたしとか、兄貴も入る。

カウンターの手前、入ってすぐのところには小さなテーブルと、ソファセットがある。音楽雑誌とか、バンドのチラシはそこら辺に散らばっている。場所は地下一階。ちなみに一階はクリーニング屋さんに貸してて、二階と三階があたしたち家族の住まいになっている。

そう。我が家は、父親の職場と同じ場所にある。だから、あたしたち家族には、ある種の切り替えが必要だとされている。一歩スタジオに入ったら、父親を「お父さん」とか「パパ」などと呼んではいけない。基本的には「ボス」、銀行の人がきているときは「社長」と呼ばなければならない。あと「店番」「電話番」も禁句で、「スタッフに入る」と言い直させられる。

というわけで、ボスに訊いてみる。

「ねえ、Eスタって何時まで空いてる？」

「Eスタだと……八時まで空いてるな」

今は夕方の四時四十分。五時からと考えたら三枠、三時間はある。でも今日は、三人でベースの音を試してみるだけだから、三時間も要らない。二時間あれば充分だろう。

「じゃ、しばらくEスタ使うわ。ギターとベース貸して」

「おう。何がいい」

ボスが、カウンターの奥に並べている楽器を物色しにいく。二十代の頃に「藤井郁弥に似てるね」と女友達に言われ、童顔を気にし始めてからはヒゲを生やすようになったこの男は、自称「根っからのブルーズマン」だ。「ブルース」ではなく「ブルーズ」と発音するところに拘りがあるらしい。あたしは「藤井郁弥に似てる」って、けっこうな褒め言葉だと思うけど。

「ストラトと、プレベでいいか」

ストラトキャスターとプレシジョンベース。両方ともフェンダーというメーカーの、ごくごく標準的なモデルだ。

「うん、いいけど、プレべって弦、換えてある？」

「換えたよさっき。お前が使うかもって言うから」

「サンキュー。愛してるよ、ボス」

「俺も愛してるぜ、ベイビー」

若干、翔子と実悠が引いてるのは分かったけど、これが佐藤家における日常会話であることを、まずはご理解いただきたい。

「ストラップとシールドもね。ストラップは綺麗なのね」

ストラップは、もちろんあの、楽器を肩に掛けるベルトみたいなやつ。シールドっていうのは、ギターとかベースをアンプに繋ぐためのコードのこと。正確には「シールド・コード」、もしくは「シールド・ケーブル」。詳しくは知らないけど、たぶんノイズ対策がされているとか、そういう意味だと思う。

ボスが用意してくれた楽器と、あたしのドラムスティックと、あとマイクも二本、カゴに入ったのを受け取る。

「じゃ実悠、翔子、行こう」

「うん」

「わーい。なんかワクワクするぅ」

あたしも、まだイマイチ二人の性格を理解しきれてないんだけど、比較的言葉数が少ないのは、やっぱり実悠で、翔子の方が「夢だった」とか「ワクワクする」とか、そのときの気持ちを素直に口に出す傾向はあると思う。特に「夢だった」はよく出てくるフレーズで、あたしはそれを聞くたびに「夢ちっさ」と心の中でツッコんでいる。あくまでも思うだけで、決して口には出さないが。

和太鼓のバチよりまだ太い、Ｅスタジオのドアレバーを、

「よいしょ」

肘で押し上げると、フシュッ、と勢いよく空気が抜ける音がする。防音ドアの密閉性って凄くて、音が漏れないように空気そのものを遮断するから、開け閉めするたびにこういう音がする。

あたしは両手が塞がってるので、ドアは翔子が引いてくれた。

こういう防音室のドアはたいてい二重構造になっている。その二枚目を実悠が開けようと、してくれてるんだけど、

「……あれ、う……動かない」

慣れない人には、特に実悠みたいな華奢な子には、ちょっと難しいかもしれない。

「頑張って。全力で、全身の力で」

「え、待って、ちょっと……ほんっと動かない」

「私、やってみる」

運動部にいたからだろうか。力は、単純に翔子の方があるみたいだった。

両手でしっかり握って、

「んしょッ」

足腰を使って上に撥ね上げるようにしたら、パコンッ、とレバーは上がった。まあ、女の子バンドもお客さんに何組かいるので、たまに見掛ける光景ではある。

「はい、入って入って」

「お邪魔しまぁす」

「わー、すごーい、プロっぽーい」

翔子、この部屋は、全然プロっぽくはないよ。むしろ、完全なるアマチュア仕様だよ。

無事スタジオ内に楽器を運び込んだら、また二枚のドアを閉める。

翔子が天井を見上げる。

「なんか、静か過ぎて、耳がキーンってなりそう」

実悠も辺りを見回している。

「うん。完全な無音だね」

どうせ演奏したらすぐ暑くなるから、エアコン入れとくか。

「さて、と……じゃ、順番にセッティングしてこうか」

「はい」

「お願いしまーす」

　ギターとベース、それぞれにストラップを付け、長さを適当に調節したら、それとなく、たまたまよ、みたいな顔で翔子にベースを渡しておく。

「重いからね」

「うっ……ほんとだ、重っ」

　実悠にはストラト。

　次は、それぞれをアンプと接続する。マーシャルとか、真空管を使ったギターアンプは扱いが面倒なので、今回はパス。実悠にはトランジスタアンプの代表格、ローランド「JC－120」を使ってもらう。ベースアンプは一台しかないから、有無を言わせずアンペグ。

「シールドのプラグを、楽器の……うん、その穴に挿す。で、もう一方を、アンプに挿す。今日は、その『High』って書いてある方に挿して。理由はそのうち説明するから」

　あたしは、ギターもベースも弾けるってほどじゃないけど、一応ここのスタッフやってるんで、こういう機材の扱い方は心得ている。特に初心者のお客さんにはちゃんと説明してあげないと、最悪の場合、機材を壊されちゃうので。

「電源を入れたら……」

　楽器とアンプを繋いだら、アンプのスイッチを入れる。

　ボリュームとか、ハイとかローとかのトーンを適当に上げて、

「こんなもんかな。ちょっと弾いてみ」

実悠が、何かのコードを押さえて弾く。

アコースティックなら「じゃらん」くらいの音が、いきなり、「ジャギュワァーン」くらいの音量で炸裂した。

「うわっ」

「おっきぃ。びっくりした」

「まだまだ。こんなもんじゃないよ」

一方、翔子のベースはというと。

「ん……あれ？　私の、出ないよ」

言い忘れてた。アコースティックと違って、エレキは楽器側にもボリュームがあるからね。

「そのツマミ、いっぱいに回してごらん」

「これ？　どっち？」

「どっちも」

二つあるツマミを、両方とも回したら、

「弾いてみ」

翔子のも「ゴーン」と音が出た。ベースの音って普通、「ボーン」とか「ドーン」って感じなんだけど、翔子が弾くと「ゴーン」とか「ギョーン」って感じになっちゃう。なんでだろ。まあいいか。

終わったら、一応マイクを二本立てて。

あとはあたしだ。でも、あたしは簡単だ。ドラムセットの椅子に座って、ちょっと位置だけ直して、試しに叩いてみる。

ジャーン。ドッドッパンドド、ドパドッ、タンドド、タドドタドドタドドジャッ、ダロロロロダロロロロロダロロロロロ、ジャーンッ、テケトン。

うん、バッチリ。いい調子。

「えぇーッ」

「クミちゃん、チョー上手ぁーい」

よし。テンション上がってきたところで、曲で合わせてみよう。

「じゃあ、とりあえず『夏色』でもやってみよっか」

すると早くも、翔子が泣きそうな顔をする。

「私、なに弾いたらいいの」

そこはやはり、実悠、師匠の出番です。

「とりあえず、ルートだけ弾いてみたら」

ルートというのは、「ドミソ」の和音でいったら「ド」の音。一番低い、土台になる音だ。ベースはルートを弾いとけば間違いない、くらいはあたしも知ってる。

でも翔子は、それもまだ分からないらしい。

「え、どれがルート？」

「最初のD#は、だから……ここ、五弦、じゃなくて三弦か、うん、それの六フレット。で、次がG#でしょ。だから……」

実悠が説明したら、途中から翔子も、なんとなく分かってきたみたいだった。

「あ、ああ、一番上のとこだけ弾けばいいんだ」

「そういうこと」

「簡単じゃん」

ベースって基本的には単音楽器だから、ギターが弾ける人にとっては、最初は簡単に思えるようだ。あくまでも「最初は」だけど。

「そんじゃ、やってみようか」

「うん」

「お願いしまーす」

あたしのカウントで、初めて、この三人での演奏は始まった。

細かいことはいい。リズムがズレるとか、コード間違えるとか、ドラムの音量に負けて歌が聞こえないとか、そういうのはいい。

ただ、ベースだ。こんなことあんの？　ってくらい、響いてこない。「ボーン」が「ゴーン」で、「ドーン」が「ギョーン」というレベルではなく、なんというか、正直、やってて気持ちが悪い。

これって、練習次第でどうにかなるものだろうか。ひょっとして、楽器が故障してるのか。

　どうやら、実悠も同じことを感じたようだ。

「……翔子、取っ替えっこしてみよ。私も、ベース弾いてみたい」

「うん」

　わー重い、とか、ネック長い、とか言いながら、実悠がベースを構える。ピックを持って、一発弾いてみる。

　ドーン、ブゥン、ブゥン、ボン、ブボーン。

　なんだ。音はちゃんと出るじゃん。

　よし。今の、この感じのままやっちゃおう。

「じゃもう一回、『夏色』やってみよ」

　すると、なんということでしょう。

　いいです。実悠のベース、非常にいいです。

　この子たぶん、すごくセンスがいいんだと思う。こういう感じ、とか、こんな雰囲気みたいな、そういうのを摑(つか)むのが上手いんだろう。低音をちゃんと鳴らす、それがしっかりできている。しかも、ギターと違って単音弾きだから、コードを押さえなくていいから、リズムを刻むことに集中できていて、あたしのドラムともしっかり合っている。

　一曲やってみると、翔子も納得したようだった。

「分かった。ベースが必要な意味、分かった。確かに、お茶碗に入れたお握りを食べるには、お箸が必要だわ」

その喩えは、一回忘れてみようか。

非常に珍しいケースだとは思うけれど、あたしたちのバンドでは「ギターが上手い子はベースも上手い」という新説が成立してしまい、なんと、実悠がベース、翔子がギターというパートに落ち着いた。

本当は、実悠だってギターやりたかったんじゃないかと、翔子と二人で話したり、それを実悠に確かめたりもしたんだけど、

「私は楽器、なんでも好きだから、ベースでも全然いいよ。ちゃんと弾けるようになったら、面白いと思うし。あと、歌もギターより唄いやすいかも。ベース・ボーカルで有名な人も、けっこういるしね。ポール・マッカートニーとか、スティングとか。なんか、いろいろできそうな気がする」

本人が意外と前向きなので、よしとすることにした。

一人でギターを弾くことになった翔子も、それはそれで気合いが入ったみたいで、しばらくはスタジオのレンタル品を使ってたんだけど、三学期には貯金を叩いて、自分でエピフォンの「カジノ」というギターを買って、エフェクターも揃え始めた。エフェクターっていうのは、ギターとアンプの間に接続して、ギターの音にいろんな効果を付け加える機材のこと。そのままだとペラペラなギターの音を、グギャーンッ、とワイルド

に歪ませたり、エコーを加えたり、いろんな種類のエフェクターがある。そのほとんどは、足で踏んでスイッチをオン・オフできるよう、ペダル式になっている。

ボス、曰く。

「あれに凝り始めると、いくら金があっても足りねえぞ。ま、俺みたいな根っからのブルーズマンは、ギター一本、アンプに直結、エフェクターなんざ使わねえ。それが男の生き様って……」

生き様の話はどうでもいいけど、お金がかかるのは事実のようだ。

一方、実悠は貯金もあんまりないって言うから、ボスのコレクションから、ほとんど使っていないというフェンダーのプレシジョンベースを、七千円で譲ってもらった。っていうかあたしが奪取した。

再びボス、曰く。

「久美子……あれ、本当だったら二十万以上するんだぞ。七九年の、ホワイト・ブロンドなんだから」

知ってます。知ってますけど。

「いつまでもケチ臭いこと言わないでよ。どうせ使ってなかったんでしょ？　何年も弾かないで錆だらけにしてたんでしょ？　それをだよ、可愛い可愛い現役女子高生が、ピカピカに磨いて大事に使ってくれるって言うんだから、それでよしとしなよ。ボスみたいなヒゲ面のおっさんギタリストに持ち腐れにされるより、実悠に毎日抱っこされてる方が、プレベだって嬉しいに決まってんでしょ。それと、実悠にほんとの値段なんて言わないでよ。あの子、絶対返すって言ってくるから」

「分かってるよ。言わねえよ、そんなこと、俺だって」

自分の楽器を持つって、やっぱり重要だと思う。翔子はカジノを、実悠はプレベを、本当に大事に扱っているし、なんとかいい音を出そうって頑張ってる。細かい調整の仕方をボスに教わったり、メンテナンスの道具もひと通り揃えたりし始めている。

もちろん、練習のある日は学校に持ってきて、あたしと一緒にスタジオにきて、終わったら家に持って帰る。二人とも、本当に抱っこして寝てるんじゃないかってくらい、自分の楽器を愛している。

だから三年になって、三人ともバラバラのクラスになっちゃったのは、ちょっと悲しかった。それで解散とか、そんなことは百パーセントないんだけど、でもやっぱり寂しいし、不便だった。

その代わり、全く別の広がりも生まれつつあった。

「ねえねえ、佐藤さんがドラムなんだって？」

一年のときに同じクラスで、今は隣のB組にいる真嶋瑠香（まじまるか）に、廊下でいきなり、そう声を掛けられた。

「えっ……あ、うん、そうだけど。なに、誰から聞いたの」

「谷川、実悠ちゃんから聞いた」

まあ、そうだろう。実悠も同じB組だ。

真嶋瑠香は、ちょっと垂れ目の、レッサーパンダみたいな顔をした子だ。体形もなんかそんな感じで、ちょっと丸っこい。可愛いは可愛いんだけど、実悠とか翔子のそれとは全然タイプが違ってて、どっちかっていうと小動物的な、ちょこん、と誰かにくっ付いてるイメージの子だった。

そんなレッサーパンダが、あたしの腕にすがりついてくる。

「ねえねえ、私も練習、見に行っていい？」

なんだそりゃ。

「なに、真嶋さんも、バンド入りたいの？」

「んーん、私は楽器全然できないから無理なんだけど、でも音楽は好きだから、ロックとかバンドとか大好きだから、見たいの。近くで本物を見たいの。で、友達になりたいの。ねえ、ぜーったい邪魔しないから、なんか手伝えることがあったら、荷物持ちでもなんでもするから、仲間に入れてよ。ね？　いいでしょ？　駄目ぇ？」

こんなにストレートに、友達になりたいとか、仲間に入れてとか言われたの、小学校以来じゃないだろうか。幼稚園以来か？

まあ、Eスタがいくらせまくたって、見学の一人や二人座れるスペースはあるし、それでやりづらかったらDスタとか、Cスタでやったっていいんだから、別に問題はないけど。

5

徹夜の現場仕事で、致し方なくコンクリートの地面で仮眠をとるのと、自宅に布団がないため、仕方なく畳に寝そべってひと晩過ごすのとでは、やはり、何か条件が違うようだった。

「あいてて……」

体のあちこちが痛んだ。途中、何回も目は覚めたが、いろいろ慣れないこともあって疲れていたのだろう。まだ夜が明けていないと分かると、自然と睡魔が意識を引き取ってくれた。

それが、却ってよくなかった。

右頬についた、ギザギザ模様。

「うーわ……どうすんの、このくっきり」

誰が見ても畳の跡だと分かる。だいぶ恥ずかしい。

そんな事情もあり、すぐには外に出られないので、昨日買ってきた菓子パンで朝食を摂ることにした。インスタントコーヒーも買ってはあるが開けるのが面倒なので、今朝は白湯でいいことにする。

チョコチップの入ったメロンパン。食感は悪くないが、チョコレートがもう少し苦いとよかった。でもこんなものも、何十パターンも試食して決めるんだろうから、途中から何がいいのか分からなくなって、ちょっと前の、十七番とか十八番辺りでいいんじゃないっすか、とか、私だったら言いそうだ。その結果が、この苦みの足りないチョコチップなのだと考えたら、文句を言う気も失(う)せる。

食べ終わったら、今日一日の買い物プランを立てる。

ゴミ箱は各部屋に要るから、最低三つ、できれば四つ欲しい。昨日、トイレットペーパーを買い忘れたので、それも。あとベッドは絶対必要。カラーボックスもなんだかんだ必要。姿見も必要。クローゼットはあるけど、ハンガーはない。バルコニーに洗濯物を干すとき用のサンダルも要る。洗濯機は、本当は買い換えたいけどしばらくは我慢しよう。その他の家電も後回しにする。

諸々(もろもろ)を考え合わせると、家具も置いているホームセンター的なところに電車かバスで行って、ベッドは後日配達してもらうにせよ、その他のものは軽自動車を借りて運んでくるのが最も効率的であるように思えた。

よし、そうしよう、と決心したのが十一時三分前。

電話がかかってきたのは十一時一分前。

ディスプレイには【泉田法子(いずみだのりこ)】と出ている。昔の職場の同僚だ。

「……はい、もしもし」

『もしもし、沢口(さわぐち)ぃ？　久し振り』

「ああ、うん。久し振り」

『あのさぁ、川島さんから聞いたんだけどさぁ、あんた、あの会社辞めたんだって？』

退職して十日で情報が出回るのは、早いのか、遅いのか。

「うん、辞めた」

『だから言ったじゃない、あたし。あんたには向いてないよって、あの仕事』

舞台設営の会社で、まさに舞台設営の現場仕事。泉田が言うほど向いてなかったとは思わないが、実際に辞めてしまったのだから、天職といえるほど向いてなかったことは認める。

「ああ、そうね……言われたね」

『そのあと、あたしがなんて言ったか覚えてる？』

「なに……頑張って？」

『違ァーうよ。いつでも戻っておいでって言ったでしょ。せっかく資格持ってんだから、もったいないでしょって』

ペットトリマーの資格。私の前の前の仕事は、ペットの美容師。

「そうだっけ……そうだった、かも」

『かもって何よ、忘れてたの？　やだちょっと、そんでいま何やってんの。次の仕事決めちゃった？　ねえ』

「いや、まだ決めてない……ってか、考えてもいない」

『だったら戻っておいでって。あんた腕はいいんだから。ちょっとやったらすぐ勘も戻るから』

暗に、問題はトリマーとしての腕以外にあると言われたようにも聞こえたが、面倒なので気づかなかったことにする。

泉田には実際、いろいろと世話になった。もうあれから何年も経つのに、共通の知り合いから仕事を辞めたと聞いて、だったらまた一緒に働こうと声を掛けてくれる、そのこと自体に感謝はする。

しかし、世の中には可能なことと、不可能なことがある。

「あのさ……悪いんだけど、私もう……東京に、戻ってきちゃってるんだよね」

『えっ、そうなの？』

声、裏返ってるし。

「うん。仕事辞めたついでに……っていうか、どっちがついでか分かんないけど、離婚もしちゃったしさ。名古屋にいる理由、なくなっちゃったんだよね」

泉田は、聞いてはいけないことを聞いてしまったと思ったのだろう。深めに溜め息をついて、『そうだったんだ』と続けた。

『でも、まあ……うん。離婚しちゃったんなら、仕方ないかもしれないけど、できれば、東京帰る前に、ちょっと話は、したかったかな……ほんと、沢口とはもう一回、一緒にやりたかったし。社長だって、戻ってきてくれないかなって、ずっと言ってたんだから』

それは、前に聞いたから知ってる。覚えてる。

「ごめん。でも、私もいろいろあったからさ。なんか……ささっと決めて、帰ってきちゃったんだ。母親の残した不動産とか、気になることもあったし」

正直、その辺は言い訳だ。いろいろと言うほど、切羽詰まった事情はない。

元旦那とは、なんとなく結婚してしまったけれど、愛してるとか、愛してたとか、そんな感じではなかった。むしろ、付き合いが長くなればなるだけ、嫌な部分ばかりが目につくようになってきていた。舞台設営の仕事も、私がやったところでもないのに、失敗を私のせいに――明らかにそうと指摘されたわけではないけれど、そういう空気を三、四回感じたら、何もかも馬鹿らしくなってしまった。元旦那とのこともあったから、この仕事も辞めちゃえば、何も名古屋にいなくてもいいんだよな、と気づいて、気づいてしまったら、もうそれ以外は考えられなくなり、今に至る。

こう順序立てて考えてみると、どれも大した理由ではないと分かる。分かるけれども、嫌なものは嫌なのだ。

泉田も、あまり深くは訊いてこなかった。名古屋にいないんじゃしょうがない、と思ったのだろう。

『じゃあ、こっちくることあったら、連絡してよ。前によく行ったおでんのお店とか、また行こうよ』

「うん、ありがと。行くときは連絡する」

話を終わらせるためにそう答えはしたものの、名古屋にいく用事なんて当面ないし、そもそも私は八丁味噌が好きではないので、あのおでんだって、何年かいてようやく食べられるようになった、というのが本当のところだ。

それをいったら、ペットトリマーの仕事だって、そんなに好きではなかった。可愛い犬や猫だけならもちろんいいが、こっちにだって得手不得手はあるから、一定の割合で可愛く思えないのはいるし、暴れるのもいるし、嚙むやつは嚙むし、それで流血沙汰になったことだって一度や二度ではない。トリマーを辞めた直後なんて、散歩してるチワワ、ポメラニアンを見るだけで寒気がした。あれは絶対嚙むやつだ、と思うと、その犬歯の鋭さまで指先に甦った。

結論。私は、名古屋という街があまり好きではない。じゃあ東京が好きかというと、東京も別に好きではない。

何より、私は自分が好きではない。

いっそ、別の何者かになってしまいたい。

今さら一人暮らしにワクワクも何もないので、買い物は速い。

ゴミ箱は、全部この黒いのでオッケー。ハンガーは、上着用の肩があるのが五本と、ブラウス用のすべらない素材のが十本あれば充分。サンダルは、このクロックスのニセ物みたいのでいいや。ピンク嫌だ、水色嫌だ、黒も嫌だ、茶色も駄目だ、この赤くそダサい、緑――緑か。やっぱ緑も嫌だ。仕方ないから水色で我慢しよう。トイレットペーパーは、この一番安いのでよし。

一つ上のフロアに移動して、まずはカラーボックス。この白いのでよし。これを二つ。ベッドは、男を連れ込むつもりもないので、普通にシングルでよし。国産ヒノキを使用したスノコベッド？　大丈夫かこれ。壊れないか。大丈夫か。ならこれでよし。あとはマットレスとか枕とか、敷き布団とか掛け布団とか、各々のカバーとか。危ない、姿見を忘れるところだった。

集めるだけ集めてレジにいき、会計を終え、後日配送してもらうやつを別にしても、けっこうな量が手元に残った。やっぱり軽トラックを借りよう。

二階のフロアで申込書をもらって書き込んで、免許証を提示したらコピーとられた。個人情報なんて洩れるためにあるようなもんだ。

諸々済んだら、係員が駐車場に車を回してくれるって言うんで、駐車場に行って十分くらい待ってたんだけど、軽トラ、全然こない。なんでだろうと思ってたら、トラックの貸し出しは別の駐車場だって壁に書いてあった。慌ててそっちの駐車場に行ってみたら、当たり前だけどもう軽トラは来てて。回してきた係員、半分キレ気味だった。

「ごめんなさい、間違えて、あっちの駐車場行っちゃって」

「いえ、そういうお客様、よくいらっしゃるんで。大丈夫ですよ」

大丈夫って顔してないじゃんかお前、と思ったけど、荷物積むの手伝ってくれたし、ゴムバンドで縛るのもやってくれたんで、ちゃんとお礼は言った。頭も下げた。

自動車の運転、久し振りだったんで怖かったけど、二つくらい交差点過ぎたら、もう大丈夫な気がしてきた。道も、大通りを走ってる分には間違うこともない。

で、着いたらもう一人だから。自力で荷台から下ろして、エレベーターに運び込んで。しばらく停めておくけどごめんねって、カフェの武井桃子に断り入れて。ちょうどそこに引越しの荷物も着いたもんだから、それも全部エレベーターに積み込んで。

全てを部屋に運び込んだ頃には、もう汗だくだった。

これからまた軽トラ運転していってお店に返したら、帰りはバスで帰ってこなきゃならない。それを考えたら、とりあえずシャワーくらいは浴びたかった。

浴室に駆け込んで、汗で張りついたTシャツを背中から一気に剝がす。スキニーのジーンズまで脱げば、それなりに解放感もあるけれど、なぜだか不安も大きくなる。

そういうのを洗濯機に放り込むときに、よく思うこと。

あーあ、何やってんだかな、私。

三十過ぎて、すっぴんでバスに乗れるほど己惚(うぬぼ)れてはいないので、それなりに化粧もして部屋を出た。

軽トラは、私が停めた場所にそのままあった。レッカーとかされる可能性もあったのか、と気づいて、軽くゾッとした。

「桃子さァん、車、ごめんねぇ」

「はぁーい、大丈夫よぉ」

再び運転席に乗り込んで、ルームミラーで見た自分の顔。軽トラを運転するにはバッチリ過ぎたメイク。軽く苦笑い。

運転自体は、大通りに出るまでは歩行者が怖かったけど、その後はもう大丈夫だった。鼻歌を唄うほどご機嫌ではないけれど、信号待ちのときに周りを見回して、隣の車の運転手が携帯を片手に喋ってるのを目撃して、いけないんだぁ、と思う程度には余裕も出てきた。

車の返却はレンタカーより簡単で、ガソリンがどうとか、車体に傷がついてないかとか、そんな細かいことは言われなかった。

「ありがとうございました。またのご来店をお待ちしております」

「……どうも」

さてと。あとは帰るだけだ。

再びバスに揺られて三十分、か四十分。ぼんやりと考え事をするのは嫌いじゃないから、それは苦にならない。でも、途中で乗り込んできた高校生が、黒いナイロン製のギターケースを背負っているのを見たら、ふいに思い出した。

ルーカス・ギタークラフト。

ノーブランドの、薔薇の彫刻を施したギター。

あんまり、ああいうのは見たことがない。そりゃ、アルフィーの高見沢俊彦が持ってるような、天使が羽を広げたギターとかと比べたら明らかにありふれてるけど、それでも、形は普通のストラトなのによく見たら薔薇の彫刻って、かなり珍しいんじゃないかと思う。

思い出したら、また見たくなった。ガラス越しに一分くらい見ただけなので、細部までは覚えていない。金属パーツは何色だったろう。ピックガードは黒？　いや、黒じゃなかった。でも白はあり得ない。じゃあなんだ。ベッコウ柄か。

日暮里駅でバスを降りたのが、夕方の五時半。今日が定休日なら仕方ないけど、昨日より一時間も早いんだから、もう閉まっちゃった、ってことはないはず。充分間に合うはず。そう思ってはいるのに、意に反して歩は速くなる。私は、何事においてもテキパキとした人間、ではないけれど、目標が決まると行動が早いタイプ、という自覚はある。それが原因で失敗したことは数知れず。

大丈夫だった。まだ開いてた。

そうと分かると逆に、急に歩が遅くなる。それは昨日も同じだった。なぜだろう。たぶん、そこが普通のお店じゃないからだ。普通の楽器屋なら、ふらっと入って並べられてるギターを眺めて、そのまま出てきても構わない。店員に「何かお探しですか」と声を掛けられても、まあ、とか、はあ、とか言って逃げればいい。でもリペアショップとなると、そうはいかない。私に、直してほしいものはない。それなのにお店に入ったら、単なる冷やかしだ。邪魔者だ。嘘つきだ。きっと「なんだこいつ」という目で見られる。

そういうの、私は、すごく怖い。

それなのに、見たいという気持ちが抑えられない。一歩一歩は遅いのに、止まることは決してない。方向転換して家に帰る、という選択肢はない。

昨日とほぼ同じ位置まできた。店の中を覗くと、おっと危ない、カウンターの中に人がいる。あれが日用品の修理まで引き受けるという、お人好しの店主か。そうだ、ここの店主はお人好しで有名なのだから、きっと私のことも「なんだこいつ」みたいな目では見ないに違いない。そうだ。きっとそうだ。

薔薇のギター、今日もすぐそこにある。ピックガードは、意外なことに赤だった。それも、ボディとほぼ同じ色の濃い赤。だから記憶の中でボディと同化して、思い出せなかったのか。これ、あのお人好しが彫刻したのだろうか。本当はギターのリペアマンじゃなくて、彫刻家になりたかったのだろうか。とはいえ、ガチガチの芸術家肌ではないのだろう。なんといっても、日用品の修理を承る程度には、お人好し――。

私の悪い癖だ。何かに集中したり、考え始めたりすると、極端に視野が狭くなる。周りが見えなくなる。散歩中の犬を見ていて、自分が車に轢(ひ)かれそうになるのとか、よくある。

明かりの感じが変わった気がして、なんの気なしに目を向けたら、もう、店のガラスドアは開いていた。

「……よかったら、お入りになりませんか」

いきなりそう言われて、心臓止まった。声も出なかった。

唯一できたのは、ドアの中に立っているその人を、斜めに見上げること。物凄い上の方に顔があるけど、彼の身長が極端に高いわけではない。私がいつのまにか、店の前に完全にしゃがみ込んでいただけのことだ。

すっ、と一歩後ずさり、私を店内へといざなう。

「中で、ゆっくり、ご覧になってください」

手でも、どうぞってやってる。

返事。ほら、返事しろ。

「……あ、はい」

立て。立てって。で、お辞儀。挨拶もしなさい。

「お邪魔、します……」

一歩お店に入ると、なんか、いろんな匂いがした。塗料、タバコ、汗、ゴム？　あと──うん。やっぱりこれは、楽器の匂いだ。木と金属と、プラスチックと手垢と、錆、みたいな。そんな諸々が混じり合った、無性に懐かしい匂い。

店主は、ちょっとモグラみたいな顔をした人だった。本物のじゃなくて、イラストに描かれたモグラ。鼻が、にょっ、と高くて、目が丸い。サングラスが似合いそうな顔、といってもいい。

よせ。相手を見過ぎるな。ギターを見ろ。見たら、何かコメントしろ。

「……薔薇」

ああ、馬鹿。幼稚園児か、私は。薔薇の彫刻のギターを指差して、たったひと言「薔薇」って。それがどれほど他人の目に、頭が悪そうに映るか。なんで私は、いつまで経ってもこういう——。

「薔薇、お好きなんですか」

でも、ゆっくりと発せられたそのひと言で、私は救われた。

自己嫌悪ブラックホールの、一歩手前から生還した。

薔薇が好きなのか。うん、簡単な質問だ。

さっきよりは、多少、まともに喋れそうだ。

「いえ……薔薇が彫刻されたストラトなんて、見たこと、なかったから。綺麗だな、と思って」

上出来。今の、すごい普通の人っぽかった。

それなのに、なぜかモグラさんは、ひどく驚いた顔をした。

「ギター、弾かれるんですか」

なに。もしかして、なんでもお見通し、みたいな人なの、このモグラさん。いや、そもそもこういうお店なんだから、別にそんな、高度な推理でもないか。

「ええ、昔……若い頃に、ちょっとだけ」

「そんな。今だって、お若いじゃないですか」

確かに、モグラさんよりは私の方がいくらか年下だとは思うけど、歳の話は今どうでもいい。

「でも、なんで……分かったんですか」

ああ、またやっちゃった。ピンボケの質問。下手糞な会話。だから初対面の人と喋るの、可能な限り避けようって、いつも思ってるのに。

それでも、モグラさんは私の質問に答えてくれた。噂通りのお人好しみたいだ。

「ストラト、って……どこにも書いてないのに、この形がストラトだって分かるなんて、たいていは弾いてた人ですよ」

そうか。私「ストラト」って、言ってたのか。

モグラさんが、私の顔を覗き込む。

「もう、ギターは、弾いてないんですか」

「あ、はい……十、何年も、弾いてないです」

「嫌いに、なっちゃいましたか」

そう訊かれ、キンッ、と私の頭の奥で、何かが割れた。

私、ギター、嫌いに、なったの？

あれ、おかしい。おかしいおかしい。なんで、どうして。

「えっ……すみません、僕なんか、悪いこと、訊いちゃいましたか」

やだ、違う、でもなんか、涙出てきた。違う違う、そんなつもりじゃない。ハンカチ、ハンカチ、ない、ティッシュでもいい。

「これ、どうぞ」

モグラさんが、箱ごとティッシュを差し出してきた。頭を下げながら一枚、念のためにもう一枚もらう。そういえばアイライン、けっこう太くしてた気がする。大丈夫か。こんなところでいきなり泣き始めて、メイク崩壊でゾンビ化なんて最悪だ。

でも、やだ、涙が止まらない。

それは、いま私がギターを弾かないのは、決してギターが嫌いになったからでは、ないからで。嫌いになっちゃいましたか、と訊かれたことが、なんか、とても悲しくて、寂しかったからで。

私だって、本当はいろんなもの、好きでいたいけど――。

二分かそれくらいで、泣き止んだとは思う。別に、そんなに深く傷つくようなことを言われたわけではない。そんなのは、最初から分かっている。

「すみません……なんか、気持ち悪いですよね。初めてきた客が、いきなり泣き始めるなんて。情緒、不安定過ぎますよね。ほんと、すみません」

モグラさんも、ちょっと苦笑いだ。

「いえ、ほんの少しだけ、慌てましたけど、でも……きっと、素敵な思い出が、おありなんでしょう。音楽とか、楽器って、いろんな想いとか、記憶とかが、あとからあとから、宿りますから。誰しもありますよ、何かしら……僕も、不用意なことを言ってしまって、すみませんでした」

何を言ったかを繰り返さない辺り、なかなか、デリカシーのある人なのだなと思った。

ちなみに、モグラさんの名前は、むろん「モグラ」ではなく「イヌイ」というらしい。入って正面にあるカウンターには卓上の名刺入れが置いてあり、一枚もらったそれに【乾滉一】と書いてあった。分かってしまうと、途端に「滉一」っぽく見えてくるから不思議だ。もう、全然モグラには見えない。

「乾、滉一さんで、なんで……ルーカス・ギタークラフト、なんですか」

彼は、外にある看板を覗くように見て、ふわりと笑みを浮かべた。

「単純、ですけど……映画監督の、ジョージ・ルーカスにあやかった、というか。でも、僕が好きなのは、実は『スター・ウォーズ』ではなくて、『アメリカン・グラフィティ』の方なんですけど……でも、まあ、そんなとこです」

おそらく、そういうことだろうと思ってはいた。

私の想像なんて、ただの空想、妄想、思い込み。

そんなの、最初から知ってた。

第二章　Fの罠

1

真嶋瑠香は、本当に積極的な子だ。

学校からあたしたちにくっ付いてきて、毎回、最初から最後まで練習を見ていく。しかも、何かやることない？　手伝えることない？　ってしつこく訊くもんだから、いろいろ考えた結果、あたしが、じゃあレコーダーの録音ボタンのオン・オフやって、って頼んだら、それも喜んでやってくれる。

レコーダー自体は、ボスが趣味で買った、わりと新しめのデジタルのやつを借りてる。瑠香は録音したのをダビングして家に持ち帰って、次の練習までに何回も繰り返し聴くらしい。レコーダーの置き場所はミキサーの近くがよかったとか、いや、エアコンの真下の方がもっとよかったとか、けっこう研究熱心だ。

演奏内容についても、いろいろ意見を聞かせてくれる。

「実悠、指弾きがすごい上手くなったね。前はピックの方が音量が出てたし、リズムの感じもよかったけど、今は、曲によっては指弾きの方がカッコいいと思う。歌とも合ってる」

エレクトリック・ベースはギターと同じように、三角形の、プラスチックのピックで弾くスタイルもアリだけど、それはほとんどロックに限られている。ジャズ系とか、大人っぽいポップス、ゆったりした曲とかだと、指で弾いた方が断然しっくりくる。もともとはジャズのベーシストがコントラバスを、ウッドベースとも呼ぶけど、あれを指ではじいて弾いていたから、というのがあると思う。クラシックでいうところの「ピチカート」か。とにかく、ベースの王道はフィンガー・ピッキング、ピック弾きは邪道、指弾きは上手い人、ピック弾きは下手な奴、みたいなイメージは漠然とある。

根が真面目な実悠は、その二本指によるフィンガー・ピッキングにも果敢に挑戦し、今やそれを物にしつつあるというわけだ。

「うん。指で弾くの、最初はすっごい痛くて。すぐ指先が水膨れになって、治ったかな、と思って練習再開すると、またすぐ水膨れになって。ずーっと、その繰り返しだった。ようやく最近だよ。指先が硬くなってきて、まともに練習できるようになったのは」

分かる分かる。水膨れ、痛いよね。ドラムでもあるあるだよ。

もちろん、翔子だって頑張ってる。瑠香はそれもちゃんと見てるし、必ず気がつく。

「翔子、コード押さえる場所変えるの、すごい速くなったね。なめらかになったね」

翔子は素直だから、そういうことを言われると、ピョン、って跳ね上がるくらい喜ぶ。

「マジで？　分かった？　なめらかになった？　そうなのそうなの。そこにあった雑誌にさ、コードは全部の弦を押さえなくてもいい、場合によっては六弦とか五弦とか、省略してもいいし、別のポジションを押さえた方が、コードチェンジがスムーズになることもある、って書いてあったの。で、たまたま『Time goes by』が例題として載ってたから、それをやってみたの。ほんとに？　速くなってる？　なめらかになってる？」

『Time goes by』はELT、Every Little Thingの大ヒットしたバラードで、目下、あたしたちが猛練習している曲だ。

その一方で瑠香は、あたしのことはまず褒めない。それは意地悪とか仲が悪いとか、そういうことでは全然なくて、プレイヤーとしてはあたしが一番キャリアがあるし、レベルも上だから、それに実悠と翔子が早く追いつくことが、今のバンドの課題だって分かってるからだ。

学校の廊下で、ちょっとちょっと、と手招きされて、階段の裏側で話したことがある。

「クミちゃん……私、クミちゃんのドラム、大好きだよ。聴いてると元気もらえるし、バンドの中心だなって思ってる」

あたしは、何が言いたいのか分からなかったから、ただ「うん」って、頷きながら聞いていた。

「でも、それはさ、翔子も実悠も分かってるからさ、だからあんなに頑張ってるんだからさ、私は、クミちゃんのこと、あんまり上手い上手い、言わないようにするね……嘘はつかないよ、もちろん。お世辞も言わない。でも今は、翔子も実悠も、自分たちは成長してる、クミちゃんに追いついてきてるって、そういう実感、欲しいと思うんだ。だから私は、そういうことだけ、言うね……間違ってたら、ごめん。そういうときは、はっきり言ってね。私、直すから。あと、お節介だなって思ったら、それも直接言って。私、みんなの邪魔だけはしたくないから。ね？」

あたし、別に悲しいわけでもないのに、なんか涙が出てきて、思わず、瑠香を抱き締めてしまった。あたしも背は低い方だけど、瑠香はもっと低いから、ぎゅってして、瑠香のこめかみ辺りに頰を寄せて、「ありがとう」って言った。

「瑠香が、ウチのバンドにいてくれて、ほんと……よかった。愛してるよ、瑠香」

「やだ……それ、ボスの台詞(せりふ)」

二年の二学期から三人で練習し始めて、三年になってから瑠香が見にくるようになって。まだ一年弱だったけど、高校生バンドとしては、あたしたちはそこそこのレベルにきている、と感じるようにはなっていた。

大体高校生バンドで、全員が全員テクニシャンなんてことはまずないわけで。一人でも上手いのがいれば上等だし、そういった意味では、あたしが二人を引っ張っていけばいいんだと思ってた。

瑠香がそれを後押ししてくれるなら、こんなに心強いことはない、とも思っていた。

あと十日で中間テスト、という日の昼休み。

珍しく実悠と瑠香が、揃ってあたしのいるC組に入ってきた。

瑠香が、空いていたあたしの前の席にちょこんと座る。

「クミちゃん、もうお弁当食べた？」

「うん。サンドイッチだったから、今日は早かったんよ」

みんなには、よく意外だって言われるんだけど、実はあたし、食べることに、そもそも拘りが全くなくて。だから食べるの自体、物凄く遅くて。下手すると、まだ食べ始めてないなんてこともあるから、昼休みは挨拶代わりに、まずそれを確認される。

それは別にいいんだけど。

「ねえ、クミちゃんはウチのクラスに、転校生が来たの知ってる？」

ちょっと待てい。

「……うっそ。ウチの学校に、転校なんてしてこれんの？」

「なんか、親の都合とかならアリらしいよ。もちろん、それ用の試験は受けたんだろうけど」

あたしが、そうなんだ、という顔をすると、瑠香は続けた。

「でさ、小久保先生の英語でさ、今、グループ分けして、英語の歌の歌詞訳して発表するの、やってるじゃん」

「あー、あたしがキング・クリムゾン提案したら、ソッコー却下されたやつな」

実悠は「なに？」という顔をしたけど、瑠香はクスッと笑いを漏らした。

「ひょっとして、『二十一世紀の精神異常者』とか」

「当ったりー」

瑠香って、けっこう古いことまでよく知ってる。たぶん、ロック好きの父親の影響とか、そういうことなんだと思う。

実悠も噴き出す。そこは面白かったらしい。

「もう、タイトルからして、授業でやっちゃ駄目なやつじゃん」

「逆だよ。そういう既成概念から、まずぶっ壊してこうぜ、ってことよ、エブリバデー」

瑠香はよほど話を先に進めたいのか、眉をひそめて「そういうのは措いといて」と、見えない箱を両手で横にどかした。

「……でね、その転校生が、私と同じ班なの。で、ウチはアース・ウインド&ファイアーの『ファンタジー』に決まったわけ。そしたらさ、その子、モリヒサさんっていうんだけど」

「え、モナリザ？」

「モ、リ、ヒ、サ。全然似てないじゃん」

冗談だよ。そんなに怒るなって。

瑠香が指で机をなぞった感じでは、普通に「森久」と書くようだ。

「うん、その森久ちゃんが？」

「あれさ、最後にCDかけて、みんなに唄わせるじゃん」

「ほとんど唄ってないけどね、みんな」

「でも、森久さんは唄ってたの。静かめにだけど」

「ほう。けっこうな真面目ちゃんだ」

瑠香が首を傾げる。

「……真面目、かどうかは分かんないけど、でもさ、その歌が、めっちゃ上手かったのよ」

実悠も頷いている。

「私、その子の斜め後ろなんだけど、けっこう聞こえた。上手いっていうか……確かに上手いんだけど、それよりも、なんか不思議な声してた。ちょっとハスキーで、綺麗なんだけど、トゲがあるっていうか」

むむ。その「綺麗なんだけどトゲのある声」って、ちょっと興味ある。聴いてみたい。けど、その前に。

「瑠香、その森久ちゃんが、なんだっていうの」

「うん。ウチのバンドに、誘ってみたらどうかな、って」

やはり、そういう話か。でもウチには、すでに実悠というボーカリストがいる。ベースと兼任ではあるけれど、ちゃんと唄えてるし、実悠だって、充分上手い部類に入ると思う。

「あたしは……実悠の歌、好きだし。別に、今の三人で充分だと思うけど。実悠はどうなの」

　実悠は、口を尖らせて眉をひそめていた。

「私は……それこそクミの、お握りの喩えじゃないけどさ」

だから。その話は忘れてくれって、前に言ったでしょうが。

　実悠が続ける。

「弾き語りとさ、バンドは別物だなって、思えてきたんだ、最近。もちろん、唄うのは好きだよ。でも、ベースはベースで、別の面白さがあるし。ベースに集中できるって意味では、別にボーカルがいてもいいのかなって、思う。っていうか、森久さん、ボーカルとかやんないかなって、最初に言ったの私なんだ。そしたら瑠香が、クミに相談に行こうって言うから」

　あらそう。あたしが思ったのと、順番逆だったのね。

　そういうことなら、相談に乗りましょか。

「じゃあ、まあ、とりあえず会わせてよ、そのモナリザちゃんに」

　だから怒るなよ、瑠香。なんでそこだけ、そんな怖い顔すんの。

　早速その日の放課後、実悠と瑠香が森久さんをウチのクラスに連れてきた。翔子にはあたしが声掛けたんで、これで全員だ。

　瑠香から紹介がある。

背は翔子と同じくらい。だからけっこう、スラッと高い方。それでいて顔は、わりと童顔というか、可愛いといえば可愛いんだけど、高三にしては幼いように、あたしには見えた。それが今は緊張しているのか、能面みたいな無表情で固まっている。

「森久、ヨウちゃん」

その無表情のまま、堅苦しくお辞儀をする。

「森久……ヨウです」

あたしも、よしゃいいのに、

「ヨウ子、さん？」

早まって、余計なことを訊いてしまった。

森久さんが、チクリと眉をひそめる。

「いや……ヨウ、で終わり」

「あ、そうなんだ。ごめんなさい。あたし、佐藤久美子。こっちが、蓮見翔子。あたしがドラムで、翔子が……」

そう言いかけたところで、瑠香からストップが入った。

「それはもう……私が説明したから」

「あ、そうなの」

「うん。で、森久さんがね」

すると、今度は森久さんからストップが入った。

「だから……名字で呼ばないで」

瑠香も、あっ、という顔をする。一瞬、場の空気が冷えた。

「ごめんごめん、忘れてた……そう、ヨウちゃんにね、バンドとか興味あるって訊いたら、あるって言うから、じゃあ今度の練習、一緒に見に行こうって誘ったの。とりあえず、テスト前は明日で最後にしようって言ってたじゃん。だから、明日、ヨウちゃんも連れてっていい？」

瑠香は、やんわりとメンバー三人に尋ねつつ、でも翔子には、やや長めに目を向けていた。翔子だけは昼休みにいなかったから、その翔子にまず了解を得ようという、瑠香なりの気遣いだろう。

その翔子は、最近ボスに褒められるようになって自信がついてきたのか、見学の一人や二人はどうってことない、という顔をしている。

「うん……いいん、じゃない？　みんなは？」

結果、満場一致で森久さん、じゃなくてヨウちゃんを、スタジオに迎えることになった。

見学も二人までなら大丈夫だろうってことで、やはりいつものＥスタジオに入った。当然、飛び込みのお客さんがきた場合、ボスはＤとかＣにご案内することになるわけで。そうすれば多少は広いから、料金も何百円かは余計に取れるという、嫌らしい金勘定が絡んでいることは否定しない。

さてと。

「じゃ、何やろっか」

翔子が手を挙げて「タイムゴーズバーイ」とリクエストする。瑠香に、コードチェンジが上手くなったと褒められて以降、翔子はこの曲が一番のお気に入りらしい。三人で合わせていないときでも、一人で、弾き語りみたいにしてよく唄っている。

「オッケー、じゃあ『Time goes by』から、いってみよか……いくよ……ワン、ツッ、スリー……」

原曲にはシンセサイザーがふんだんに入ってるけど、ウチにはキーボーディストがいないので、そこはギターで代用。っていうか、もともと原曲に似せるという発想が、あたしたちにはない。基本的に曲は「コピー」しない。やるなら「カヴァー」だ。ピアノやバイオリンの習い事じゃないんだから、誰かがやったこととそっくり同じにやる必要なんてない。自分たちなりに、その曲が表現できればそれでいい。それがロックってもんだろう——というのは、完全にボスの受け売りだけど。

そういった面でも、あたしたちはかなりいいところまできていると思う。

翔子のギター、カジノは「フルアコースティックボディ」といって、エレキなんだけど、中に空洞がたくさんあるから、丸みのある太い音がする。この曲では、それをさらにエフェクターで加工して、ちょっとピアノみたいにも聞こえる澄んだ音にして弾いている。エフェクターのプログラミングはだいぶボスに手伝ってもらってたけど、最近は自分でもできるようになってきてて、新しい音を作っては「これどう？　カッコよくない？」と、あたしたちに聴かせてくる。中には、なんじゃそりゃ、ってくらいペラッペラな音も、グッチャグチャな音もあるけど、試行錯誤を重ねるのはいいことだ。

　実悠は、なんといっても指弾き。この曲のゆったりした雰囲気には、どうしても指弾きが必要だった。歌もいい。サビの張り上げるところなんか、最初は恥ずかしがってて、ファルセットで逃げてたけど、今はちゃんと声を張って、力強く唄えるようになった。

そこで翔子が、ギターを少し歪ませた音色に切り替えると、より一層曲が盛り上がる。

瑠香なんて、前に聴きながらサビで涙浮かべてた。

　さぞかし、初参加のヨウちゃんも感動していることだろう——と、思いきや、

「……」

　じっと丸椅子に座ったまま、相変わらずの無表情。でも黒目だけは忙しなく動かし、翔子の指使いや、実悠の手元、口元、あたしのスティックの動きを注視している。見ようによっては、怒っているようでもある。隣でニコニコと、体を揺らしながら聴いている瑠香とは対照的だ。

　最後のサビを終え、イントロと同じパターンに戻って、終わる。

「……いぇーい」

　小さく拍手する瑠香に合わせて、ヨウも同じように手を叩いてはいるが、依然、その

表情は硬いままだ。

あたしは、ヨウが何を思って聴いていたのか、あたしたちの演奏にどういう感想を持ったのか、物凄く興味があった。それをどう言葉にするのか、早く聞きたかった。褒めるのか、ひょっとしたら貶すのか。褒めるにしたって、何をどう褒めるのか。ある程度はパターンも考えつく。実悠の声がいいとか、リズムがいいとか、ギターの音が綺麗とか、言い方も何通りかあると思う。

でも、ヨウが口にした感想は、そのどれとも違っていた。

「この曲って……こういうふうに、なってたんだ」

それを聞いて、あたしはちょっと、ゾゾッ、ってなった。

この子は、ヨウは、歌がいいとか演奏がいいとか、そういうことではなくて、いま目の前で演奏されている曲の、構造を理解しようとしていたのか。楽しむとか感動するとか、そういうことよりも前に、曲そのものの分析をしていたのか。あの目配りは、そういうことだったのか。

こういうタイプ、初めてかもしれない。

それを知ってか知らずか、まあ知らないんだろうけど、瑠香が無邪気にヨウの肩を揺する。

「ねえねえ、ヨウちゃんも、一緒に唄ってみなよ」

普通は、嫌がるわな。嫌がらなくても、遠慮するわな、空気的に。

だがそこも、ヨウは一風変わっていた。

「えっ……私、歌詞分かんないし」

問題はそこかーい、と仰け反りそうになったあたしには目もくれず、実悠が自分の、ベースのギグバッグのポケットに手を伸ばす。

「あるよ、歌詞なら」

実悠も慌てていたのだろう。ベースをちゃんと押さえてないもんだから、しゃがんだ反動で、ベースのネックがアンプにぶつかって、「ゴイイーン」と鳴ってしまった。ちょっと、気をつけてよ。それ本当は、けっこう高いベースなんだから。

はい、と取り出した歌詞カードを、実悠がヨウに差し出す。

「一緒に唄お」

「うん……ありがと」

翔子も、自分用のスタンドからマイクを取り外し、はい、とヨウに手渡す。

「ありがと……あー、あー」

ちゃんとチェックするんかい。とことん冷静だな、この子。

それを見た実悠がこっちに目配せするので、あたしも、頷いて返した。

「ほい、じゃ、もう一回いくよぉ」

同じ曲、同じ演奏。あたしは、叩くシンバルの種類も、その強弱も、タムの回しのパターンまで、全部完璧に、同じに演奏した。

でも、何もかもが違っていた。

ヨウが根こそぎ、全てを変えてしまった。

CDの歌詞カードを右手に持ち、左手でマイクを握り、ヨウは唄う。でもときおり歌詞カードから目を離し、あたしのいるドラムセットと、実悠が立っている場所の、ちょうど真ん中辺り、誰もいない、防音材を張り巡らした壁を、ヨウは見つめる。

なに、その目——。

「Time goes by」はスロー・バラードだ。普通だったら、柔らかく、綺麗に、ロマンティックに唄う。そこだけをいったら実悠の方が断然上手いと思うし、ちゃんと曲を覚えているだけ、音程も正確に唄える。

しかしヨウは、そんなこと、まるでお構いなしだ。

歌詞の内容的には、お互いを上手く想い合えずに別れてしまった、恋人たちの歌だ。ただ最後には、時間が経ったらまた笑顔で会えるかも、という、前向きなメッセージも付け加えられている。

そんな曲を——。

ヨウはまるで、敵を威嚇するような目つきで唄う。髪を振り乱し、闘志を剝き出しにし、かと思うと、冷徹に銃弾を撃ち込む、スナイパーの目で睨みつける。ひょっとしたら、この曲を唄えるのは一生に一度だけかもしれない、だったら全力で唄おう、唄い終わったら死んでもいい——実際そこまでは思ってないにしても、そう思ってそうな目をして唄う。

怖い――この子、怖いくらい、本気だ。この本気に比べたら、あたしたちなんてまだまだ甘いと言わざるを得ない。

急に、あたしは恥ずかしくなった。実悠や翔子よりちょっとバンド経験があるってだけで先輩面をしていた自分が、何より恥ずかしかった。

でも、いい。ヨウは、実悠や翔子とは違った意味で、いい。この曲は、確かに合ってない。ただそれは、ヨウがこの曲に合ってないんじゃない。この曲が、ヨウに合っていないだけだ。

唄い終え、演奏も終わると、ヨウはまたさっきと同じように、瑠香の隣の丸椅子に腰掛けた。表情は、さっきまでの熱唱が嘘みたいに、硬い無表情に戻っている。

さすがの瑠香も、目が点になっていた。実悠も翔子も、演奏し終えたときのまま、手が止まっている。実悠なんて結局、丸々一曲、ワンフレーズも唄わなかったんじゃないだろうか。

たった一つ違ったのは、ヨウだ。

ヨウの手には、まだマイクが握られている。

それを口元に持っていき、同時に、ヨウはあたしに目を向けた。

「私も、楽器……ギターか何か、やりたい。歌だけじゃ、物足りない。歌だけって、なんか……すごい楽して、怠けてる気がする」

ほほう。

言ってくれるじゃない、森久ョゥ。

あんた、なかなかロックしてんじゃん。

2

初めて店に入ってきた女性が、いきなり泣き始めたのだ。驚かなかったといったら嘘になる。だが大慌てしたかというと、そうでもなかったように、自分では思う。ティッシュペーパーも普通に渡したし、わりと冷静に対処できた。

そう。たぶん彼女には、最初からそういう空気を感じていた。

言葉にするのは難しい。でも、あえてするとしたら——予想外のことをするだろう、という予想は当たっていた、みたいなことだろうか。あるいは、異質な何かを感じはするけれど、それが不愉快なわけではない、というか。何しろ、ガラス越しに見た最初の印象が「季節外れの雪女」だから、俺も、ある種の「エキセントリックさ」は第一印象から持っていたのだと思う。

ただそれは、本人も自覚しているようだった。

「すみません……なんか、気持ち悪いですよね。初めてきた客が、いきなり泣き始めるなんて。情緒、不安定過ぎますよね。ほんと、すみません」

そう言われたときにはもう、俺は俺なりに、彼女が流した涙の理由を考え始めていた。

「いえ、ほんの少しだけ、慌てましたけど、でも……きっと、素敵な思い出が、おありなんでしょう。音楽とか、楽器って、いろんな想いとか、記憶とかが、あとからあとから、宿りますから。誰しもありますよ、何かしら……」

俺にだってある。若い頃に好きだった曲を街角で耳にして、ふと泣きそうになったり。金に困って手放した思い出のギターと、そっくり同じモデルが修理に持ち込まれ、ひょっとしてお前、あのときのあいつか？　などと妙な感傷に囚われ、なかなか作業に入れなかったり。そんなの、数え上げたらきりがない。

だから、彼女の涙の引き金になったのであろう言葉は、繰り返さないよう注意した。

もうギターは弾いてないんですか。

嫌いになっちゃいましたか。

そんなに強い言葉ではないはずだが、でも泣かせてしまったのは事実なので、ここは真摯に謝罪しておきたい。

言い訳をするつもりはないが、ああいう言い方をしたのにはちゃんとした理由がある。ギターは、とりわけエレクトリック・ギターは、基本的には「好きだから」始める楽器だ。そこが、ピアノやバイオリンとは決定的に違う。エレキギターは、親に勧められて、教室に通って習う楽器ではない。好きな曲があって、アーティストがいて、あの人みたいになりたい、あんなふうに弾けるようになりたい、そういう憧れから、あくまでも自発的に始める楽器だ。

だから、やめ方も様々だ。

ピアノを習いに行って、「ドレミファソラシド」が弾けなくてやめる人は、かなり稀だと思う。先生だって最初は優しく丁寧に教えてくれるだろうし、何しろピアノの「ド」は、鍵盤さえ間違っていなければ、どの指で押そうとちゃんと「ド」の音が鳴る。指先でなくても、たとえば指の関節でもチョップでも、なんだったら猫の手でも「ド」は「ド」になる。

だがギターは違う。

まず「ド」なら左手の人差し指か中指で、五弦の三フレットを押さえる。薬指でも小指でも構わないが、まあ、小指でチャレンジする人はけっこうな変わり者だろう。とにかく、何かの指で五弦三フレットを押さえる。もうこの時点で、できない人はできない。むしろ、いきなりちゃんとは押さえられない方が普通かもしれない。

そして、ギターはただ弦を押さえただけでは音が出ない。その押さえた弦を、今度は反対の手を使ってはじかなければならない。この、左手で押さえた弦を右手ではじく、というのが、初心者にはなかなか難易度が高い。

左手で押さえているのは五弦なのに、右手では隣の六弦を、あるいは四弦をはじいたりしてしまう。当然、音は出ない。少なくとも「ド」は鳴らない。しかし注意深く五弦をはじこうとし過ぎて、右手にばかり意識を集中していると、今度は左手が疎かになってしまい、いつのまにか指がずれたりしていて、それでもまた音が出ない。

　ギターでは、ただ「ド」を弾くだけでも、右手と左手に別々の動きをさせ、なおそのタイミングを一致させる必要がある。しかもこの程度のことはみんな、たいていは独学でやるから、そばに先生なんていないから、根気のない人はこの時点で挫折する。

　さらにコード、日本語で言う「和音」を弾く段階に進むと、脱落者は爆発的に増えていく。

　有名なのは「F」だろう。ピアノでいうところの「ファラド」だが、これが押さえられなくてギターを断念する人が、本当に多い。実際は「F」なんて押さえられなくても弾ける曲はごまんとあるし、ギターをやめる必要なんて全くないのだけど、でも先生もいない、相談できる友達もいない孤独な状況で、その困難を乗り越えるのは簡単ではない。

　しかし、そんなのは大昔、二十世紀の昔話だと、俺は言いたい。

　今の時代には、インターネットという素晴らしいツールがある。いつでも無料で見られる、動画サイトというものがある。そこには、誰に頼まれたわけでもないのに初心者講座を設け、初歩の初歩から懇切丁寧に教えてくれる親切な先生たちがたくさんいる。

「F」が弾けないからギターを諦めるなんて、もうそんな時代ではない。インターネットを活用すれば、一人でもギターを習得することは十二分に可能だし、なんならセッションの相手だって無料動画が引き受けてくれる。ドラムとベース、ピアノだけの演奏が多数アップロードされており、それに合わせてギターを弾くことができる。何しろ相手はネット上の無料動画だから、何時間でも練習に付き合ってくれる。お前下手糞だな、などと馬鹿にされることもない。

だから俺は訊くのだ。

もう弾かないんですか？　ギターは嫌いになっちゃいましたか？　と。

それに対する答えは、ほとんどが「ノー」だ。

だったら、もう一度始めてみましょうよ。今は安くて多機能なエフェクターだってある。アンプで大音量を出さなくても、ヘッドホンでも充分いい音で聴くことができる。ギターは楽しいですよ。楽器っていいものですよ。

実際、そういう俺の勧めで再びギターを弾き始めた人は多い。いや、多い、は言い過ぎかもしれないが、でも十人はいる。中には押し入れから古いギターを引っ張り出してきて、じゃあこれを使えるようにしてくれと、修理依頼にきた人もいる。

だから、彼女にも訊いてしまったのだ。

もうギターは弾いてないんですか、と。

嫌いになっちゃいましたか、と。

まさか、いきなり泣かれるなんて、思ってもいなかったのだ。

彼女も、泣きっ放しで帰るのはばつが悪かったのだろう。スタンドに立て掛けてあるギターを一本一本見て、最終的に、また薔薇ギターに目を戻した。

「……どうして、ギターに彫刻したんですか」

理由はいろいろある。どこから説明したらいいだろう。

「まあ、そういう加工もウチではできますよ、っていうサンプルですかね。別に薔薇でなくてもいいんです。ミッキーマウスでも、キティちゃんでも……あ、そういう著作権が絡むようなのはマズいかもしれないですけど、何か、手本になるような立体を持ってきてもらえれば、その通りに、ギターに彫刻しますよ、っていう見本です」

彼女が、二割増しくらいに目を見開く。

「見本があったら、その通りに彫れるんですか」

「ええ。そういう機械があるんで」

「手彫りじゃないんですか」

ものが薔薇なら、手彫りでもいいのだろうが。

「手彫り、ではないです。まあ、たとえば、ですよ。このミッキーをギターに彫ってくださいって、人形でも弁当箱のフタでも、なんでもいいんですけど、持ち込まれたとしますよね。その手本を見ながら手彫りでやって、できましたよってお客さんにお見せする……そうなってから、違うじゃないか、全然似てないじゃないか、って言われたら困るじゃないですか。もう彫っちゃったんだから、取り返しはつかないし、一々弁償してたら、商売にならないし。なので、ウチでは専用の機械を使って……」

両手で、その作業を真似てみる。

左右の人差し指を下向きにして、両方同時に、同じ向きに円を描いてみせる。

「こっちで見本をトレースして、もう一方にはドリルがついてて、そっちで、同じ形を彫り込んでいく。そうすると、見本とそっくり同じ形に、ギターに彫刻ができる、そういうマシンがあるんです」

たいていの人はこの説明で納得してくれるのだが、彼女は、明らかに「分からない」という顔をしていた。

「専用の……マシン？」

「あ、専用って言ったら、ちょっと違うかもしれない。廃業するっていう金型工場からもらい受けてきたものなんで、もともとは金型を作る過程で使う機械なんだと思うんですが、ウチでは彫刻とか、同じ形のネックやボディを作るのに使っている、ということです」

彼女が辺りを見回す。

「それは、どこに」

「奥にありますけど……見ます？」

「いいんですか」

「いいですよ。散らかってますけど」

カウンターを迂回し、奥のスペースに進み、照明のスイッチを入れる。今日、こっちでは何も作業をしていなかったので、言うほど散らかってはいない。木屑なども、昨日ちゃんと掃除をしたのでないはずだ。

俺が二、三歩中に入ると、彼女もあとをついて入ってきた。

彼女の左側にある機械を手で示す。

「これです。正式には『倣いフライス盤』というらしいですが、でもこの機械自体は手作りなんで、市販のものとは、ちょっと違うのかもしれない。むしろ『倣い彫刻機』という機械に、近いのかもしれないです。こっちで原型をトレースして、こっちのドリルで材料を削るという、そういう機械です」

大きめの作業台の右から左に、歩道橋のように金属製の橋が渡っており、その間には別の、可動式の鉄枠が設置されている。

この鉄枠の左側にあるのが――。

「これが、トレーサーです」

縦向きに設置されたドリルのようなもので、ドリルの刃に似せた細い金属棒も付いているが、これ自体は回らない。見本となる物の表面を撫でるだけだ。

「トレーサーは、こんな感じで……前後左右、上下、どの方向にでも動かせます」

同じ鉄枠の右側には、トレーサーとよく似た形のドリルが仕掛けられている。こっちは本物なので、ちゃんと回る。

「このトレーサーを移動させれば、同じようにこっちのドリルも移動する。実際にドリルの刃を回して、トレーサーを見本に沿って動かせば、その動き通りの形に彫れると。そういう仕組みです」

彼女が、口を「ほう」の形に細める。

「……面白い」

「ああ、面白いですか、こういうの」

そう俺が訊くと、うん、と子供のように頷く。

「面白いです。何かの仕組みが分かるって、面白いです……こっちにあるのは、なんですか」

倣い彫刻機の向かいにある機械群を指差す。こういう、工作機械類が好きなのだろうか。工業女子か。

興味があるのなら、説明するのは吝かでない。

「これはバンドソーといって、この細い刃は、大きく輪っかになってまして、それが縦に回転して、木を切ることができます。こっちは、スピンドルサンダー。まあ、回転式のヤスリですね。削りカスがすっごいです。これは糸ノコ……は、分かりますよね。あとは、ラジアルボール盤。穴開け機ですね。金属でも、なんでもイケます」

六畳程度のスペースに五台も入れているのだから、どれも小型で、大型のものと比べたらパワーもない。ただギターの製作やリペアが目的なら、これで充分だ。あとは、削りカスを吸い取る集塵機と、隣にある塗装ブース。これだけの設備があれば、世界で一本しかないオリジナルギターを作ることも可能だ。あとはアイデアと、根気と予算と時間の問題になる。それと、少しばかりのサービス精神か。

　彼女はもう一度、ぐるりと加工場を見回した。

「面白いですか、この仕事」

なんだ、いきなり。まさか、今からリペアマンになりたいとでも言うのか。

「面白い……面白いのかな。そう訊かれると、困っちゃいますけど。本当は修理より、オリジナルギターを作る方が好きですけど、さすがに、そればかりじゃ食っていけませんからね。そんな、画期的なアイデアがあるわけでも、デザイン力があるわけでもないんで。だからまあ、修理依頼を受けつつ……って感じですかね」

するとと彼女は、ちょっと困ったように眉をひそめた。今の回答がお気に召さなかったのだろうか。

　少し、補足した方がいいかもしれない。

「でも、リペアって、お客さんにしてみれば、その楽器に拘りがあるから、依頼するわけでしょう。単純に、ぶつけて壊しちゃったり、使い込んでヘタっちゃったものもある。買ったままじゃなくて、もっとこうしたい、自分なりにカスタマイズしたい、っていうのもある。いずれにせよ、その楽器が気に入ってるから、持ってくるわけです。こっちとしては……ご要望を丁寧に伺って、それを実現して差し上げる。やっぱり、ご要望通りに仕上げた楽器をお渡しして、お客さんが満足そうな顔をしてくれたら、そりゃ、嬉しいですよ。そういう意味では、面白いっていうか……まあ、楽しい仕事ではありますよね。やり甲斐も……うん、あるんじゃないかな」

納得したような、しないような顔で、また彼女は室内を見回した。

一周して、また倣い彫刻機に目を留める。

「なるほど……これがあれば、なんでも彫れちゃうわけですね」

それは、やや過大評価だ。

「いや、ご覧の通り、作業スペースがこれだけなんで、大きさに限界はありますし、それこそ3Dプリンターみたいに、自由自在に立体を作れるわけじゃないですけど、まあ、ギターに彫刻を施すくらいなら、なんでもと……申し上げて、いいのかな」

彼女が、ちょっと悪戯っぽい笑みを浮かべる。

「ミッキーマウスでも」

「ディズニーにバレなければ、ね」

「キティちゃんでも」

「サンリオに見つからなければ」

言いながら俺は、なんとも形容し難い、冷たい胸のざわつきを覚えていた。

彼女の、笑みを見たからだ。

思えば、彼女はこの店に入ってきてから今まで、泣いたとき以外はほぼ無表情だった。

興味ありげに機械に見入ったり、感心したように口をすぼめたりはしていたけれど、そこに笑みはなかった。彼女が俺との会話で笑ったのは、今が初めてだ。

単純に、綺麗だな、とは思った。第一印象が「季節外れの雪女」なのだから、そもそも不細工なわけではない。充分、整った顔立ちをしているとは思う。その第一印象と、この胸の「冷たいざわつき」は関係があるのか、ないのか。それは俺にも分からない。

それよりも、俺が思ったのは「脆さ」だ。

ちょっとしたはずみで壊れてしまいそうな、消えてしまいそうな、そんな笑みに見えた。もっと思いきり笑ったら可愛いだろうに、そういう感情は自ら抑え込んで、すぐ無表情に戻そうとする。無表情と無表情の隙間、そのちょっとした繋ぎ目に、偶然覗いた、微かな笑み。

彼女が、風にでも吹かれたように、ゆらりと俺の方を向く。

「私、今……楽器は、何も持ってないですけど」

そうだろう、と思っていた。

「はい」

「修理してほしいものも、今のところ、特にないんですけど」

「ええ」

「またここに、寄ってもいいですか」

不思議な言い回しに聞こえた。

見にきてもいいですか、とか、遊びにきてもいいですか、ではなく、「寄ってもいいですか」だ。

そんなふうに思う俺の方がおかしいのかもしれないが、でもその言葉には、好意も興味も感じられなかった。かといって、事務的でもない。もっと曖昧(あいまい)で、気紛(きまぐ)れな響きがした。

「……もちろん。いつでもどうぞ」

俺がそう、笑顔で答えたら、彼女もまた笑みを見せてくれるんじゃないか。そんな期待はあった。

でも、それもなかった。

彼女はちょこんとお辞儀をし、加工場を出て、俺が追いかける間もなく、店のガラスドアを開け、出ていった。

振り返ってもう一度、会釈のように頭を下げる。

俺もカウンターまで出て、お辞儀を返した。

理由はない。

でももう、彼女には、二度と会えない気がした。

例の難敵、「Jack Daniel's」ギターの修理が完了したので、その旨をメールで伝えると、持ち主は翌日の午後三時過ぎになって店を訪れた。

「どーもー」

「ああどうも。いらっしゃいませ」

奥から依頼品を持ってきて、ケースから出してみせる。

「こんな感じですが」

「おお……うん」

フィンガーボードを削って、フレットを打ち替えただけなので、外見上の変化は特にない。厳密にいったら、削った分だけネックが薄くなってはいるが、さすがに、そこにクレームをつける客はいない。

「音出し、してみますか」

「うん、お願いします」

チューニングをし、接客スペースに置いてあるＪＣ－１２０に繋ぐ。トーンをフラットに調整し、彼にギターを手渡す。

「どうぞ」

「はい、どうも」

受け取った彼は丸椅子に座り、脚を組んでギターを構えた。

基本的なローコードをいくつか鳴らし、そもそも問題があったのはボディに近いハイフレットだったので、その辺りに指をすべらせる。彼は、わりとブルースっぽいフレーズが得意なようだ。エリック・クラプトンとか、バディ・ガイ辺りが好きなのではないだろうか。特に、弦を押し上げて音程を上げる「チョーキング」に、クラプトンっぽい癖が見られる。

「いかがですか」

「うん、いいね。いい感じ」

そうはいっても、特別いい音がするわけではない。ごくごく普通の、紛(まが)い物というほど安っぽくはないけれど、オールドと比べたら明らかに深みのない、色気のない音だ。値段でいったら、一万や二万ではないけれど、確実に十万以下。そんな印象の音だ。

ただし、こんなギターでも年月を経ると、意外といい音になることがある。四季を通して、湿気を吸ったり吐いたりを繰り返し、様々なパーツもボディに馴染(なじ)み、ある種、一体感のある音が出るようになる場合が、ある。ならない場合の方が圧倒的に多いとは思うが。

彼も、もともとそこまでは要求していない。「Jack Daniel's」のロゴがデカデカと入っている、派手なルックスが気に入っているだけだと、最初から言っている。

だから、これで「いい」と言うのだ。

「うん、オッケー。問題なし。おいくら?」

「はい、今、伝票を書きます」

見積もり通りの値段を伝票に書き込み、彼に渡そうとした、そのときだった。

店の前に、ふわりと人影が現われた。

その人影は、迷うことなくドアを開け、こっちに入ってきた。

彼女だった。

　しかも驚くべきことに、今日は最初から笑みを浮かべている。

「こんにちは」

「はい……いらっしゃい、ませ」

　彼女はジャック・ギターの客には目もくれず、カウンターのところまできて、提げてきたトートバッグをそこに載せた。

　中から出てきたのは、ややくすんだ、銀色の鍋だ。

「乾さん」

「はい」

「お鍋、取っ手、取れちゃいました」

「そのよう、ですね」

「直してください」

「はい……かしこまりました」

　俺にはあまり、人を見る目がないのかもしれない。

　昨日は、なんとなくだが、もう会えないような気がした。でも、そんなことはなかった。丸一日も経たず、彼女はまたこの店を訪ねてきた。滅多に笑わない人なのかと思ったが、鍋の取っ手が取れただけで、こんなにも今、彼女は笑っている。結局「予想できない」という予想だけが、当たっていたことになる。

でも、それくらいで、いいのかもしれない。

3

ウチの高校には、あんまり大きくはないけど、一応学食がある。

メニューは日替わり定食、カレーライス、ラーメンが豚骨と醤油(しょうゆ)、そばとうどんは、きつねとたぬき。定食は税込み四百円、その他は全部三百円。あんたら生徒バカにしてる？　ってくらい分かりやす過ぎる価格設定。いくらウチの偏差値が低いからって、こんくらい外税でも計算できるわ、と言いたくなる。

それ以外にも、パンとかジュースとかも売ってる。まあ、便利っちゃあ便利だ。

あたしは今日、醤油ラーメンにした。チャーシューがハムだけど、ときどきネギが異様に辛いけど、吉村(よしむら)さんっておばちゃんだとワカメ大量に盛られるけど、細麺(ほそめん)とスープのさっぱり感は好き。あと、ゆで卵が丸々一個入ってるのも嬉しい。

ただ、そもそも食べるのが遅い上に、あたし、ちょっと猫舌だから、ダブルで時間のかかるメニューではある。でもかろうじて麺はすすれるから、少し冷めれば、なんとか勝負に出られる。

スープをひと口試してみる。まだ熱い。でもなぁ、一回レンゲに麺を載っけて冷ましてから食べるの、あれ、仕草としてお上品過ぎてなぁ、ロックじゃないよなぁ、かといって麺が伸びるのも嫌だしなぁ、別に誰が見てるわけでもないんだからいいか、などと思っていたら、数少ないあたしの友達の一人が、トレイを持ってウロウロしているのが目に入った。

「おーい、おいおい、ヨウちゃーん」

向こうも気づいて「あ」の口をする。

ヨウは、どう贔屓目に見ても友達の多いタイプじゃないし、そもそも転校してきたばかりだし、あたしが呼べば、いくらヨウが変わり者だって、寄ってくるくらいはするだろう。

案の定、ヨウはあたしの真ん前まできたけど、でもそこで一時停止。次の指示待ちか。ロボットかあんたは。

「空いてるよ。座んなよ」

「うん……ありがと」

声、ちっさ。

ヨウがあたしの向かいに自分のトレイを置く。ライスと、生姜焼きのお皿と、水の入ったコップが載っている。

「日替わりにしたんだ」

「うん……なんとなく」

基本的に、あまり会話を弾ませる気はないらしい。

「……いただきます」

ヨウって、見れば見るほど面白い顔してるな、と思う。もちろん、不細工とかそういうんじゃないんだけど、美人かっていうと、それも違う気がする。目も鼻も、口も輪郭も全部、なんとなく丸っこくて、童顔で、一つも印象的なパーツがない。そのわりに、全体としては、なんとなく印象的な顔になっている。あたしの中では「こけし」みたいなイメージだ。そういった意味では和風なんだろう。

それが、だ。

唄い始めると、ものスッゴい顔になる。そう、凄みのある、迫力満点の顔になる。声も、実悠が言ってたみたいにハスキーで、トゲがあって、楽器やコーラスに埋もれない、独特な質感を持っている。

ほんと、珍しいタイプだ。

「ねえ、ヨウはさ、普段はどんな音楽聴くの」

お箸で、器用に千切った生姜焼きと、ご飯を小さめに、ぱくり。何か食べてるところは、こけしというよりは、リスっぽいかもしれない。ほっぺの辺りが特に。あるいはカワウソか。

よく嚙んで、ごっくんしてから質問に答える。ヨウってけっこう、お育ちがいいのかもしれない。

「……ジャムとか」

正確には「The Jam」だけどな。

「へえ、意外。他には？」

「ラモーンズとか、ニルヴァーナも聴く」

おやおや。

「なに、全部パンクじゃん」

ニルヴァーナは「グランジ」に分類されるバンドだけど、グランジ自体がパンクの進化形だから、似たようなもんだ。

ヨウが首を傾げる。

「……パンク、ってなに？」

もちろん、タイヤはこの際関係ない。

「えっ、知らないでジャムとか、ラモーンズとか聴いてたの？」

「うん、知らなかった。じゃあ、ジューダスは？　あれはなに？」

「ジューダスって、ジューダス・プリースト？」

「うん。あれもパンク？」

確かに、黒いレザーを着てるところは、似てるっちゃ似てるけど。

「あれはヘビメタでしょ。パンクとは違うよ」

「へび、めた？」

はっはあ。ヨウには基本的に、音楽のジャンルに関する知識がないのね。別に、知ってりゃ偉いわけじゃないけど、でも意思疎通を図る上では、やっぱりジャンル分けって重要でしょう。

「ヘヴィ・メタルね。ハードロックより、もうちょい激しい感じで、ギターとかが、わりとテクニック志向のバンド。文字通り、重くて金属的なサウンド、ってことかな。パンクは、それとはむしろ真逆で、もっとこう……単純さが売り、っていうか。勢い重視みたいな」

「へえ、そうなんだ」

この子、ほんと面白い。

「ねえねえ……ヨウってさ、もしかして、聴く音楽、見た目で決めてんの？」

次のひと口を飲み込みながら、うんうん、と頷く。

「はひんとか……見て、グループ名覚えて、CD借りにいく」

それを恥ずかしげもなく認めるところが、また面白い。

「基本的には、黒いレザーを着てるグループのCDを、聴くの？」

それには、ちょっと首を傾げる。

「ニルヴァーナは、長袖(ながそで)Tシャツ着てなかったっけ」

チクショウ。変なところで冷静に反論しやがるな。

「……だな」

でも、なんとなく分かった。ヨウの唄い方が攻撃的なのも、ギターを弾きたいと言ったのも、基本的にはいま言ったみたいなバンドの影響なわけだ。そりゃ、パンクのイメージで「Time goes by」唄ったら、合うわけないわ。

ヨウが、テーブルに置いてあるドレッシングのボトルに手を伸ばす。

「でも、パガニーニとか、メンデルスゾーンとかも聴くよ。あと、ストラヴィンスキーとか」

　これまた意外。

「へえ、クラシックも好きなんだ」

「別に、好きなわけじゃないけど……安室奈美恵とかも聴くし、ＥＬＴも知ってたよ。っていうかクミちゃん、ラーメン伸びてるよ」

　ほんとだ。

　スタジオ・グリーンは毎日、午前十時開店。休みは大晦日と三が日だけなので、土日も当然のように営業している。

　特に学校がない日曜は、あたしたちにとっては絶好の集中練習日だ。予約表を見て空き時間を探して、十時からＣスタで一時間、十二時からＤスタで二時間、夕方まではどこも埋まってるけど、四時からＡスタが空いてるから、そこでも二時間、みたいに、一日中あちこちで練習できる。

　空きスタジオのない時間は近所にお茶しに出たり、あたしの部屋に上がることもあるけど、なんだかんだ、スタジオの待ち合いスペースで喋ってることの方が多い。

　ヨウはそういう時間を利用して、実悠にギターを習う。

「それでもいいし、八フレットでバレーして、さっきのメジャーの押さえ方……そうそう、それでもCメジャーになるわけ」

「なるほど。分かった」

　ヨウが凄いのは、実は歌だけではなかった。ギターの上達振りも凄まじかった。いや、むしろギターの方が驚きかもしれない。実悠に説明されて、「分かった」と言った次の瞬間には、もうメジャーコードが押さえられているのだ。とてもではないが、全くの初心者とは思えない。

「……こうか」

　しかも、ジャラーン、と弾くと、ちゃんと音も出る。押さえが弱くて音が途切れちゃうとか、そういうことはない。人並み外れて握力が強い、ようには見えないが。

「上手い上手い。で、その中指をはずすと」

「分かった。Cマイナーになるんでしょ」

「その通り」

「オープンコードより、これで行ったり来たりする方が簡単かも」

　翔子は、自分が苦労したところを易々とクリアされて、悔しかったのかもしれない。

「じゃあさ、そのまま一フレットまで下りてって、Fメジャー、弾いてごらん」

意地悪だなぁ。「F」なんて、初心者を挫折させるためにあるようなコードじゃん。

「一フレットまで……こう？」

「うん、弾いてみ」

ジャラーン。

「こういうこと？」

「う、うん……そういうこと」

すげぇ。当たり前みたいに、「F」も弾けちゃったよ。

それを後ろから見ていたボスが、ホラー映画『スクリーム』の絶叫マスクみたいに、顎が外れるほど口を縦に広げる。ボスがあんなふうに驚いてみせるって、けっこうなことだ。

ひょっとすると、ヨウみたいな子を「天才」っていうのかもしれない。あたしも、何しろ五歳からドラム叩いてるから、周りからは散々「天才、天才」言われて育ったけど、でも半分はお世辞だって分かってたし、もう半分はあたし自身の努力だって思ってたから、別に己惚れたりはしなかった。あたしは天才なんかじゃないって、ちゃんと分かってた。

でもヨウは、マジで天才なのかも。

実悠がギターを脇に置き、

「……ごめん、ちょっと私、薬局行ってきたい。なんか、喉痛い」

立ち上がると、すぐさま翔子も「私もいく、目薬欲しかった」と同調した。

あたしは一番近い薬局の場所を教えて、二人を見送った。

「いってらっしゃーい」

そしてヨウは、師匠たちが席をはずしても、一人で黙々と練習を続ける。いや、ずっと隣で瑠香が見ているから、厳密にいうと一人ではない。

「……ヨウちゃん、その青いギター、似合うね」

「そう？」

「この前まで借りてた、白いのあるじゃん」

「うん」

「あれより、こっちの方が似合う」

ちなみにその青いのは、ボスが遊びで作ったオリジナルギターだ。

もとはフェンダーの、普通のストラトだったんだけど、三つあったマグネット式のマイク「ピックアップ」を、ネック側の一個だけを残して二つは外しちゃって、二個あったトーンノブも一個にしちゃって、ピックアップの切り替えスイッチもなくしちゃって、ピックガードもそれ用に作り直して、超シンプルなギターに作り変えてしまった。

ボス、曰く。

「シンプル・イズ・ザ・ベスト、単純が最高ってことよ。男はフロント・ピックアップ一発、シールドでアンプに直結。それがブルーズマンの生き様って……」

そういうわりに、全然使ってなかったけどな。

でも確かに、その明るいメタリックブルーのギターは、ヨウによく似合っていた。ボディも軽くて、ネックも細めだってボスが言ってたから、女の子にはちょうどいいかもしれない。

瑠香が、ヨウから少し離れて、全体のバランスを見る。

「うん。ヨウちゃんは、白とか黒とか、そういう普通の色より、ちょっと変わった色の方が似合うと思う。絶対カッコいい」

そこまで言われると、ヨウもまんざらではない顔をしてみせる。

「そう？……ギターが似合うとか、似合わないとか、私、まだ分かんないから」

「んーん、似合ってる。間違いない」

「そう……じゃあ、うん。こういうの、お金貯めて買おうかな。実際、前の白いのより、これの方が弾きやすいし」

あっそう。やっぱり弾きやすいんだ。よし。だったらそのギター、近々あたしがボスから強奪してやるよ。

しばらくするとヨウはコード練習に飽きたのか、単音のスケール練習をし始めた。スケールというのは、つまりは音階だ。ピアノの白鍵が「Cメジャー・スケール」もしくは「Aマイナー・スケール」だというのは、あたしも知っている。あと、ブルースとかロックでよく使われる「ペンタトニック・スケール」も知ってる。他にも「メロディックマイナー」とか「ディミニッシュ」とか、名前だけは聞いたことあるけど、どういう音階なのかまではピンとこない。

今ヨウが練習しているのは、そのロックでもよく使われる「ペンタトニック・スケール」だ。

瑠香はその練習も、じっと見つめている。

「……ねえ、ヨウちゃんって、本当に初心者なの？」

それ、みんな思ってるし、何度も訊くんだけど、答えはいつも同じだった。

ヨウも、苦笑いするしかないみたいだ。

「ほんとだって。ほんと、ギターはここで借りた、あの白いのを触ったのが初めてだって」

「他の楽器は？」

「ピアノ、は……ほんのちょっとだけ、一瞬だけ、習ったことあるけど、先生が怖かったから、すぐ辞めた。だから全然弾けない」

「そっか……でも、だからかな。ちょっとでもピアノやったことがあるから、ギターも弾けるのかな」

そんなことあるかーい、というあたしのツッコミは、今は心の中にしまっておく。

瑠香が、くるりとこっちを振り返る。

「ね、クミちゃん。ヨウちゃんってさ、なんか、指使いが弾ける人風っていうか、上手い人っぽく見えるよね」
「うん。なんか、様になってるよね。なんだろ……構えが、女の子女の子してないって
いうか。かといって、男っぽいってのとも、違う気がするけど」
　ヨウが微かに首を傾げる。
「私は……ただ、実悠の言う通りに、実悠の真似をしてるだけだよ」
「それよ。あんたの、そういうところよ。
「いやいや。普通はその、形を真似ること自体、できないから。仮に形は真似できたと
しても、いきなり音は出ないから。でも、ヨウはもう、音も出せちゃってるから。それ
はね、凄いことだと思うよ。しかも、この短い間に」
　うんうん、と瑠香が連続で頷いてみせる。
「早くさ、ヨウちゃんが『すべりだい』、ギター弾きながら唄うの聴きたい。ぜーった
い、カッコいいと思う」
「すべりだい」は、椎名林檎のデビュー当時の曲だ。コード進行がお洒落、という単純
な理由で選んだはいいけれど、この「すべりだい」には今まであたしたちがやってきた
曲と、決定的に違うポイントがある。
　そこは、ヨウにもちゃんと教えておくべきだろう。
「でもさ、『すべりだい』って、ハネた16ビートだからさ」

瑠香が、鼻と唇をいっぺんに突き出す。

「ハネた16ビート？ってなに？」

どこから説明したものか。

「んーと……じゃあまず、普通のロックってさ、8ビートじゃん。八分音符が基準になってるってことね。ツッツッツッツッ、ツッツッツッツッ、って感じ。16ビートは十六分音符が基準、つまり、八分を二つに割るってこと。スピードでいったら倍で刻むわけだから、ツクツクツクツク、ツクツクツクツク、ってなるのね」

うんうん、と二人が同じタイミングで頷く。

続けるよ。

「で、『ハネ』るっていうのは、その八分音符を二つじゃなくて、三つに割って、それの一つ目と三つ目を取り出す感じ。ツックツックツックツック、ツックツックツックツック、ってこと。普通の16ビートより、ちょっと引っ掛かる感じっていうか。それがまあ、『ハネ』るってことなんだけど」

ジャズの4ビートを思い浮かべると分かりやすい。「ツーツックツーツックツーツックツー」の、「ックツ」のところに「ハネ」感があるわけだ。

この「ハネ」は特に黒人音楽に多くて、ブルースでもファンクでも「ハネ」たリズムは頻繁に出てくる。たぶん、黒人がやると自然と「ハネ」ちゃうんだと思う。逆に、日本人にはそういう感覚がもともとあるわけじゃないから、意識してやらないと、なかなか「ハネ」られない。あたしも、ボスに徹底的に仕込まれたクチだ。

ダメだ、全然「ハネ」てない、もっと、ツックツックだ、こう、躍動感だよ、まさに「ハネ」るんだよ——。

あの頃は、心底「ハネ」るリズムが嫌いになりかけたけど、あるとき、フッとその感覚が分かるようになって、一度分かっちゃったらもう、逆に「ハネ」るのが気持ちよくて仕方なくなった。

だから「すべりだい」は、このバンドにとっても越えなければならない、最初の高いハードルになると思う。実悠も翔子も、特に実悠は苦労するんじゃないかな。ベースは音階楽器であるのと同時に、重要なリズム楽器でもあるから。ベースとドラムがちゃんと一緒に「ハネ」ないと、こういう曲はカッコよくならない。

ヨウがギターを構え直す。

「クミちゃん、こういうこと？」

ヨウは、左手で全部の弦を軽く押さえて、音が出ないように「ミュート」した上で、右手だけでリズムを刻み始めた。

「8ビートが、ツッツッ、ツッツッ……」

「そう」

「16ビートが、ツクツク、ツクツク……」

お、できてる。弦を上から下に弾き下ろすのを「ダウンピッキング」、逆に下から上に弾くのを「アップピッキング」、これを繰り返して弾くのを「オルタネイトピッキング」という。本当は、ダウンもアップも均等に弾けた方がいいんだけど、さすがに初心者なので、そこまではヨウもできない。ダウンの方が強くなってしまっている。ただ、リズムの感じは悪くない。8ビートは8ビート、16ビートは16ビートになっている。

さらに、ヨウの挑戦は続く。

「で、『ハネ』た16は、ツック、ツック……」

おや。

「ツック、ツック、ツック、ツック……ツックツックツックツック」

おい、マジか。

「ツックツックツックツック、ツックツックツックツック」

おいおい、そんなことまで、君はできてしまうんかーい。

「……ねえ、クミちゃん、こういうこと？　違う？」

「んーん、違くない。そゆこと……合ってる」

「私、『ハネ』てる？」

「うん、ちゃんと『ハネ』てる」

すると、

「ヨウちゃん、凄いじゃーんッ」

短く万歳をした瑠香が、すぐさま、ネックを握っているヨウの左手に触れようとする。

　ヨウは一瞬、その手を引っ込めようとした。気のせいかもしれないけど、あたしにはそう見えた。でもそこは、瑠香の方が速かった。半ば強引にヨウの左手を取って、両手握手みたいにして、ぶんぶんと振り回す。

　ヨウは、瑠香に握られた自分の左手と、瑠香の顔を、二往復くらい見比べていた。ちょっと困ったみたいに眉をひそめて、唇を嚙み締めて。

　だがそれが、次の瞬間、

「……そう、かな」

　ほどけた。

　いや、弾けた。

　ヨウが、瑠香の手を握り返す。

「私、ちゃんと、『ハネ』てたかな」

「うん、ハネてたハネてた」

「私……ギター、弾けるようになるかな」

「なるなる、絶対なる。っていうか、もうなってる」

　あたしはそれまで、ヨウのそんな顔、見たことがなかった。

　こけしのように動かない頰、目、小さくしか開けない口。そうかと思えば、何を敵視しているのか、壁の一点を睨みつけて唄い出す。そんなヨウしか、あたしは知らなかった。

でも、いま目の前にいるヨウは、

「なるかな、私、弾けるように、なれるかな」

「なれるなれる、絶対なれる」

瑠香の無邪気が乗り移ったみたいに、唇を横いっぱいに広げて、目が一本線になるまで細めて、泣き顔と区別がつかないくらい全力で、全開で、笑っている。

なんだ、そういう可愛い顔も、できるんじゃん――。

友達の、今まで知らなかった明るい面を見られたのだから、そこは喜ぶべきだと思う。それは分かっている。でもなぜだか、あたしはちょっと、ヒヤッとしたというか、怖くなったというか、素直には喜べずにいた。

瑠香にはそうやって笑うんだ、あたしにはそういう顔してくれないんだ、みたいな、嫉妬じみた感情とは全く違う。そういうことではない。もっと、なんていうんだろう、逆のことを考えてしまったというか、心配になったのだ。

だから、つまり――。

そんなに可愛い顔で笑うのに、なんで、普段はああなんだろう。唄い始めると、ああなってしまうんだろう。

そういうことだ。

4

乾滉一に直してもらった鍋で今、私はゆで卵を作っている。取っ手はちゃんと直っている。グラつきもなく、仕上がりは上々だ。

私が滉一の店を訪ねたとき、いつもの悪い癖が出た恰好（かっこう）だが、私には他に客がいることが分かっていなかった。黒いTシャツに黒のデニム、黒いつば広ハットをかぶった人の後ろ姿は、むろん視界に入っていた。でもそれが、自分以外の先客であるということが、まるで意識できていなかった。

その人を差し置いてカウンター前に進み、トートバッグから鍋を出して、お鍋の取っ手が取れちゃいました、直してください、とやってしまった。そうなってから、何か空気がおかしいことに気づいた。その全身黒男が自分と同列の、いや、ギターの修理依頼だったのだからむしろ本業の客であることに、ようやく思いが至った。

急に恥ずかしくなった。

「あっ……ごめんなさい、私、ちょっと慌てて……すみません、あの……またきます」

そのブラックマンは見掛けによらずなかなかの紳士で、図々（ずうずう）しくて空気が読めなくて頭が悪い上に壊れた鍋を持ち歩く所帯じみた変人に見えたであろう私に、優しく声を掛けてくれた。

「いやいや、俺はもう、会計だけだから。大丈夫っすよ」

言いながら財布から一万円札を何枚か出し、滉一に渡す。受け取った滉一はデスクに置いてある手提げ金庫を開け、千円と何百円かを数えて、ブラックマンに「お釣りです」と返した。

受け取ったブラックマンが、それをまた財布に収める。

「……ってか、ほんとに日用品の修理も、やってるんすね」

「やってますよ。この前なんて、大黒様の折れた腕の修理、しましたもん」

「マジで。じゃ、パソコンとかは」

「そういうのは、無理かな。インターネットの接続とか、そういうのもお断りしてます」

「なるほどね。そこら辺がボーダーか」

ブラックマンがギターケースを担ぐ。

「んじゃ」

「はい、毎度ありがとうございます」

「来週のライヴ終わったら、サンサンゴ、調整に持ってきますわ。たぶん、そんなにイカレてはいないと思うけど」

「はい、お待ちしております」

ブラックマンは私にも会釈をくれ、店を出ていった。私も頭を下げ返したけど、でもなんだか申し訳なくて、恥ずかしくて、小さくしかできなかった。

カウンターに向き直ると、もう滉一は鍋を見てくれていた。

「この、ビスを受けてるところが、熱と湿気とサビで、弱くなっちゃったんですね」

もう帰りたい。鍋なんてどうでもいいから、早くこの場から立ち去りたい。

「すみません……本業の、邪魔しちゃって」

滉一が目を上げる。

「何がですか。全然大丈夫ですよ。じゃあ……うん、これ、お預かりしときます」

それは、ちょっと意外だった。

「えっ、鍋の取っ手って、そんなに、時間かかるんですか」

今ここで、チョチョッとやってもらえるのかと思っていた。

滉一が、取っ手の黒ずんだ部分を私に向ける。

「このね、弱くなっちゃった部分に、大きめに穴を開けて、そこに埋め木をして、新しいビスを打ち込むんですが、穴開けとビスはともかく、埋め木をしたところの接着剤が乾くのに、半日はかかるんですよ。なので、出来上がりは明日、ってことになるかな」

なるほど。そうやって鍋の取っ手は修理するのか。「大きめに穴を開けて埋め木をする」という説明で、私が連想したのは虫歯の治療だった。患部が黒ずんでるところも似ている。あと、滉一は「弱くなっちゃった」と言ったが、そこ、たぶん「腐ってる」んだと思う。それでも滉一は、そこを「腐ってる」とは表現しないんだな、というのは、なんとなく感じた。

「分かりました。じゃあ……明日、また来ます。ちなみに、おいくらくらいでしょうか」

「たぶん、こういうお鍋って、買っても二千円しないと思うんですよ。下手したら、似たようなものは百均でも売ってるかもしれないし、そんなに、ね……だから、じゃあ、三百円ってことに、しときましょうか」

そうか。日用品の修理承ります、とはいっても、そもそも儲けられる話ではないわけだ。ほとんどボランティアだ。

「なんか、すみません……子供の使いみたいで」

クスッ、と滉一が笑いを漏らす。

「でも、お鍋がないと、困りますもんね。大丈夫ですよ。明日までには、ちゃんと直しておきます」

それで今日、十時に行ってみたら、まだお店は開いてなくて。看板も出てないから、何時開店なのかも分からなくて。

部屋まで帰るのも面倒だったので、少しの間「ヨーキー」で暇潰しをすることにした。

「何になさいます?」

「モーニングください」

「かしこまりました」

他にも客はいたけど、常連ではないみたいで。結局、桃子と小一時間、毎日暑いよね、とか、頭が痛くならないかき氷の作り方とか、どうでもいい話をして過ごした。

壁の時計を確かめる。ようやく十一時三分前か。

桃子が、ちょっと意地悪そうに片頰を持ち上げる。

「どうしたの？　やけに時間、気にしてるみたいだけど」

「あー、あの……だから、あれですよ。例の、修理屋さんに、お鍋の修理を、頼んだんですよ」

「へえ。それが？」

「出来上がり、今日だっていうから、十時に行ってみたら、まだ開いてなくて。で」

「仕方なく、ここで暇潰しをしていると」

「……まあ、はい」

急に、ある疑問が頭をもたげてきた。

「ちなみに、あの修理屋さん、ここにはくるんですか」

桃子は、斜め上を見ながら小首を傾げた。

「どうなのかな……私、あんまり修理屋さんの顔、分かってないのかも。あの人かな、ってのはぼんやりあるんだけど……うん、よく分かんない」

確かに、そんなに印象深い顔ではない。

で、三百円払って鍋を引き取ってきて、ゆで卵を作って、それを食べて。そろそろ仕事探そうかな、それとも、もう少しこんな感じでグータラ暮らそうかな、などと考えつつ、パソコンを弄（いじ）っていたら、いつのまにか「世界のおもしろ動画」なんてものを観始めてしまって。ひとしきり笑って、終わるとまた、似たようなタイトルがお薦めで出てくるから、次から次に観ていったら、終（しま）いには腹筋が肉離れみたいになっちゃって。これ以上は危険だと思ってやめた。

時計を見たら、夕方の五時。

何やってんだかな、私――と思って目を閉じたのがよくなかった。次に目を開けたら夜の八時近くになっていた。

午前十時過ぎに「ヨーキー」のモーニング、十二時くらいにゆで卵二個だから、そりゃ夜になったらお腹は減る。今日一日でしたことが、鍋を引き取ってきたことと「世界のおもしろ動画」を観たことだけだとしても、時間が経てば腹は鳴る。そのこと自体に、罪の意識を持っても仕方がない。自己嫌悪は空腹が満たされてからでいい。

シャワーを浴びて、涼しめの服に着替えて、ちょっと化粧をして部屋を出た。朝も夜も「ヨーキー」というのはあまりに洒落っ気がないので、今は素通りする。

とりあえず商店街を歩き始めた。「よみせ通り」はその名の通り、すでに夜の賑（にぎ）わいを見せている。

さて、この辺りで、何をどうしようか。

鰻（うなぎ）屋で、生ビールを飲みながら一人うな重。さすがに贅沢（ぜいたく）が過ぎるだろう。パンを買って、部屋に帰って一人で食べる。それは嫌だ。一応、ルーカス・ギタークラフトのある細道もチェック。すでに閉店しているのか、辺りは暗い。よく見ればシャッターも閉まっている。お疲れっした。

もう少し進んで、「谷中ぎんざ」の入り口まできたので、そっちに曲がってみる。観光客みたいに、何か買い食いしながら歩くのも悪くはないんだろうけど、今日はそういう気分ではない。ちゃんと店に入って、座って食べたい。

そば。それもちょっと違う。中華はもっと違う。

焼き鳥、それもイマイチだな、と思ったのだが、

「……あ」

まさに今、その焼き鳥屋の引き戸に指を掛け、中を覗こうとしている知り合いの姿が目に留まった。

知り合いというか、乾滉一だ。

「あ……あのッ」

声を掛けたのは私自身だが、何より、自分でその声に驚いてしまった。関係ない周りの人の目も、だいぶ集めてしまった。私、そういうところ、ある。一つ何かをやろうとすると、力が入り過ぎる。落ち着いてやれば、決して不器用ではないと思うんだけど、でも、そういう癖が私にはある。

むろん、滉一も気づいた。

「あ、どうも」

昼間に見た、赤紫のポロシャツにジーパン、そのままの恰好だ。手ぶらに見えるが、財布と携帯くらいはポケットに入れているのだろう。あと家の鍵とか。

引き戸から手を離し、律儀にこっちに向き直る。

「こんばんは」

私も、お辞儀しながら近づいていった。

「こんばんは……お仕事、もう終わりですか」

「ええ。塗装を、何本かまとめてやったので。乾くまで触れないんで、今日はもう終わりにしました」

私は、店の引き戸を指差した。

「……ここ、美味しいんですか」

滉一が、頷きながら目を向ける。

「けっこうな人気店なんで、なかなか入れないんですけど、今も、けっこう混んでて」

「もう、見たんですか、中」

「一応、訊いてみたんですけど、一人席は一杯で。小さな個室なら空いてるんだけど、そこは二人からだって、言われちゃいました」

二人から。そしていま私たちは、まさに二人。

滉一も同じことを考えたようだった。

「沢口さん、夕飯は」

鍋の修理代金は三百円だったが、そんな額でも滉一は律義に伝票を書いてよこした。そのときに名前を訊かれたので、名字を覚えられていてもなんら不思議はないのだが、でもいざ呼ばれてみると、なんというか、ちょっと、ゾワッとくる。

「ええ……どっか、お店、入ろうかな、と」

「じゃあ、よかったらご一緒しませんか。今、二人席なら入れるんですよ」

「ああ、はい……」

ニコッ、と頬を持ち上げた滉一は、意外なほどの勢いで店の戸を開け、よく通る声で「すみません」と店員を呼びつけた。

「はい、何名さ……」

「二人です。二人なら入れるんですよね？」

「二名様……ええ、あちらの、左側の個室になりますが」

「そこでいいです。沢口さん、いいですか」

もはや嫌とは言えないし、実際、嫌ではなかったので、頷いて返した。

「はい、そこでお願いします」

「どうぞ、お入りください。ご新規二名様でェーす」

案内された二人席というのは、個室といえば聞こえはいいが、要は店の隅のデッドスペースに小上がりを作って合板で囲って、座卓を置いて暖簾を掛けただけの場所だ。舞台設営の仕事をしていた私に言わせれば、これは客に見せるべき「表舞台」ではなく、どちらかといったらセットの裏側、まさに「舞台裏」だ。

「沢口さん、奥、どうぞ」

「……すみません、じゃあ」

気を遣ってくれたのだろうが、あとでトイレに行きたくなったら奥って逆に不便だよな、などと考えつつ、靴を脱いで上がり込む。

でも、いったん収まってしまえば、それなりに落ち着く空間ではあった。もともと、狭いところは嫌いじゃないし。

最初は、二人とも生ビール。料理は、串盛りとか鳥刺しとか、出汁巻き卵とか、滉一が適当に頼んでくれた。地鶏の焼き鳥が売りのお店らしいが、普通に居酒屋的なメニューもたくさんある。

「それじゃ、乾杯」

「……乾杯」

滉一も腹が減っていたのか、料理がくると、けっこうな勢いで平らげ始めた。

「んん、旨い」

確かに、料理の味は悪くなかった。個人的には、あまり食べたことがなかったけど鳥刺しが気に入った。しかし、狭い。ちょっと座り直そうとするだけで、必ず滉一の脚のどこかに当たる。

「……ごめんなさい」

「いえ。ちなみに沢口さんは、お仕事、何されてるんですか」

けっこうな不意打ち。でも大丈夫。答え方は決めてある。

「いま、無職なんですよ。ついこの前まで名古屋にいたんですけど、仕事辞めて、こっちにきちゃったんで」

「あ、そうなんですか……」

やんわりと逸らす視線、語尾のフェイドアウト。訊いてはいけないことを訊いてしまった感ありあり。どうせこういう空気になるんなら、全部いっぺんに話してしまおう。

「……っていうか、ほぼ同時に離婚もしちゃったんで。仕事も家もなくなったんで、別にもう名古屋にいなくてもいいか、と思って、こっちに戻ってきたんです。だから、今はけっこう、サバサバした気分です」

滉一は、ちょっと眉を引き上げるようにしただけで、そんなに気まずそうな顔はしなかった。

「戻ってきた、ってことは、もともとは、この辺に住んでらしたんですか」

「そう、ですね。十代の後半から、名古屋に行くまでは」

少しはこっちからも訊いてやろう。

「乾さんは、なんで谷中でギターのお店をやろうと思ったんですか」

ぐびっ、と滉一が生ビールを呷る。

よく見ると、喉仏がけっこう尖っている。

「……昔、この近くに実家があったんですよ。なんで、土地勘があったっていうか。たとえば、普通にギターを売るお店だったら、大きな駅の近くとか、駅前とか、ふらっと入りやすい場所の方がいいんでしょうけど、リペアショップって、用がなかったら入らないじゃないですか。だったら逆に、立地は関係ないかな、と思って。山手線圏内だったら、どこも変わんないかな、と」

私は、用もないのにふらっと入っちゃったクチですが、とは思ったけど、改めて言うほどのことでもないので、ふーん、と分かったような顔をしておいた。

もう少し、その辺を掘り下げてみよう。

「楽器の修理屋さんって、どうやってなるんですか」

ふっ、と滉一が笑みを漏らす。

「謎ですよね、一般的には……実は、ちゃんとそういう学校があるんです。分類でいえば、音楽学校の一種ですかね。そこで三年勉強して、メーカーのリペアマンを四年くらいやって、それから先輩の店に、二、三年いたかな。あの店を持ったのが、今から二年くらい前です」

わりと、ちゃんとした経歴なのが意外だった。

滉一が、七味唐辛子の瓶に手を伸ばす。

「沢口さんは、名古屋でなんのお仕事をされてたんですか」

それ、訊くよな、普通。

「ああ……最初は、ペットトリマーをやってたんですけど、途中から、あんまり向いてないなって思っちゃって、それで、舞台設営をする会社に転職して」

滉一が、思わずといったふうに「舞台設営？」と訊き返す。

私はあえて「謎ですよね、一般的に」と返した。滉一も苦笑いしていた。

「しかも事務方とかじゃなくて、現場の職人です。いま思えば、なんであんな仕事選んだんだろうって、自分でも不思議です。で、それも辞めちゃって、離婚もして、今に至ると」

あれ、急になんか、ぼわんと、頭が膨らんできた。もう酔ったのか。座卓に肘をついてないと、どんどん体が傾いていきそうだ。いや、壁に寄り掛かっちゃえばいいのか。うん、この方が楽だ。

「……実はウチ、両親も離婚してるんですよ」

自分でも一瞬、なに言ってんだかな、と思ったけど、なんか話したい、言ってしまいたい気分に、逆らえなくなっていた。

「乾さんて、お父さんお母さん、好きでしたか」

滉一が唇を尖らせる。

「好き……そんな、なんていうんだろう……好きって、感じでもなかったですけど、別に、特に嫌いでもなかったかな。母親とは、まあ普通で。父親とは……ガキの頃は、よくぶつかりましたね。こう見えても、若い頃はミュージシャン目指してたんで」

全然意外じゃない。むしろ普通だと思う。そういう気持ちを捨てきれなかったから、楽器に携わる仕事に就いた。当然だと思う。

滉一は、どこか懐かしむような目で話し続けた。

「お前なんかプロになれるわけがねえ、夢みてえなこと言ってねえで、真面目に働けって……要は、親父の仕事を継げってことなんですけど、それだけは絶対に嫌でね。家飛び出して」

お父さんの仕事ってなんですか、と訊きたかったけど、なんか、タイミングを逸してしまった。

「でも、今になってみると、なんとなく分かるんですよ。今、いろんな人がギターを持ち込んでくるでしょ、ウチに。完全に趣味の人もいれば、プロになろうって人も、プロになった人も、プロにはなったけど食えてない人、わりと有名なアーティストのバックで、全国ツアーとか回ってる人……ほんと、いろいろいるんです。でもそれが不思議と、そうだろうなって、感じなんですよね。プロで上手くいきそうな人、駄目そうな人、なんとなく分かるんですよ。演奏技術とか、そういうのだけじゃなくて。なんていうか……うん、分かるんですよね」

そんなもん、なのだろうか。

そんなもん、なのかもしれない。

「親父は、ロックなんてまるで分からない人だったし、ナニいつまでもガチャガチャやってやがるんだ、って、全然、認めようとはしてくれませんでしたけど、ひょっとすると、見抜いてたのかなって、思います。俺には、プロでやっていけるほどの才能なんてない、それよりも、地道に職人的な仕事をする方が合ってる……そういうの、見抜かれてたのかなって。実際に今、こうですからね。職人仕事の方が向いてるなって、自分でも思いますし」

なんだ。けっこう、いい関係なんじゃないか。いい親子じゃないか。

別に、それに嫉妬したわけではないけれど、また私は、余計なことを訊いてしまった。

余計というか、早とちりか。

「……お父さん、いつ頃、亡くなったんですか」

滉一は「ん？」と、ちょっと驚いたような顔をした。

「そんなふうに、聞こえちゃいました？」

「あれ、違いました？」

「ごめんなさい、俺の言い方が悪かったですね。親父、別に死んでません。今でもピンピンしてます……しばらく会ってないんで、たぶん、ですけど。生きてると思います」

そこはまあ、私も一緒だけど。

5

三年一学期の、期末テスト終了直後のヨウは、正直言って哀れだった。

各々楽器を担いで、学校からスタジオまでくる間も、

「はあ……もうダメだ、私」

うな垂れて、溜め息をついてばかり。

瑠香がいくら「そんなことないよ、大丈夫だよ」と慰めても、泣き言がやむ気配はない。

「ダメだよ……現代文とか、漢字、ボロボロだった……それいったら古典もだ……数学も全問、計算間違いしてた……」

全問計算間違いって、けっこう悲惨だな。

それでも瑠香は諦めない。全力でヨウをフォローする。

「でもヨウちゃん、英語の発音、めちゃめちゃいいじゃん」

しかし、言えば言うほど事態は悪化していくように、あたしには見えた。

「ああ……英語も、スペル間違いまくってた……」

「で、でも、ほら、歴史系は、得意じゃん」

「世界史、レポート、提出し忘れたし」

「えっと、あの……あとは」

「政経も生物も全然書けなかったし、倫理もチンプンカンプンだった……ああ、また思い出した……地理、オーストリアとオーストラリア、反対に書いちゃってた……」

ヨウって雰囲気クールだから、一見頭良さそうなんだけど、実は意外とバカなんだと、最近になって分かってきた。でもそんな、傷口にタバスコを塗り込むようなこと、あたしは言わない。

なぜなら、あたしも成績は似たようなものだからだ。

こういうときは、成績優秀な瑠香とか実悠が慰めたって駄目だ。

そもそも慰め方が間違っている。

「まあ、ヨウは転校してきたばかりだからさ、分かんないだろうけど、ウチの学校、テストが悪くてもあとからレポートとか出せばそれなりに考慮してくれるし、あたしもいくつか心当たりあるからさ、明日一緒に教員室行って、先生に頼んでみようよ。そんで、課題出してくれたらさ、一緒にやろうよ。テストと違って、課題は丸写しでも通るし、二人で手分けすれば、実質半分で済むから」

スッ、と後ろから翔子が出てきて並ぶ。

「はーい、私もそれ、入れてほしい。英語と数学と生物、全然書けなかったぁ」

ほらな。仲間って、意外と近くにいるもんだよ。

スタジオの待ち合いスペースでお昼ご飯を食べて、練習は二時くらいから始めることにした。

それまでは、しばし食休み。

ヨウは、まだ多少口を尖らせてはいるけども、もういい加減、自虐ネタも尽きたらしく、今は静かに爪を磨いている。むろん美容目的ではない。あくまでもギターを弾くのに支障がないよう、短く整えているだけだ。

翔子は、コードを書き込んだ歌詞カードを整理している。

「もうさ、文化祭くらい、楽勝でこなせるよね」

実悠が頷く。

「『すべりだい』入れたら、七曲？　八曲？」

「えーと……八曲。文化祭って、ひと枠三十分くらいでしょ。全然余裕だよね。けっこう、仕上がってない曲とかも、みんな平気でやるじゃん。それと比べたら、ウチはレベルが違うもんね」

それな。ちょっと、あたしから言っておきたいことがある。

「あのさ……その、曲のことなんだけどさ。まあ、なんつーの、あたしらはさ、あたしらなりにアレンジして、コピーじゃなくてカヴァーだから、みたいに言ってはいるけどさ、でも、文化祭レベルならまだしも、外に出ていくとなったら、やっぱオリジナル曲が必要なんだよな」

瑠香がくるりとこっちを向く。

「外って、ライヴハウスってこと？」

「うん。高三の、一回こっきりの文化祭で、このバンド終わりにはしたくないっしょ」

それには、翔子も実悠も頷く。

ところが、一人だけ返事をしない奴がいる。

「ねえ、ヨウ、聞いてる？」

ヨウは背もたれから起き上がり、爪ヤスリをテーブルに置いた。

「……それ、私も考えてた」

なるほど。だから黙ってたのか。

「考えてたって、なに」

「だから、オリジナル曲。必要だなって思ってた」

ほほう。成績関係もそうだけど、あんたとは、ちょいちょい気が合いそうだわね。

ヨウがあたしを見る。唄ってるときの、あの強い目に近い。

「はっきり言ってさ、カヴァーっていったって、それは演奏部分の話でしょ。歌詞は、あくまでも借り物だから、唄う方にしてみたら、コピーと変わらないわけで……それってやっぱり、違和感ある。私、恋愛とかしたことないし。愛してるとか、別れるとか、会いたいとか、全然リアリティーないし。だから……」

いいね。そういうことだよ、ヨウ。やっぱり、あんたとは気が合いそうだわ。

その続き、聞かせてよ。

「……だから、なに」

　ヨウが頷く。

「だから、自分たちのオリジナル曲、作りたい。私、歌詞ならいくつか考えてるのあるから。そのままじゃなくてもいいから、曲に合わせて、書き替えるんでも全然いいから、とにかく、私たちで作った曲を唄いたい。できれば……今すぐ」

　今日の、このタイミングでそういうことを言われると、どうしても、ある疑いを抱かざるを得ない。

　ヨウ。あんたさ、そんなことやってっから、テストできなかったんじゃないの？　それはそれで、なかなかロックな生き方だとは思うけども。

　じゃあ、どうやってオリジナル曲を作るのかというと、そんなノウハウは誰にもないわけで。

　Ｅスタジオの、ドアに近い角っこに座っている瑠香が、あたしのいるドラムセットを覗き込む。

「クミちゃんが前にいたバンドって、オリジナルやってたんでしょ？　誰が、どうやって作ってたの？」

　それ、あんま思い出したくないけどな。

「あんときは……イッコ上のギター・ボーカルの人が作ってきて、タメのギターとベースが、なんとなく合わせて弾いてる感じだった」

「そのイッコ上の人は、誰かに作曲とか習ってたの？」

「いーや、いやいやいや、そんなちゃんとしたのじゃなくて。まあ、あれよ……どっかで聞いたようなコード進行に、適当にメロディ乗っけて、俺たちやってやるぜ、みたいな、いま思えば恥ずかしい歌詞を喚いてただけだよ。正直、あれは参考にしない方がいい」

　実悠が、うん、と小さく頷く。

「でもそれ、最初はいいかもしれない。メロディはさ、まんまやったらパクリになっちゃうけど、コード進行はそうじゃないじゃん。こういう曲やりたい、っていうのがあったら、そのコード進行を参考にしてみるっていうのは、賢いかもしんない」

　あの連中が賢いとはまるで思わないけど、バレないように他人のアイデアを盗む「ズル賢さ」という意味では、頷ける部分はある。実際、「この曲って尾崎豊の『汚れた絆』と、コード進行一緒なんだぜ」とか言ってたし。

　ちなみに以前、ボスは「全く同じメロディでも、四小節以内なら盗作ではない、それ以上は盗作になる」って言ってたけど、どうやらそれは事実ではないらしい。本当にそれがパクリ＝盗作なのか、そうでないのかは、裁判で争ってみないと分からない、というのが本当のところのようだ。

　翔子が「そうか」とギターのボリュームを上げる。

「たとえば、こういうコード進行があったとして……」

ジャーンジャーンジャ、ジャーンジャーンジャ、とコードを変えていく。確かに、何かの曲っぽい。

実悠が、ベースを構えながら訊く。

「それ、コードなに？」

「Aマイナー、G、F、でまたAマイナーに戻る」

その通りに、実悠もベースラインをつける。

そうなったら、あたしだって叩く。実悠が八分音符のルート弾きだから、こっちも普通に8ビートだ。

ここでヨウが、奇跡のように素晴らしいメロディを唄ってくれれば、あたしたちの成功はもう約束されたようなもの、伝説のバンドへと、その坂道を駆け上っていくだけ——だったのだが、

「ウゥゥ……ニャニャナァ……」

まあ、

「ウゥゥ、ワッ……ニャ、ニャニャ……」

最初から、そんなに上手くいくはずはない。

でも、それにしたって、ヨウちゃんよ。

いくら歌詞が決まってないからって、「ニャニャニャ」はないだろうよ。

みんな笑っちゃって、演奏にならないじゃんか。

ヨウは、あれは本気じゃなかったとか、コード進行がよくなかったとか、散々言い訳をしていた。

でもそれを言いっ放しにせず、後日、自分でしっかりやってくる辺りが、ヨウの凄いところだと思う。

「ちょっと……こういうの、考えたんだけど」

ヨウはスタジオで、ボスから借りている、例の青いギターを弾き始めた。

その、出だしからもう、いきなりカッコよかった。

実悠が「なにそれ」と、前のめりに説明を求めようとしたが、あたしが止めた。とりあえず最後まで聴いてみようと思ったのだ。

それは基本的には16ビートの、カッティングを中心としたコード・リフだった。「カッティング」というのはその名の通り、歯切れよくギターを弾く演奏技法のことで、音程を出さずに、打楽器的に弦を引っ搔く「空ピッキング」や、フレーズに休符を多く取り入れるところに特徴がある。ファンクとかジャズ・フュージョンとか、お洒落系ダンスロックとかでは、当たり前のように使われるバッキング・スタイルだ。有名なところでは、シックのナイル・ロジャースがよく「チャカチャカ」弾いている、あれがまさにカッティングだ。「リフ」とは、それを繰り返す「リフレイン」を意味する。

しかし。

前に聞いた限りでは、ヨウって、基本的にはパンクとかヘヴィ・メタルとか、けっこう荒っぽい、不良っぽい、言い方は悪いけど、上品か下品かといったら、明らかに下品な音楽の方が好きだったはず。そこにお洒落要素は一切なかった。

それが、どうしたことだろう。多少ワイルドなニュアンスはあるものの、ちょっとジャズっぽくすら聞こえるお洒落なフレーズを、ヨウは弾き続けている。しかも、コード進行がやたらとカッコいい。これにメロディを乗せれば、それだけで一曲できそうな感じだ。

二回くらい同じ進行を繰り返して、ヨウは手を止めた。

「……こんな感じって、どうかな」

最初に、パンッと手を叩いたのは瑠香だった。

「なんか、よく分かんないけど、カッコいい気がする」

実悠と翔子は、呆気にとられたというか、度肝を抜かれたというか、そんな様子だ。

翔子と目を合わせてから、実悠が訊く。

「うん、カッコいい……けど、なに弾いてたのか、全然分かんなかった。最初のコードって、なに?」

ヨウが、ネックの真ん中辺りでフォームを作る。

「最初は、こう……これ、えっと……あ、メモしてきたんだ……ええと、最初はE、マイナー、セブンス、ナインス……っていうコード、らしい」

翔子が「らしいって」とツッコむ。

「そんな難しいコード、どうして知ってんの」

「別に、知ってたわけじゃなくて、一緒に買いに行ったコードブック、あれに載ってたから」

それ、聞いてる。テストが始まる直前、翔子はヨウと本屋に行って、同じコードブック買ってきたって言ってた。それもまた間違いのもとだと思うけどね。テスト前にそんなもん買ったら負けだよ。

実悠が「次のコードは」と急かす。

ヨウが、また違うコードフォームを作る。

「ええと、次は、半音上がって……Ｆセブンス・ナインス。この二つを繰り返してから、次の、Ａメロの展開になって、それが……Ｃメジャー・セブンス・ナインスからの、Ｃメジャー・セブンス。で、Ｄセブンス・ナインスから、Ｄセブンス。同じように、Ｅマイナー・セブンス・ナインスから、Ｅマイナー・セブンス……っていっても、小指とか、中指を離したり、加えたりするだけなんだけど」

あたしと瑠香はチンプンカンプンで、翔子も半分くらいしか分かってなさそうだったけど、実悠はけっこう、納得したような顔をしてた。一つひとつ、ベースで確認もしていた。

「確かに、この進行はカッコいいわ。ヨウ、これって何かもとになった曲とか、あるの？」

ヨウは「んーん」と首を横に振る。

「もとになった曲は、特にない。コードブック見ながら、こうかな、ああかなって、いろいろコード押さえてみてて。そしたら、押さえ間違いもするでしょ。でも、そういう響きも、まあ、アリかな、とか思ったり。あとで別のページ見たら、ちゃんとそっちに、違うコードネームで載ってて。ああ、別に間違いじゃなかったんだ、ちゃんとこういうコードもあるんだ、って分かって……なんか、そういうの続けてたら、段々なんか、適当でもいいのかな、って思えてきて。そのうち、コードとコードが繋がってって……これ、このまま曲にできないかなって思って、いろいろ試してたら……なんか、できた」

遊んでいるうちに、楽器を弄っているうちに曲ができる、というのはよくある話、ではあるけれども。

ヨウがあたしの方を覗き込む。

「クミちゃんは、どう？　どう思う、これ」

あたしは、大きめに頷いてみせた。

「うん、いい。いいと思うよ。でもさ、曲って、結局はメロディじゃん。それ、メロディはまだできてないの？」

「メロディも、一応あるんだけど、でもまだ、詞ができてないから」

メロディまでできてるんかーい、と毎度のことながら驚く。

「なに、できてんだったら聞かせてよ」

「え、だから、歌詞ができてないから」

「歌詞は後回しでいいって。適当英語でもなんでもいいから、メロディを聞かせてよ」

しかし、ヨウは思いきり眉間に皺を寄せる。

「私……適当英語で唄うのとか……無理」

無理？

「なんで」

「そんなの……恥ずかしくてできない。バカなの、バレる」

すでに、思いっきりバレてますけども。

「そんなの、誰も思わないって」

ヨウが、泣きそうな顔でイヤイヤをする。

「思うよ。こいつ、全然英語できないんだろうなって、思うよ、ぜったい」

「思わないよ。こっちだってそんなの、ただ聞いただけじゃ分かんないって」

「じゃあ、クミちゃんは分かんないかもしれないけど、瑠香と実悠には、分かるかもしんないじゃん」

ヨウ、あんた自分のことは棚に上げて、けっこうなこと言ってくれるじゃないさ。見なよ。瑠香も実悠も「分かんないよね」って、首振ってるよ。

それでもまだ、ヨウは納得がいかないらしい。

「じゃあ、誰も思わないかもしれないけど、分からないのかもしれないけど、そう思われるんじゃないかっていう、そういう状況自体が、私は無理なの」

ヨウ、変なところで頑固。

「分かった。じゃあ、適当英語じゃなくていいから」

「……じゃなかったら、なに」

「この前みたいに『ニャニャニャ』でもいいよ」

「『ニャニャニャ』でも、みんな笑うでしょ」

「我慢するよ、今日は。できるだけ」

ヨウは、しばし考えてから頷いた。

「……うん、分かった。じゃあ、『ニャニャニャ』で唄う」

マジか。

「ごめん、ちょい待った。逆にさ、ヨウは笑わずに唄えるの？　今の曲って、けっこうカッコいい系じゃん。メロディだって、そういう感じなんじゃないの？」

「うん。シリアスな曲だと、私は思ってる」

「それを、『ニャニャニャ』で唄うの？　あたしも、できるだけ我慢はするよ。でも、やっぱり笑っちゃうかもよ。それでもいいの？」

そこも、頷くんだ。

「それは……仕方ない。だって『ニャニャニャ』だもん。笑われても仕方ないよ」

やっぱ分かんない。「ニャニャニャ」は笑われてもいいんだ。

実悠が「あの」と割り込んでくる。

「そこさ……適当英語と『ニャニャニャ』の二択じゃなくても、よくない？　普通、こういうときって『ラララ』じゃない？」

まあ、正論だな。

セッションをしている間に面白い曲展開が生まれて、さらに、そこにボーカリストがいいメロディを乗せて、いきなり曲ができてしまったりすることを、俗に「バンドマジック」という。

そういうことが、ヨウ一人の中で起こったのだと、あたしは解釈した。

何かに導かれるように無心でギターを弾いて、普通は見逃してしまうような小さな閃きに、ヨウは一つずつ手を伸ばして、触って、摑み取ったら、渾身の力で引き寄せて、繋ぎ合わせていった。

たぶん、ちょっと間隔の遠い飛び石。でも思いきり跳べば、次の石には行けそう。足を滑らせたら、川に落ちちゃうかもしれないけど、落ちたらなんだっていうの。濡れるだけじゃん。えいやッ、って跳んで、また跳んで。気づいたら、向こう岸にたどり着いていた、みたいな。

ソングライターってそんなもの、と言ってしまえばそれまでだけど、理論とか分かる人に聞かせたら、実は大した曲じゃないのかもしれないけど、そんなの関係ない。同じ要領でもう一曲作ってごらん、って言われたら、ヨウ自身にも無理なのかもしれないけど、それも今はどうでもいい。

あたしたちは、今のこの衝撃を、この一曲が誕生した瞬間に立ち会えた喜びを、全身全霊で分かち合おうとしていた。

ヨウはギターを弾きながら、「ラララ」でひと回し唄った。二回目からは、あたしも叩き始めた。二回目の途中から、単純なルート弾きだったけど、実悠もベースを弾き始めた。三回目から、あたしは所々、ヨウのギターフレーズに合わせてオカズを入れ始めた。あたしが得意とする、一番カッコいいと思うフレーズを、バンバンぶち込んだ。

翔子も、なんとかついてこようとはしてたけど、どうしたらいいのか、全然分からないみたいだった。結局、何も弾けなくて、聴いてるだけになっていた。でもその、私も入りたい、一緒に弾きたいっていう、ジリジリして泣きそうになってる顔が見られて、あたしは嬉しかった。次は翔子も一緒だよ。そう思いながら、あたしは叩いていた。

瑠香は、ほんとに泣いていた。

両拳(こぶし)を握り締めて、足をもじもじさせて、ときどき両目の涙を拭(ぬぐ)って、それでも一心に、唄い続けるヨウの顔を見上げていた。

四回目から、言葉が聞こえてきた。

《……わたしの、祈りが……誰かに、届いたとして》

あたしは一瞬、手足を止めそうになった。その続きが聞きたくて、聞き逃したくなくて、実際、叩くのが弱くなってたと思う。
《その誰かは、何か捨ててくれるだろうか》
ヨウ、あんたって子は――。
《世界は愛では……救えない》
寒気がした。
ヨウの表現しようとしている世界観、その一端を垣間見ただけで、あたしの脳味噌はブッ飛ばされていた。
《誰かが求めれば、誰もが求めるだろう》
ヨウ、いいよ。もっと、もっともっと、このあたしを、ブチのめしてくれ。
《憂う言葉は、届かないだろう》
こい、こいヨウ。ここに、もっと凄いのをブチ込んでくれ。
《綺麗事を並べて、夢を見ていればいい》
くるぞ、くるぞ、物凄いのがくるぞ。
《世界は愛では……救われないッ》
きた――。
轟音のトンネルを抜けたら、そこは、真っ白な宇宙だった。
演奏を止めても、瑠香の地団駄のような足踏みは止まらなかった。

居ても立ってもいられなくて、でもどうしようもなくて、早く今の気持ちを吐き出してしまいたい、そうしないと、体の中で何かが破裂しちゃいそう。そんな様子だった。

「……私、この曲、好き……私、ヨウちゃんの歌、大好きッ」

瑠香は、ヨウがギターを下げていなかったら、絶対に抱きついていたと思う。

ヨウが、ちょっと照れたように、瑠香に左拳を突き出す。たぶん、同じように拳を出して合わせるのが正解なんだろうけど、瑠香は、それを両手で握ってしまった。違くね？　とは思ったけど、瑠香だから。まあよしとしよう。

実悠があたしに向き直る。

「……私も、この曲、もっと頑張りたいから、クミ、サポートして。いろいろ、アドバイスとかして」

もちろん、そのつもり。あたしは頷いて返した。

翔子が「わーん」と天井を仰ぐ。

「私も、一緒に弾きたかったぁーっ」

分かる分かる。あたしにもあった、そういう時期。

少しフォローしておくか。

「翔子は翔子で、ヨウからコード進行聞いてさ、せっかくギターが二人いるんだから、なんか違うフレーズ乗せたり、いろいろできることあるから。そういうツインギターのアレンジで参考になるような曲、今度持ってくるからさ。みんなで聴いて考えようよ」

「うん……私も頑張る」

これは、あたしも相当気合い入れないとな、と思った。

それにしても、ヨウって底知れない何かを持ってるな——と思って目を向けたら、

「……おいおい」

ヨウは、後ろから瑠香に抱きつかれて、身動きがとれなくなっていた。

まあ、ね。後ろからなら、抱きつけるよね。

第三章　わたしの祈り

1

なぜ彼女は俺に、両親が好きか嫌いかなどと尋ねたのか。

深く理由も考えず、俺はただ乞われるまま、特に父親について話をした。

それについて、まさか、

「なんか羨ましいな。私、父親も母親も、嫌いだったから」

そんな感想を言われるとは、俺は思ってもいなかった。

お代わりの生ビールがきた。二人とも二杯目だ。

「どうも……いや、そんな、羨ましがられるような親父じゃないですよ。何しろ、ガチの職人なんで、細いわりに、力は半端なかったですからね。何度も馬乗りになられて、グーで殴られましたし、いきなりビンタなんて、もうしょっちゅうでした」

彼女が俺の目を覗き込む。

「お父さんって、なんのお仕事だったんですか」

やや色の薄い、茶色がかった瞳。

俺は、目を逸らしてから答えた。

「ああ、それね……いや、その……この前は、こんなふうにお話しすることになるなんて、思ってなかったんで、適当……いや、いい加減って意味じゃなくて、なんていうか、省略しちゃったんですけど。あの、この前お見せした、倣いの機械。あれ、もとの持ち主は親父なんですよ」

彼女が「へえー」と大袈裟に驚いてみせる。少し酔ってるのだろうか。ここ数分、徐々にリアクションが大きくなってきているように見える。

「ということは、金型工場？」

「そうです。親父の工場です。ガキの頃は、玩具の修理してくれたり、友達が持ってるの借りてきたら、それこそ倣いの機械で、同じように作ってくれたり、したんですよ。その頃は……まあ、ちょっと自慢でしたけど。でもやっぱり、思春期になるとね、あんま、カッコよく見えないじゃないですか、町工場の親父なんて。薄暗い工場の片隅で、汗と機械油に塗れた手で、ぼんやりタバコ吸ってて。灰皿見ると、吸い殻のフィルターまで薄汚れてて……ああはなりたくないって、ずっと思ってました。沢口さんに羨んでもらえるような、そんな親父じゃないです」

彼女の頭の中に結ばれている、俺の親父像。今はきっと、テレビでよく見る名脇役の誰かが、なり代わってくれているのだろう。

俺はもう、話題を変えたかった。

「……沢口さんのお父さんは、なんのお仕事をしてらしたんですか」

一瞬、また変なことを訊いてしまったかな、と思った。あのときの、彼女の泣き顔が脳裏をよぎったのだ。

でも、この質問は大丈夫なようだった。

「父は、たぶん半導体関係だと思うんですけど、IT関連のベンチャーで大儲けした人で。昔の会社は、大手に吸収されちゃいましたけど、今はそっちの会社で、役員か何かやってるんだと思います」

「へえ、すごい。立派な方なんですね」

彼女が、ハッと息を吐き出し、同時に頬を引き攣らせる。苦笑いにも、半泣きにも見える。

「ほんとに、そう思いますか」

「あ、いや……俺なんかは、単純に、大きな会社は、立派だなって」

右から左、左から右。彼女は、目には見えない何かを追い払おうとするように、何度も首を横に振った。

「なんにも立派じゃありません。若い頃は、どうだったんですかね。アイデアはあるけどお金はない、その手の分野の研究者とかだったんじゃないですかね。だからこそ、資産家の娘に手を出した……あー、すいません、死んだ母親のことです。直接聞いたわけじゃないですけど、でも、親戚の集まりとか、夫婦間の会話とか、漏れ聞こえてくることを繋ぎ合わせると、見えてくるものってあるじゃないですか。ああ、父は、母の実家の資産が目当てで結婚したんだな、それは母も承知してるんだな、だから他所に愛人がいても仕方ないと思ってるんだな……とか」

吐き出すように言い終え、ビールを飲み干す。手の甲で豪快に口元を拭い、空になったジョッキをこっちに押し出す。

「……もう一杯、お願いします」

「同じの、ですか」

「はい」

目つきが、若干危ない。

ふう、と息をつき、彼女は続ける。

「……いくら子供だってね、分かるんですよ。この人たち、全然、お互いを想い合ってなんていないんだな、って。俗にいう『仮面夫婦』なんだなって。そりゃね、幼稚園の頃とかは、分かんなかったですけど、でもドラマとか観るようになって、恋愛とか、結婚とか、家族愛とか……全部ドラマの知識かよ、って思いました？　違いますよ。小説だって読んだし、友達と話したり、それこそ、音楽聴いたって思うじゃないですか。ラブソングとか聴けば、憧れたり、普通にあるじゃないですか。でもそういうの、私にとっては全部、絶望なんですよ」

目つきのわりに、滑舌はいい。言葉は、比較的明瞭に聞き取れる。

この話、俺が聞いていていいのかな、とは思ったのだが、かといって中断させるきっかけも摑めない。

「案の定……そこだけはなんか、ドラマと一緒なんですけど、別居とか、離婚とかって話になるわけですよ。何年も何年もかけて。しかも母は、最後は決まって私のところにくるんです。で、遥は渡しませんから、この子は私が育てますから、とか、涙ながらに言うわけですよ。薄ら寒い金切り声あげて」

そう。彼女の名前は「沢口遥」というのだった。伝票を書くときに、そう聞いている。

良いのか悪いのか、三杯目のビールがきてしまった。

「どうぞ」

「はい、すいません……そんなこと言いながら抱き締められても、余計、嘘臭いなって思うだけなんですよね。皮膚感覚で、嘘が伝わってくるっていうか。母は、祖父が亡くなったときの遺産相続で、土地とかビルとか、いくつかもらってて……あ、乾さん、『ヨーキーズカフェ』って知ってます？　乾さんのところより、もうちょっと『よみせ通り』の、出口の方に行った辺りにある」

「ええ、分かります。向かって右側にあるお店ですよね。入ったこともあります」

彼女、遥がうんうんと頷く。

「あの店の入ってる、三階建てのビル。あれ、実は今、私がオーナーなんですよ」

「えっ、す……すごい」

そんな俺の反応も、見ているのやら、いないのやら。

「母が亡くなって、他の不動産を処分して相続税払ったら、あそこが丸々残ったんですけど……それはいいとして。あの人、下手にお金があるもんだから、離婚なんて全然苦じゃなかったと思うし。私を引き取ったのだって……そう、それですよ。旦那の浮気が原因で離婚しましたって、それだけじゃ惨めっぽいじゃないですか。だから私が必要だったんです。つらくても私は、ひた向きに娘を育てていくんですって、いわば世間体ですよね。そういう、世間体のためのアイコンだったんですよ、私は」

急に、睨むような上目遣いで俺を見る。

ちょっと、怖い。

「……なん、ですか」

「乾さん、ちゃんと聞いてます？」

「聞いてますよ」

しかし、そんな答えでは納得できないようだ。

「つまんないですか、私の話。私の、家族の話なんて」

「いえ、つまんなくは、ないです」

「じゃあ、面白いですか」

「いや、面白いって言っちゃうと、なんか、不謹慎じゃないですか」

「もう、やめた方がいいですか」

「俺は、どちらでも……大丈夫ですけど」

「別に興味はないと」

「うーん……俺が興味を持って、根掘り葉掘り聞いていい話かというと、そうではないようにも思いますし。なんとも、難しいところです」

「乾さんって、真面目なんですね」

俺は段々、笑いが堪えきれなくなってきた。

「沢口さん……けっこう、酔ってるでしょ」

俺が笑っても、遥は真顔のままだ。

「かも、しれないです。お昼、ゆで卵二個だったんで」

「空きっ腹に飲んでしまったから、酒が回ってしまったと」

「それは、否めません」

そう言いながらも、またビールを勢いよく呷る。

半分ほど飲んだところで、ごつん、と拳ごと座卓にジョッキを落とし、こっちを向く。

「……今度は、乾さんの番です」

「イッキ飲み、ですか」

「違います。話す順番です」

「ああ、家族の話、とかですか」

「はい」

「聞きたいですか、俺の家族の話なんて」

「はい、大いに。自分だけ話したことが、急に恥ずかしくなってきたんで、乾さんにも、恥を晒してもらいたいです」

そんな無茶な。

「なんで、俺まで恥を晒さなきゃならないんですか」

「順番だからです。私だけだと、私だけが恥ずかしいからです」

酒のせいなのか、もともとこういう性格なのかは分からないが、けっこう面倒臭い人だな、とは思った。

思ったけれど、悪い気はしない。

「じゃあ……何から話せば、いいですかね」

「ご実家が、この近くにあったんですよね。それがお父さんの工場、ってことですか」

よく覚えてたな、そんな細かいところ。

「いや、それも、ちょっと省略しちゃったんですけど、正確にはそれ、実家ではなくて。ええと……俺の両親も、実は離婚してまして」

遥が、目をいっぱいに見開いて「やった」と呟く。

「仲間だ」

「いやいや、そういうの、仲間とかないですから……まあ、離婚して、母と妹が家を出て、その後に住んでたのが、この辺なんですよ。俺は形式上、親父のところに残ったんですけど、でもたまに、こっちには遊びに来てたっていうか、会いに来てたっていうか」

遥は真顔に戻っている。

「どうして、お父さんのところに残ったんですか。お父さんの工場、継ぐ気なかったんですよね？」

「それはないですし、残ったっていっても、それはあくまでも戸籍上の話で。実際には、俺ももとの家に住んではいなかったですから。一人で、適当にやってました。ただ妹は、まだ中学生だったんで、さすがにね、俺みたいにはいかなかったですから」

「妹さんとは、いくつ離れてるんですか」

「六つです。だから今、三十二かな」

何かは分からない。分からないけれど、遥の中で、何かが止まったように、俺には見えた。止まったというか、引っ掛かったみたいな。

「どうか、しましたか」

「いえ……別に」

特に、気に障るようなことは言っていないはずだが。

話はいつのまにか、再び、遥自身についてになっていた。

「私ずっと、大人になりたくなかったんですよ」

俺は、理解を示すつもりで目を向けたのだが、彼女は反対の意味にとったようだった。

「分かってますよ、もう、自分がいい大人だってことくらい。でも、自分で自分に、刷り込み過ぎたんですかね。親が嫌い、大人が嫌い、大人なんて、体裁とか、根回しとか、嘘ついてばっかりって、そんな恨み言を、呪文みたいに唱えてたから……なんか、抜けないんですよ、いまだに――」

そうは言いながらも頬杖をつき、珍しく、優しい目をして俺を見る。

「だから、羨ましい……乾さんみたいに、普通に振る舞える人が、私は羨ましいです。私が普通じゃないのは、親が悪いとか、親が離婚したからとか、そういうの、違うって分かってますけど、乾さんのご両親だって離婚してるんだから、そういうの聞くと、結局悪いのは私自身なんだって、頭では分かってるんですけど……駄目なんです。どうしても、好きになれない。私は、自分自身が好きになれないんです」

かと思うと、いきなり頭を抱え込む。

「ああ……でも、こういうところなんだよなぁ。これも分かってるんですよ。今だって、このお店に入ってからずっと、変なことをいっぱい喋っちゃったし。そういうの、聞いてる方は気分悪いだけだって、あとになったら分かるんですけど」

俺が「そんなことないですよ」と言ったのは、耳に入らなかったようだ。

「自己嫌悪に陥るくらいなら、もうよせばいいのに、人と関わらないで、モグラみたいに引き籠もって生きていけばいいって思ってたのに、またのこのこ外に出てきて……ああ……また変なこと言ってる。私、また今日も、自己嫌悪で眠れなくなる」

「いやいや、そんなことないですって」

今度は、聞いてもらえたみたいだ。

むくりと座卓から顔を上げる。

「……面倒臭い奴だなって、思ったでしょう」

「正直、そういうのも、なくはないですけど」

「ほらぁ、やっぱり思ってる……」

また、上半身ごと沈んでいきそうになる。

座卓についた左肘が、醤油の入った小皿に当たりそうだったので、少し避けておく。

「でもね、沢口さん……俺はそういうの、逆に羨ましいなって、思います」

遥は顔も上げずに「何がですか」と低く呟く。

「さっき、店にくるお客さんを見ていると、なんとなく分かるって言ったじゃないですか。プロになれそうか、なって成功しそうか、とか。そういった意味でいうと、沢口さんって、上手くいきそうなタイプなんですよ。ここがこうだから、とか、そういう明確な基準はないですけど、何かこう……たとえば、沢口さんはさっき、普通に振る舞えるのが羨ましいって、言ったじゃないですか。でもそれ、俺に言わせれば逆なんですよ。普通にやってるだけじゃ、普通で終わっちゃうんです。普通じゃないって……まあ、沢口さん自身は、それで苦労されてるのかもしれないですけど、普通じゃないって、別に、悪いことじゃないと思うんです。実際、なんか……面白いですよ、沢口さんって」

遥は、半分だけ顔を横向きにし、自分の腕越しに、覗くように俺を見た。

「……あのまま音楽続けてたら、私はプロになれてたかも、ってことですか」

「すみません、さすがに、その当時のことを俺は知らないんで、断言はできませんけど。でも、ミュージシャンじゃなくても、ひょっとしたらお芝居の方かもしれないし、もっと他のジャンルかもしれないですけど、何か、なんかね……この人、次に何をするんだろうって、そういう興味を持たれるタイプでは、あると思うんですよね」

亀が甲羅に首を引っ込めるように、また遥は下を向き、顔を隠してしまった。このまま俺が黙っていたら、遥はどうするのだろう。一緒に黙り込んで、そのうち寝息をたて始めるのだろうか。それとも、いきなりガバッと起き上がって、ビールお代わりッ、と大声で告げるのだろうか。

今、小声で何か言った。

「……何か、言いました？」

すぐに言い直したようだが、やはり上手く聞き取れない。もう少し耳を近づけてみる。

もう、シャンプーか石鹸（せっけん）か、そんな匂いが分かるくらい、近い。

「何か、言いましたか」

すると、ンンッ、と鋭く咳払（せきばら）いをする。びっくりした。

「……妹さんの話、してください」

なるほど。そうきたか。

「ああ、妹ですか。妹は、そうですね……まあ、いわゆる『いい子』なんだと、思います。勉強もできたし、よく気がつくし。家族想いでしたしね。俺と、親父が取っ組み合いの喧嘩になりそうになると、いつも仲裁に入るのが妹でした。でもそれで、俺もすごく、後悔してることがあって……」

遥が少し、顔をこっちに向けたのが分かった。

「ある夜、また親父にぶん殴られて、俺もブチキレて、フザケんな、もう出てくって、着替えを詰め込んだバッグと、ギターを担いで……なんかちょっと、そんな自分に、酔ってるところもあったんですよね、いま思うと。それをやっぱり、妹は止めようとしてくれたんです。親父は、出てけ出てけ、二度と戻ってくんなって、奥で怒鳴ってて。お袋は、その場にいなくて……最後まで、俺を引き留めようとしてたのが、妹でした。でも俺、その腕を振り払って、出てきちゃったんです」

このまま話すと、自分も、どうにかなってしまいそうだ。

しばし、息を整えてから続ける。

「……知らなかったんです。そのとき、何が起こったのか。俺に振り払われた妹が、どうなったのか。あいつ、よろけて……工場にある機械に、手が……もちろん夜なんで、動いてはいなかったんですけど、それでも、工作機械なんて、あちこち尖った金属の塊だし、刃物だってドリルだってあるし、駆動する部分はベルトとか歯車とか、剝き出しになってるし。危険な場所だってのは、子供の頃から、口酸っぱくして言われてきたんで、俺も分かってたんですけど、そのときは、感情的になっちゃって……妹の左手、機械に、入っちゃって……切断とか、そこまでの大怪我じゃなかったんですが、でも、指が……中指と、薬指が、動かなくなっちゃって……それ、俺のせいなのに、しばらく知らなくて」

ゆっくりと、遥が体を起こす。

初めて見たときの、雪女の横顔をしている。

どこまで話したらいいのだろう。自分でも分からなかったが、さすがにここで終わりにはできない。

「十日とか、二週間くらいしてから、ちょっと荷物を取りに戻ったときにはもう、お袋と妹は、いませんでした。両親が離婚したのは、そのあとです。原因は、いろいろあったと思います。俺と親父の関係が険悪だったのが、一番大きかったのかもしれないですけど、でも親父とお袋の関係だって、決してよくはなかったし。工場の経営も、苦しかったはずだし……ただ、俺が妹に怪我させちゃったのは、俺が悪かったからで……それでもあいつ、笑って、俺のこと迎えてくれたんですよ。この、すぐ近所のアパートに。指も、大丈夫だよ、すぐ動くようになるから、って……」

遥が、ジョッキの汗を、指先で弄ぶ。

「妹さん……乾さんのこと、好きだったんですね」

それは、どうだろう。

「まあ、小さい頃は、仲良かったですけどね。今は、年賀状のやり取りもないです。連絡も、全然とってないです」

大きく息を吸いながら、遥が天井を仰ぎ見る。
喉元(のどもと)の白い肌が、無防備に張り詰める。

「私にも、きょうだいがいたら、違ったのかな……」

それは、いろんな意味で、違っていただろうと思う。

2

三年の夏休みは、もうほんとに毎日、誰かしらメンバーと一緒にいる感じだった。
もちろん、全員集まっての練習日はちゃんと決めて、それはみっちりやる。

「もう一回、Aメロだけ繰り返してみよう。C、Dのところと、Eでステイのところと、リズムパターンが交互じゃん。その変わり目、反対の方に戻ったときに、ノリが戻りきれてない感じがする」

オリジナル曲ができたというのもあり、あたしのリーダーシップというか、プロデューサー的役割の重要性はさらに増していた。

実悠が、身を屈(かが)めてドラムセットを覗き込む。演奏が終わって丸椅子に座ると、実悠の位置からではあたしと目が合わないのだ。

「クミ、EからCにいくとき、どう叩(たた)いてんの」

「あたしは……」

言われたところを、軽く叩いてみる。

実悠は何を確かめたかったのだろう。

「じゃあ、アクセントはアタマでいいのね」

「そう、だね。ここはウラじゃない方がいい」

「分かった」

翔子も「はーい」と手を挙げる。

「私のさ、Cのアタマ、ほんとにスライドで入らなくていいの？　Dに移るところだけ、スライドにすればいいの？」

そこ、あたしがアドバイスしたところだ。

「Cの直前がEで、カッティングが忙(せわ)しないじゃん。だからCはアタマの方がスッキリすると、あたしは思ったんだけど、実悠、ヨウはどう？」

ヨウが小首を傾げる。

「今、分かんない。次、ちゃんと聴いてみる」

実悠も頷いている。

「オッケー。じゃあ翔子、スライドで入るパターンと、普通にアタマで入るパターンと、交互にやってみ」

「えぇー、すごい間違えそう」

「やるの。翔子ならできる」

「……はーい、分かりましたぁ」

ヨウにも目配せをする。

「他に何か、気になったところある？」

「今のところは、ない。私は、どう？　ギター、カッティングは、これで大丈夫？」

「ヨウは、ちょっと待って。今の段階では、基本パターン弾いてて。プレイバック聴いて、気になることがあったら言うから」

「分かった」

「じゃ、もう一回、Aメロをループで。瑠香、回して」

「はい、回った」

「いきまーす。ワッ、トゥッ……」

あたし自身、初めからリーダーとしてやっていくつもりだった。けどこんなふうに、それが実際に成立しているのは、メンバーみんなが真っ直ぐで、素直で、優しい性格だからだと思う。

それと、ヨウ。

あとから入ってきた、転校生のヨウ。彼女の才能に、みんなが惚れ込んでしまった。いや、これが大きい。でもそんなヨウも、あたしのアドバイスはちゃんと聞いてくれる。

自分から積極的に、みんなにアドバイスを求める。これ合ってる？　これ変じゃない？　大丈夫？　一つひとつ確認して、全員の同意を得て、みんなで曲を仕上げようという、意思疎通ができている。

あたしたちの夏は、最高に熱いけど、でもとても、風通しがよかった。

全員集まれない日というのも、もちろんある。

誰かが家族旅行に行ったり、別の友達と遊びにいく約束をしていたり。夏休みだから、そういうのはあって当たり前だ。

ただそんな日でも、電話がかかってきて、あたしがウチにいるって分かると、じゃあ行くね、みたいな軽いノリで誰かが来る。実悠が来れば、リズム隊だけの集中練習ができる。そこに翔子も来れば、初期みたいにトリオバンドの練習になる。逆に実悠が来なくて、翔子とヨウと三人、ってパターンもある。そういう日は、ギター二本のアレンジを詰めたりする。あたしも、じゃあゆっくりやってみようとか、通常のテンポでとか、メトロノーム代わりに一緒にプレイする。ちなみに、ヨウとあたし二人のときは、スタジオには入らない。あたしの部屋で、二人で宿題とか課題とかをやる。

瑠香は、いつでも同じ。見て聴いて、気がついたことを言う。さっきの方がよかったとか、録音するときはちゃんと合図してとか、ごめん、今の録ってなかったとか。

でも今日みたいな、実悠と瑠香、あたしの三人っていう組み合わせは珍しいかもしれない。実悠とは、たまには特訓しようかって言って、「ハネ」たリズムをいろんなテンポでやったりした。あと、あたしの叩くパターンに合わせて、実悠が即興でベースラインを作る、なんて練習も面白かった。

たださすがに、リズム隊だけだと長続きはしない。一時間か、やってもせいぜい一時間半くらいだ。飽きたら、スタジオから出てお喋りしたり、あたしの宿題を二人に手伝ってもらったりする。

「やったぁ、終わったぁ」

隣から、瑠香が「待った」と手を出す。

「……今の、最後から二行目、間違ってた。統計は『スタティスティックス』だよ。クミちゃんのは『スタティクティックス』になってた」

いったん閉じたノートを開いてみると、ほんとだ。「staticitics」って書いてある。正しくは「statistics」だ。瑠香、するど過ぎ。

ちょちょいと直して、今度こそおしまい。

ボスが冷蔵庫から、ペットボトルの飲み物を出してカウンターに並べ始める。

「二人とも、いつもありがとね。はい、好きなの選んで」

「わーい、いただきまーす……私、ミルクティーいい？」

瑠香、それ、けっこう好きだよね。

「いいよ。私は……サイダーいただきます。クミは」

「あたしコーラ」

あたしたちって、こんなに長い時間一緒にいるのに、喋るネタが尽きることは不思議とない。

家に帰ってから観たテレビの話、コンビニで買ったお菓子の話、何度も聴いてる曲なのに昨日初めてその凄さに気づいたとか、バンドマンにありがちなマニアックな話。

あるいは、一度確認しておこうと思ってた、そこそこ重要な話。

「そういえばさ」

たまたま今日きてるのが、実悠と瑠香というB組コンビだからちょうどいい、というのもある。

「ヨウが最初にここにくるときもさ、みんなで教員室に寄り道届け、書きに行ったじゃん」

みんな普通に「寄り道届け」って言ってるけど、正式名称は【課外活動許可申請書】だ。

瑠香が頷く。

「……どしたの、今頃」

「あんときさ、ヨウって確か、名前、漢字一文字で書いてたよね」

実悠が「ああ」と納得顔をする。

「遥か彼方の『遥』って字ね」

「それ……っていうのはさ、ヨウって、ほんとはハルカなんじゃないかな、って思ったの。授業では、どう呼ばれてんの」

実悠と顔を見合わせてから、瑠香が答える。

「授業中は、普通に『森久さん』だよ」

「あそっか」

実悠が「でも」とかぶせてくる。

「出席とるとき、フルネームで『森久ハルカさん』って呼ばれて、『ヨウです』って、何回か訂正してたよ」

もはや、その尖った口調まで容易に想像がつく。

「あれ、出席簿って、振り仮名振ってなかったっけ」

「振ってあると思う。でも、それが間違いだってことなんじゃないの？　手違いっていうか」

「そんなことある？　本当は……」

すると、

「ちょっと」

急に瑠香が、苛立（いらだ）った調子で遮った。この子が、そんな声を出すなんて珍しい。表情も険しい。

「なに」

「あのさ……その話、できればヨウちゃんには、しないであげてくれる」

「なんでよ」

「だから……」

少し迷って、でも瑠香は肚を決めたみたいに、頷いてから話し始めた。

「ヨウちゃんさ、森久って名字も、ハルカって名前も、好きじゃないんだよ。だから、森久って呼ばないでって、最初に言われたじゃん。私も、正しくはハルカだと思う。でも、本人が嫌だって言うんだから、先生に、違います、ヨウですって訂正するくらい、嫌がってるんだからさ……今まで通り、ヨウって、呼んであげようよ」

あたしも別に、改めて「ハルカ」なんて呼ぶつもりはない。

「いや、いいんだ、ヨウはヨウで。ニックネームだと思えば、別に変なことでもなんでもないし。ただ、なんでなのかなって、思っただけで」

「うん……」

おそらく、瑠香はその理由を知っている。そういう顔をしている。でもそれは、ちょっと、あたしたちには言いにくいこと。

それでも、何かしら説明はしなければならないという、この空気。

「私はね、ヨウちゃんって……たぶん、変身願望があるんだと思う。今の自分ではない、別の何者かになりたい、みたいな」

実悠が「文学てきぃ」と呟く。

瑠香が、悲しげに眉をひそめる。

「茶化さないでよ」

「別に、茶化してなんてないよ」

実悠に言われ、ひゅっ、と瑠香が肩をすぼめる。

「ごめん。じゃあ、今のは、私の言い方が悪かった。謝る。でも、この話はさ……」

なんか、段々あたしが話そうとしてたことから、テーマがズレていってる。

「まあ、まあまあ……ヨウに変身願望があるってのは、あたしも分かる気がするよ。唄ってるときの、あの目、あの声、普段と全然違うじゃん」

それには、実悠も頷く。

「ギターだってそうだよね。あの成長スピードは異常。どんだけ練習してんのよ、って思う。変身願望って言っちゃうと、なんか怖い感じもするけど、こうなりたい、弾けるようになりたい、って気持ちは、すごい伝わってくるし。曲が始まるとスイッチ入る感じも、そういうことか、って、なんか納得はいく」

あたしは「ただね」と話を戻した。

「ハルカって名前がなんで嫌いなのかは知らないけど、それってさ、なんか悲しいじゃん、自分の名前なのに。別に、無理やりハルカって呼ぶつもりはないよ、さっきも言ったけど。でも、ちょっと使えたら面白いかなって、思った」

瑠香が眉をひそめる。

「使うって、何に」

「バンド名に」

二人とも「ん？」と上唇を突き出す。

説明しよう。

「いやね、ちょっと気づいちゃったっていうか、思いついちゃったっていうか。ハルカにも『ルカ』って音が入ってるじゃん。で、このバンドに、ヨウを連れてきたのって、瑠香じゃん。実悠も一緒だったけど。でもさ、同じ音が名前に入ってるって、珍しくない？　しかも、響きが日本語っぽくないじゃん。だったら『ヴァン・ヘイレン』みたいにさ、それをバンド名にしてもいいかなって思ったの。どう？」

瑠香が「ええーっ」と顔をしかめる。

「ダメだよ、そんなの。私、メンバーじゃないし」

「メンバーだよ、瑠香は。なに言ってんの。このバンドがさ、ここまでいい感じでやってこれたのって、瑠香がいたからだからね。メンバーだけだったら、絶対もっとギクシャクする場面、いっぱいあったと思う。でも瑠香がいてくれたから、そういうの全然なくやってこれた。それってすごい大きいんだよ。だからあたしは、瑠香もメンバーなんだっていう、宣言じゃないけど、そういう意味を込めて、バンド名にしたいと思ったの」

実悠が、コクッと首を傾げる。

「バンド名、ルカ？」

「いやいや、さすがにそれじゃ、ぽくないじゃない。かといって、複数形にして『ルカス』ってのも、イマイチじゃん。『ルカズ』はもっとどうかと思うし。そこはもうひと捻りしてさ、『ルーカス』ってのはどうかな、って思ったの。どう？　カッコよくない？　ジョージ・ルーカスって映画監督いるじゃん。ってことはよ、『ルーカス』なら、英語名としても通用するわけよ。どう？　『ルーカス』って、ちょっとカッコよくない？　しかも、今までのバンド名になくない？　他とかぶらなくない？」

当の瑠香は困り顔のままだが、実悠は早くも現実的に考え始めているようだ。

「ローマ字だと、どう書く？」

「最初の『ル』はRかLか、『カ』はKかCか。パターンはいくつかあるわな」

「私は、R、U、C、A、Sがいいと思う」

「思った。RとCが入るの、可愛いと思う。LとKってさ、ちょっと冷たい感じするじゃん。クール、みたいな」

「クミ、クールはC、O、O、Lだよ」

ヤベ。

瑠香が「『RUCAS』ってバンド名については、私からヨウちゃんに伝えさせて」

と言うので、それは任せることにした。

次に、全員が集まった練習日。

あたしは何曲かやったあとで、ヨウに訊いてみた。

「そういえばさ、ヨウ。瑠香から聞いてる？　バンド名のこと」

「……うん、聞いてる。『ＲＵＣＡＳ』でしょ」

「どう？　どう思った」

ヨウは、いったん視線をギターに落とし、ボリュームノブをちょっと弄ってから、あたしに目を向け直した。

「……いいと思う。クミが考えたんなら、私はそれでいい。これは、クミのバンドなんだし」

そう聞いた瞬間は、妙に冷めてるというか、他人事っぽいというか、正直、悲しくなりかけたけど、でもヨウにしてみたら、自分の本名の一部が使われるって、基本的には認め難いことなわけで。それを、クミが考えたんならいいよって、認めてくれたわけだから。瑠香がどういう説明をしたのかは知らないけど、そこに込めた意味を理解してくれたからこそ、受け入れてくれたんだと、あたしは思うことにした。わざわざ「クミのバンド」と付け加えたのも、ヨウの、自分の拘りに対する言い訳なのかもしれない。

「さんきゅ。翔子は、実悠から聞いてんだよね。どう？」

こっちは、経緯を知っているのか知らないのか、えらく能天気だ。

「うん、『ＲＵＣＡＳ』、可愛いと思う。なんか、ピンクの太めの丸文字で、ステッカーとか作りたい」

それ、ありそう。背景は白か、黄色か。緑とかだったら、目がチカチカしそうだけど、それはまた後日ってことで。

あたしは全員の顔を見回した。

「オッケー。じゃあ、今日からこのバンドは『RUCAS』ってことで。よろしく」

「よろしくお願いしますッ」

こういうとき、一番元気に返事してくれるのって、翔子なんだよな。

練習に熱が入ってきたところで、悪いとは思ったんだけど、

「……ごめん、ちょっとトイレ」

あたしは一人、スタジオを抜けてきた。

そうしたら、えらく珍しい人と出くわした。

従兄（いとこ）の奥野慎司（おくのしんじ）。ボスを訪ねてきたみたいだった。

「おお、クミ、久し振り」

「おいっす……ごめん、トイレ」

歳はあたしの十三コ上、だから今年、三十一歳か。あたしが物心ついたときには、もう高校生とか、そんな感じだった。小さい頃から可愛がってもらってたし、あたしも「慎ちゃん」って呼んでて、ウチの兄貴よりずっと好きなくらいだった。

急いで用を足して、あたしはトイレから出た。

「慎ちゃん、久し振りじゃん。どうしてんの最近」

「あ、最近？　あんま変わんねえよ。地下アイドルのプロモーションとか、ライヴイベントの仕切りとか……そんなとこかな」

カウンターに載せた手元を見ると、ビールの缶が四本ある。

「……なに、ボスも飲んでんの？」

ボスが、外国人みたいに両手を広げる。

「いいじゃねえか、もう三時過ぎてんだから」

「ビールはおやつに入んねえよ」

それを聞いた慎ちゃんが、ケラケラと笑い出す。この人の笑い方、昔から変わらない。

「ちなみにこれ、二本ずつじゃないからね。ボスが三本で、俺はまだ一本目だからね」

「慎、テメェ」

ボスも、甥っ子の中では慎ちゃんが一番のお気に入り。っていうか、親戚の子みんなにロックを啓蒙しはしたんだけど、引っ掛かってきたのは慎ちゃんだけだった、というのが本当のところらしい。

慎ちゃんが、カウンターを背もたれにして、こっちを向く。

「なに、今、ガールズバンドやってんだって？」

「あー、なんか馬鹿にした感じ」

「してねーよ。ただ、クミっていつも男とやってるイメージあるからさ、ガールズバンドって意外だな、ってこと」

ボスが「うーん」と唸(うな)って腕を組む。

「自分の、高校生の娘に関して、だ。いつも男とやってるイメージって、そこはちゃんと、ツッコんどいた方がいいのかね」

「おっさん、考え過ぎだよ」

むしろ、その懸念を実の娘の前で口にしちゃうところに、あたしは強烈な違和感を覚えるわ。

慎ちゃんがEスタを指差す。

「今やってんのが、そのガールズバンドなん」

「そう。けっこう、みんな可愛いよ」

「マジか。見にいっていいか」

「えー、今？」

「次、いつこれるか分かんねえしよ。ちなみに、曲は何やってんの。まさかコピーバンドだなんて、ションベン臭えことは言わねえよな」

慎ちゃん、従兄ってことを抜きにして、客観的に見てもなかなかの美男子だとは思うんだけど、まあまあ口は悪い。特に音楽に関しては、厳しいことを口汚く言う癖がある。

そんな慎ちゃんに、ようやく一曲、オリジナル曲ができたばかりのRUCASを見せるべきか否か。その価値が、今のRUCASにあるのかどうか。

　答えは、初めから決まっている。

「うん、じゃ入んなよ。ちなみにウチ女子校なんで、お爺ちゃんみたいな先生以外の男の人、慣れてないんで、普段通りにはいかないかもしんないけど、そこは差し引いて聴いてね」

「了解……うっひょっひょ、女の園かよ」

「でもちょっと待って。みんなに言うから」

　あたしは先に行って、ドア二枚を立て続けに開けて、その場でパンパンと手を叩いた。

「ちょっと、ちょっと聞いて。今、プロデューサーっていうか、音楽ブローカーみたいなことやってる従兄が来てて、ちょっと聴かせてくれって言うから、いいよって言ったんだけど、いいよね？」

　後ろから慎ちゃんが入ってきそうだったから、とりあえず手で押し返しておく。

　瑠香はハッとなって、メンバーの顔を見回した。

　翔子も、自分では決められなくて、実悠とヨウを見比べてる感じ。

　実悠は、あたしの後ろを窺ってる。それは相手がどんな人かによる、ってことか。

　ヨウは、真っ直ぐあたしを見ている。

「……そういうの、必要かな」

　なるほど、ヨウらしいわ。

「別に、必要とかじゃないけど、いつかは人前でやるわけじゃん。理想を言ったら、いつでもできるのがベストなわけじゃん。それが今日ってことでも、よくない？」

「でも、まだ完成してないし」

「ライヴ本番じゃないんだから、練習だってのは、分かってて聴くんだから、大丈夫だって」

納得がいくまで話し合う時間はないし、こういうことは勢いで、ノリに任せてやっちゃった方がいい。

「じゃ、いいよね……慎ちゃん、カモン」

「うーい、お邪魔しまぁす」

慎ちゃんも、軽いノリで入ってきてくれたんでよかった。

「初めまして、奥野慎司っていいます。クミが、ブローカーって言ったのはちょっと違ってて、それちょっと、ヒドいっていうか。肩書は一応、フリーの音楽プロデューサーです。クミのことは、こんなちっちゃい頃から知ってるんで、今までのバンドも大体見てきたんで、でも初めてのガールズバンドだっていうんで、聴かして聴かしてって、来ちゃいました。よろしくお願いしまぁす」

知らない男の人にも、お願いしますと頭を下げられたら、同じように言って頭を下げ返す。その程度にはメンバー全員、良い子なのだ。

「よろしくお願いします」

瑠香が丸椅子を用意して、そこに慎ちゃんが「ありがとう」と座る。大人の男が一人加わると、さすがに狭い感じは否めないけど、どうせ一曲か二曲だから、みんな辛抱して。

「……さてと、なんの曲やろっか。やっぱ、あの曲がいいか」

ヨウがもう、唄う前から敵意剝き出しの目をあたしに向ける。

「あの曲って、どの曲」

「決まってんじゃん。ヨウの曲だよ」

そもそも正式タイトルが決まってないんだから、あの曲とか、ヨウの曲としか言いようがない。

ヨウがギターのネックを握る。

「……分かった。じゃあ、やるよ」

この曲はギター始まり。あたしはカウントも何も入れない。

ヨウが、何かを叩き潰すみたいに、最初のコードを弾く――。

あたしは慎ちゃんの表情に注目していた。今のところは、悪くない、みたいな目でヨウを見ている。

四小節目から、アドリブっぽく実悠のベースが入ってくる。ほう、やるじゃん、とでも言いたげに、慎ちゃんが口をすぼめる。

九小節目からは、あたしも入る。

十六小節終わったら、ようやくヨウが唄い出す。

その瞬間、慎ちゃんの目の色が変わったのを、あたしは見逃さなかった。

《誰かに、届いたとして……その誰かは、何か捨ててくれるだろうか……世界は愛では、救えない》

《……わたしの、祈りが》

やっぱり、思った通りだ。

慎ちゃんは、あのときの実悠や翔子、瑠香と同じ目をして、ヨウを見ている。たぶんあたしも、初めてヨウが「Time goes by」を唄ったあのとき、同じ目をしてヨウを見ていたんだと思う。

関係ないんだ。曲の良し悪しとか、演奏の完成度とか、そういうことじゃないんだ。何か、そういうものを超えたところに、ヨウの魅力はあるんだ。

タイトルは未定だけど、歌詞はもう最後までできている。

ヨウは最後まで唄いきり、あとはギターに専念する。本当は、翔子がソロっぽくギターを弾けたらいいんだけど、そこまではまだできてない。

最後はあたしがタム回しをキメて、シンバルを、ジャッ、と止めて終わりになる。

慎ちゃんがゆっくりと立ち上がり、手を叩く。

ぱん、ぱん、ぱん。

興奮した瑠香がするような、高速連打の拍手ではない。見ようによっては、ちょっと馬鹿にしたような、間の抜けた叩き方だ。

依然、慎ちゃんの目は、ヨウに向けられている。

「……クミ」

「あん？」

返事をしたのに、あたしには目もくれず、慎ちゃんは続けた。

「このバンド、俺がデビューさせる。いいよな？」

やっぱりね。慎ちゃんなら分かってくれる、そう言ってくれると思ってたよ。

それが、今日いきなりだとは、あたしも思ってなかったけど。

3

昨夜のことで私が一番よく覚えているのは、あの焼き鳥居酒屋の、せまい個室の壁の柄だ。

ラーチ合板、あるいは針葉樹合板。舞台設営の仕事で使っていたのでよく知っている。普通のベニヤより木目がくっきりしていて、場所によってはトラ縞のようにも、マーブル模様のようにも見える板材だ。安価な下地材なので、普通は店舗の、客の目に触れるようなところには使わない。だが何しろ、木目が派手な上に安いので、あの店のように仕上げ材として使うケースもあるようだ。

そうはいっても、その正体は所詮、安物の下地材だ。私が「舞台裏」と感じたのは、つまりそういう理由だ。じゃなかったら作業中の建築現場か。

いや、そんなことはどうでもいい。いま私が思い出したいのは、滉一の顔だ。二時間くらい見続けていたはずの、あの横顔だ。

なんかこう、のっぺりと白い印象と、黒目が大きかった記憶はあるのだが、顔全体となると、上手く思い出せない。思い出そうとすればするほど、なぜか壁の木目が浮かんできてしまう。ぽちぽちと開いていた黒い節穴まではっきりと思い出せる。

そう。私は別に、記憶を失くしたわけではない。

酒を飲んで記憶を失くす、というのは実は違っていて、本当は、記憶すること自体をある時点からやめているのだ、と何かで読んだことがある。だから、その場ではちゃんと会話もできるし、会計だってできるし、家にも普通に帰ってこられる。ただ、状況に正しく反応はできても、その出来事を記憶してはいないので、あとから思い出すことはできない、ということらしい。

なんか、テレビ番組の放送と録画みたいだな、と思った。その時間、テレビの前にいれば見られるけども、録画してないとあとから見返すことはできない、みたいな。

いやいや、それもどうでもいい。私は記憶を失くしてなどいないのだ。滉一と話した内容だって、会計では滉一がだいぶ多めに払ってくれたことだって、はっきりと覚えている。

なのに、なぜだろう。彼の顔を思い浮かべることができない。

話した内容で一番気になったのは、滉一の妹の年齢だ。

滉一の六つ下で、今は三十二歳。つまり私と同い年。その妹はかつて、母親と二人でこの街に住んでいた。そして滉一が、自身の店につけた名前が「ルーカス・ギタークラフト」。

こんな偶然なんて、あるだろうか。

そんなことを考えていたら、電話がかかってきた。

「誰だよ……」

床で、引っ繰り返った虫みたいにジージーと這い回っている携帯を捕まえる。ディスプレイには、なんと【大谷和樹】と出ていた。

元夫だ。

居留守、使っちゃおうか。携帯だから、別に居留守とかないか。まあいい。別に怖いわけでも、負い目があるわけでもない。

「もしもし」

『ああ、俺。今、ちょっといいか』

苛立ったような低い声も、上からな調子もあの頃のまま。でもそれが、今はとても遠く感じる。距離でも時間でもない。存在そのものが、遠くて小さい。

「なんですか」

『君が残してった家具、思ったより高く売れたから』

だからなんだ。

黙っていたら、向こうが勝手に続けた。

『そのお金を、渡そうと思って』

「いいです。好きに使ってください」

『そんなわけにいくかよ。何に使えっていうんだよ』

「じゃあ、送ってください。現金書留かなんかで」

こっちの住所だって、なんなら銀行の口座番号だって知ってるんだから、大した手間ではあるまい。

だがどうも、家具を売った金云々(うんぬん)というのは、ただの口実だったようだ。

『明後日、東京にいく。そのとき、少し会えないか』

彼の仕事はスポーツ新聞の芸能欄担当。ヒラの記者ではなく、デスクとか編集長とか、確かそんな感じだ。結婚していた頃も、東京にはしょっちゅう出張していた。

私は、しばらく黙っていた。

するとまた、向こうから勝手に喋り始める。

『……離婚自体には、俺も納得してる。あのまま、二人で生活し続けるのは難しかった。でも、なんでああなっちまったのか、俺には、いまだに分からないんだ。君は、とにかく時間が欲しい、距離を置きたいと言った。距離は、もう置いただろ。時間は、どうだ。今じゃ、まだ駄目か。もっと何ヶ月とか、一年とか二年とか、そういう話なのか』

あくまでも離婚の原因は私の側にあると、そう言いたいわけだ。それも、決して誤解ではないけれど。

「会うって、どこでですか」

『どこでもいいよ。君の都合のいいところで』

「何時くらいですか」

『それも、合わせる』

「仕事で来るんでしょ。そんなに自由になるんですか」

『用件は、昼過ぎには終わる。次の日は休みだから』

いきなり、ホテルの窓辺にいる彼の後ろ姿を想像してしまった。気持ち悪い。

「じゃあ三時とか、四時とか。新宿でいいですか」

少し間はあったが、彼は『いいよ』と答えた。

相変わらず色気のない女だな、とか、思ったのではないだろうか。


大谷と出会ったのは、私がまだペットショップで働いていた頃だ。

よく猫を見にきていた。いかつい顔のわりにマンチカンが好きで、真面目に購入を考えている様子だった。

「可愛いでしょ、この子。マンチカン、今とっても人気ですし。やっぱり、脚の短い子がいいですか？」

私だって、手が空いていれば接客くらいする。営業スマイルだって作れる。

大谷は「ええ」と照れ臭そうに言った。

「ただ、家を空けることが多いんで、どうしようかなと」

「猫ちゃんは、エサとお水があれば、ちゃんとお留守番できる子が多いですし、もっと長くなるようでしたら、ウチはペットホテルもやってますんで、長期でもお預かりできます。その点は、あまりご心配なさらなくても大丈夫ですよ」

他にも購入を迷う事情があったのか、あるいはお気に入りの子が見つからなかったのか、それは分からない。ただ彼は、本当に猫が好きみたいで、多ければ週に二、三回、間が空いても十日に一回は店を訪れた。

会話を交わすうちに、自然と彼の仕事や住んでいる場所、独身の一人暮らしであることなども分かってきた。向こうも名札で覚えたのだろう、気安く「沢口さん」と呼ぶようになっていた。

最初に食事に誘われたのは、私が仕事を終えて店から出てきたときだった。

雨上がりの夜で、アスファルトが黒く光っていたのを覚えている。

「あれ、もう終わりですか」

右手に畳んだビニール傘、左手にビジネスバッグを提げた彼が、白く息を吐きながら声を掛けてきた。

「あ、どうも……いえ、まだ店長はいますけど、でも、この前可愛いって言ってくださった、あの子、売れちゃったんですよ、一昨日くらいに。あの子が最後で、今うち、一匹もマンチカンいないんです」

彼は残念そうに溜め息をつき、でもすぐにいいことを思いついたように顔を上げ、笑みを浮かべた。

「沢口さん、よかったら、食事でもいきませんか」

なぜその誘いに乗ったのか。今はもう、よく分からない。

でもたぶん、私は彼のことを少し好きになり始めている、ような気分に、なろうとしていたのだと思う。

あのときは、たまたま。


大谷が指定したカフェは、新宿三丁目にあった。メニューを見ると、酒や料理もそれなりに揃っている。つくづく、夜にしなくてよかったと思う。

大谷がコーヒーだったので、私はレモンスカッシュを頼んだ。

少しだけ砂糖を入れたコーヒーを、大谷はやたらとしつこく掻き回す癖がある。

「仕事とか、どうしてんの」

私に月々いくらの家賃収入があるのか、この男は知らない。

「まあ、ぼちぼち。探してます」

「……髪、切った？」

本当は、少しふっくらした？　と訊きたかったのだろうが、それを呑み込む程度のデリカシーはある、ということか。

「そりゃ、二ヶ月経ってますから。一回は切りましたよ」

分かってる。日常生活における会話が全てこんな調子だったら、どんな男だって嫌になるだろう。離婚にも応じるだろう。そういった点では、彼はかなり我慢した方だと思う。

しかも、いまだに未練ありげなことを言う。

「正直、ショックだったよ。まさか、自分が『バツニ』になるとは思ってなかったからさ。何を今さらって思うかもしれないけど、俺は、君のことを幸せにできると思ってたし、そのように、努力もしてきたつもりだ」

レモンスカッシュの泡がいくつか、真っ赤でブヨブヨしたサクランボの下に溜まり、そのうち、ぷつんと浮き上がってくる。

彼も、同じサクランボを、反対側から見ている。

「なんとなく雲行きが怪しくなることくらい、どこの夫婦にだってあると思ってた。その雲が、いつのまにか厚みを増して、どんよりと暗くなって……ぽつぽつと雨が落ちてきても、そのうち止むだろうって、軽く考えるようにしてた。俺には、思い当たるところがまるでなかったし、おそらく君の、気分の問題だろうって……でも、いよいよ土砂降りになって、足元がぬかるんできて、気づいたらそこら中、泥沼だった。それでも、君とならこの泥沼からも抜け出せるって、俺は、信じようとしてたんだ」

実にこの人らしい喩え話だが、懐かしいとまでは思わない。

ただ、その通りだとは思う。悪いのはあなた一人ではない。

「もう、やり直したいなんて言わないよ。ただささ、今後の参考のために、教えてほしいんだ。俺の、何が悪かったのかな。いつから、こんなふうになっちまったのかな、俺たち」

彼の私に対する疑問は、いつだってこうだった。

何が悪かったのか。

でも、私の私に対する疑問は、まるで正反対だ。

何が良かったのか。

私は何が良くて、この男と結婚したのだろう。


付き合うようになった頃は、そんなに深く考えてはいなかった。大人嫌いは当時も当然のようにあったけれど、なぜか彼のことは、少しキラキラして見えたというか、この大人は大丈夫だ、平気だと思ってしまった。

新聞記者だというのと、九歳年上というのもあり、大谷は世の中のいろんなことを、私なんかより格段に深く、広く知っていた。スポーツ界、芸能界の裏話、政治や経済、国際問題、科学技術、文芸、果てはグルメに至るまで、本当になんでも知っていたし、よく私に話してもくれた。

私にはこういう、私の知らない世界を見せてくれる人が合ってるんだろう、と思った。

ひょっとすると、これくらいの男で手を打っておけ、と心のどこかで自分に言い聞かせていたのかもしれない。他に好きな人がいないんだったら、好きだって言ってくれる人と付き合うのも悪くないよ、みたいに言う知人もいた。それもそうか、と思った。この先、自分から誰かを熱烈に好きになるなんてまるで思えなかった。だったら、この人でいいか――それが、あの頃の私が下した判断だった。

だがそんな時期は、いつまでも続きはしなかった。

結婚して、二人でいることが生活の主軸になってしまえば、彼だって日々のことを、そんなに面白可笑しく話したりはしなくなる。ネタも尽きるだろうし、最初の頃よりは、彼自身の主義主張も頭をもたげてくる。テレビのニュースを一緒に見ていると、このコメンテーターはいつもこうだとか、ここの系列の人間はみんな見方が偏ってるとか、終いには、報道なんて九割は保身と損得勘定で、ジャーナリズムなんてものはとっくの昔に死滅してるんだ、などと耳を疑うような言葉まで吐くようになった。

「でも、あなただって報道に携わってるじゃない」

同じ意味のことを私は何度か言ったと思うが、彼はとにかく、この手の指摘を嫌った。

「なんだよ。俺にどうしろっていうんだよ。こっちはスポーツ新聞の、たかが芸能欄担当だ。そんな、世論を作る立場になんていねえんですよ、ええ……あいつらだって、偉そうに言ってるわりに、広告主には頭が上がらねえんだから、笑っちまうよ……今、こいつらは諸手を挙げて政権交代万歳みたいに言ってるけど、ちょっと支持率でも下がろうもんなら、掌返したみたいに、一斉に叩き始めるからな。お前もよく見とけよ。全部、俺の言った通りになるから」

　確かにその後、世の中はそんな感じになった。政治に関心がない私には、それにどんな意味があるのかは分からなかったけど、よく分かったこともあった。

　この人も結局、普通の、つまらない大人の一人なんだな――。

　決して私も、その一度きりの発言で見限ったわけではない。同じようなやり取りが日々重なっていって、積み上がって、押し潰され、踏み固められ、気づいたら後戻りできなくなっていた。彼の表現に便乗するとしたら、意味は違うのかもしれないけど、「雨降って地固まる」といった状態だ。彼に対する不信感は、私の胸にがっしりと根を張り巡らせ、微動だにしなくなっていた。

　だから、自分から切り出した。

「私、離婚します」

　当然、揉めた。理由を訊かれたって、ひと言ふた言では説明できないし、そもそも自分が大人を嫌う理由を自分で理解できていないのだから、それを離婚の理由にしたところで相手を納得させられるわけがない。いっそストレートに「大人が嫌いだからです」と言ってみるというのも考えたが、「君もいい大人だろ」と返されるのは目に見えていたし、それに対する再反撃の材料を私は持っていなかったので、最終的には黙り込むしかなかった。

彼は、子供ができれば私の気持ちも変わると思ったのだろう。安易にもセックスに持ち込もうとしたが、私がそんな行為を受け入れるわけがない。

「そんなふうにしてできた子供がどんなに不幸か、あなたには分からないんでしょうね」

どうやら、これで彼もピンときたようだった。

自分たち夫婦の関係破綻（はたん）、その原因の一端は、私と両親の関係性にあるようだと。

以降、彼はその一点を突いてくるようになった。君の父親と俺は違う、君も母親とは違う、俺たちの子供が君と同じ境遇に置かれるわけではない、大丈夫だよ、きっと上手くいく――。

そうかもしれない。彼と父親は同じではないし、私と母親も同じではない。でも、私に言わせれば「似たようなもの」だ。

みんな、似たような大人だった。

でも、その思いを私は上手く言葉にできない。一方、彼は言葉で仕事をする人間だ。手を替え品を替え、単語を変え言い回しを変え、なんとかして私の思考を分解しようとした。浄化しようとした。捻（ね）じ伏せようとした。言葉を持たない愚かな女を一人、言い負かすなど造作もないと高を括（くく）っていたのだろう。

だが、それは違う。

言葉を持たない者は、言葉には負けないのだ。

なぜか。言われても分からないからだ。ごめんなさい、馬鹿で。

あるとき、彼は究極的な結論にたどり着いた。

「……君には、人を愛することが、できないんだね」

ようやく気づいたか、と思った。

だから「離婚します」と言ったのだ。


離れて暮らすようになって、はや二ヶ月。離婚成立からは、二週間とちょっと。その間、私は極力彼のことを考えないようにしてきた。できなかった説明をできるように理論構築しよう、などという努力はこれっぽっちもしなかった。確かに、とにかくあなたと距離を置きたい、いずれ納得できるように説明はする、そのためにも時間が必要だ、とは言った。でも、こんなにすぐ答えを求められるとは思っていなかった。

そして今、私はレモンスカッシュを飲み干し、一つの結論を彼に告げようとしている。

「……すみません。距離を置いても時間を置いても、よく分かりませんでした。でも、それでいいんじゃないかと思います。私は人を愛せない人間です。それが原因だと思います。あなたに非はありません。ごめんなさい」

慰謝料云々がないから、こんなこと平気で言えるんだよな、と思いつつ頭を下げる。

「バツイチ」を「バツニ」にしてしまったことについては、心から申し訳ないと思っている。

大谷は首を傾げながら、「なんでそうなるかな」と呟いた。それでも、多少は諦めがついた様子だった。

内ポケットから白い封筒を出し、こっちに向けて差し出す。

「これ、この前言ってた金」

「ああ……すみません、わざわざ」

中身を検めると、十一万二千円入っていた。サイドボード二つ分の代金だと思うが、高いか安いかと言われれば、私もまあまあの値段だとは思う。

「じゃあこれ、手数料」

「いらないよ」

「じゃあ、ここは私が払います」

「あそう。それじゃ、ご馳走になります」

思ったよりあっさりしてるな、というのが、私の正直な感想だ。

別に傷ついたりしていないし、さして疲れてもいなかったけれど、このまま部屋に帰るのもつまらなく思え、なんとなく、またルーカス・ギタークラフトの近くまできてしまった。

ガラスドア越しに中を覗いたが、滉一の姿は見えなかった。でも奥に明かりは点いている。作業場で何かしているのかもしれない。ということは、いま入ったら邪魔だろうか。また面倒臭い奴がきたと思われるだろうか。とはいえ、私じゃない他のお客さんがくる場合だってある。ちょっと入るくらい、そんなに迷惑にはならないに違いない。

「ごめんくださぁい」

ドアを開けながら声を掛けると、

「はい、いらっしゃ……」

意外にも、滉一はカウンター下からひょっこり顔を覗かせた。なんてことはない。すぐそこにしゃがんでいただけだった。

滉一が「どうも」と小さく頭を下げる。

「先日は、お付き合いいただいちゃって、すみませんでした」

「いえ、こちらこそ……なんか、変な話いっぱいしちゃって、却ってすみませんでした。あと、お会計も」

いやいや、と滉一が左手を振る。その人差し指と親指は「ＯＫ」の形をキープしている。指先に何か摘んでいるようだ。

「なに、してらしたんですか」

「あ、この……これを、落としちゃって。捜してたんです」

左手で摘んでいたそれを、滉一は右の掌に載せ換え、私に差し出してみせた。小さなネジのようだが、キノコの傘のような、頭の部分がない。

「なんですか、それ」

「ストラトのブリッジの、弦高調整用のイモネジです」

ストラトは私も知っているが、そんな部品が使われているとは知らなかった。

「ちっちゃいですね」

「そう。だから転がっちゃうと、見つけるの大変なんですよ」

「今は、それを直してたんですか」

「ええ。ブリッジって、こう、右手が当たる場所なんで、演奏してると、どうしても手垢とか、汗とか皮脂とか、付いちゃうでしょう。それを、演奏するたびに綺麗に拭き取る人なんていないですから、大抵のギターは六弦のブリッジから錆びていって、イモネジなんて、癒着して動かなくなっちゃってるの、多いんです。それが今、ようやく外れたんですが」

見ていたように、その状況が目に浮かぶ。

「なるほど。その勢いが余って」

「はい、ピューンと」

「飛ばしてしまったと」

「それを今ようやく、捜し当てたと、いうことです」

小さな小さなイモネジを見つけて、それこそ、虫を捕まえた子供のような笑みを浮かべる、滉一。

なぜ私は、この街まで帰ってきても自分の部屋には戻らず、わざわざ用もないこの店に寄ったりするのか。その理由が今、私には分かった気がした。

私は、ここにいると、とても落ち着くのだ。

「乾さん。私、もうちょっとここに、いてもいいですか」

「っていうか、今いらしたばっかりじゃないですか」

「まあ、そうなんですけど……あの、話し掛けて、邪魔したりしませんから」

「ええ、俺は、構いませんけど。本当に、お構いしませんし……っていうか、どうかしたんですか。誰かに、追われているとか」

そう訊いたときの、滉一の真剣な表情が可笑しくて、あまりに可笑しかったので、私は笑いながら、少し涙を流してしまった。

ほんのちょっとだけ、私はまた滉一の前で、泣いてしまった。

4

部外者初披露となった練習を終え、その日はなんとも微妙な空気のまま、あたしたちは解散することになった。

スタジオの外まで送りに出ると、楽器を持たない瑠香が振り返った。

「クミちゃん、ほんとご飯とか行かないの？」

「うん、今日は、ごめん。慎ちゃんと、もうちょっと話すことあるから」

実悠と翔子は、なんとなく頷き合っていた。ヨウは、分かりやすく仏頂面をしている。

よほど慎ちゃんに聴かせたことがお気に召さなかったらしい。

瑠香が頷く。

「じゃあ、行くね……バイバイ」

「うん、お疲れ。気をつけてね」

実悠たちも、楽器を担ぎ直す。

「お疲れ、またね」

「バイバイ」

真っ直ぐ駅方面に向かう、四人の背中が見えなくなるまで、あたしはそこに立っていた。なかなか、中に戻る決心がつかなかったのだ。でもいい加減、外にいるのも暑くなってきた。

スタジオの待ち合いスペースに戻ると、慎ちゃんはさっきと同じようにカウンターのスツールに腰掛け、新しいビールをもらって飲み始めていた。ボスも飲んでたけど、さっきまでの缶は片づけたのか、手元はすっきりしている。もはや何本飲んだのかも分からない。

さて、どうしたものか。

ここでボスも交えて話をするか。それとも慎ちゃんをあたしの部屋に上げて、二人で話すか。

まあ、あたしはそんなに秘密主義でもないので、ここでよしとしよう。

「慎ちゃん、さっきのあれ、マジ？」

グビッ、とやりながら、慎ちゃんが横目であたしを見る。

「マジって、何が」

「デビューの話だよ。決まってんじゃん」

ボスが「デビュー？」と、ぶっとい眉をひそめる。

慎ちゃんが、ニヤリと左頬を持ち上げる。

「なに、冗談だと思ったの。そりゃないよ。いくら俺だって、さすがに、高校生相手にそんな性質の悪いジョークは言わないって。デビューは、全然アリだと思うよ。もちろん、このままの状態で、今すぐってわけにはいかないけど」

「分かってる」

「そこに至るまでの協力は惜しみませんよ、ってこと」

「うん、ありがとう」

一応、礼は言ってみたものの、あたしだって決して楽観視はしていなかった。

あたしは慎ちゃんの真ん前、低いソファに腰掛けた。

「率直に言って、どこがよかった？　ウチのバンド」

「ああ、バンド名はなんつーの」

「ルーカス。R、U、C、A、S」

「へえ、カッコ可愛いじゃん。いいじゃん」

「名前はいいからさ、演奏はどうだったの。曲とか、歌とか、もろもろ」

慎ちゃんは「うん」と頷き、もうひと口ビールを飲んでから答えた。

「……まずは、あのボーカルの子な」

「うん、ヨウ」

「ヨウっていう、名前なの？」

「うん。森久ヨウ」

「へえ、そうなんだ。まあ、あの子は、なかなかの逸材だと思うよ。声も面白いし、顔も……顔は、そんなに分かりやすく華があるわけではないけど、化粧映えはしそうだよな。それと何より、あの目。あれはいいよ。なかなか闇が深い感じで、ゾクゾクするね」

もう少し、具体的に聞きたい。

「あの曲、慎ちゃんが中入って、最初にやった曲。あれさ、作詞も作曲もヨウなんだよ」

「へえ、すげーじゃん。いいセンスしてるよ。なに、いつからあの子、ヨウちゃんは、そういうことやってんの」

「それが、つい最近。あたしたちとやるようになって、初めてギター触って、一学期の期末前に買ったコードブック見ながら、ごちゃごちゃやってるうちに進行ができて、メロディも浮かんできて、詞を付けたら、ああなったんだって」

慎ちゃんが、アニメのアヒルみたいな顔をして、ブルブルと震えてみせる。

「ヤベーなそれ。本物の天才かもな。しかも、期末前にコードブックって、ほんと、まだ一ヶ月かそこらじゃねえの」

「そういうこと」

「他にもあるのか、ああいう曲」

「さすがに、あの一曲だけだと思うけど。今んところ」

ふーん、と慎ちゃんが、アヒル口のまま深く頷く。

訊きたいことはまだまだある。

「あとは？　他には、なんかないの」

「あー、他ね。他は……ああ、クミも、なかなかいい線いってると思うよ。その歳にしては」

だよね。ウチのバンドに対する評価って、現状、そういうことだよね。

今後の練習予定日を教えると、慎ちゃんは「来れたら来る」と言って帰っていった。

その言葉通り、次の練習が始まって一時間ほどした、午後三時くらいになって慎ちゃんは入ってきた。

「うぃっす、お疲れっす」

メンバーも各々「おはようございます」と小さく頭を下げる。もちろん、ヨウもだ。

こういう場面で変な意地を張らないところ、あたしはいいなって思う。

今回は、前回よりもいろんな曲をやって、最後に集中してヨウの曲を詰めた。タイトルはもう「Love can not」に決定している。歌詞に繰り返し出てくる「世界は愛では救えない」の部分をシンプルに訳したら「Love can not save the world」になるんだけど、長いから真ん中でちょん切って「Love can not」と。ヨウが電話で、瑠香と相談して決めたらしい。

一回演奏し終えたら、気づいたことをそれぞれが言う。言われて直せることだったら、その場ですぐに直す。すぐには解決が難しいことだったら、次回までに方法を考えてくるか、できるように練習してくる。それがいつもの、あたしたちのやり方だった。

今回はそれに、慎ちゃんも加わってきた。

「あの、ちょっといいかな」

手を挙げながら、翔子に近づいていく。

ネックを握っている翔子の左手を、有無を言わさず摑む。

「この指のさ、第一関節が四本とも、よくベタッと反っちゃうじゃない。これさ、単純なコードならいいけど、複雑なコードを弾いたり、コードの中で一本だけ動かしたりするようになると、他の弦に触っちゃうからさ、今からこう……こういうふうに、指先を立てるように注意した方がいい。のちのち、その方が楽になるから」

あたしはそれを、あーあ、と思って見ていた。

翔子って兄弟もいないし、中学はウチの付属の女子中だから、ほんと男には免疫がない。今も、教えられた内容を理解できたかどうか、かなり怪しい。慎ちゃんに手を触られたってだけで、実は頭ん中、真っ白になってたんじゃないだろうか。

「あ、はい……あり、ありがとう、ございます」

「頑張って、やってみて」

慎ちゃん。最後もさ、気安く肩とか叩いちゃ駄目だって。

さらに彼のレクチャーは続く。

「それと、ヨウちゃん」

「……はい」

「カッティング、もうちょっと手首を柔らかく使った方がいい。スナップ、っていうかさ。こういう感じ」

それっぽく慎ちゃんがやってみせるが、ヨウはあからさまに不満顔だ。目も、けっこう怖くなってる。

「スナップってなんですか」

「あー、女の子だもんな。野球とかやんねえから、分かんねえか」

「分からないです。お手本見せてください」

言いながら、ヨウが服を脱ぐようにギターを下ろす。

それを慎ちゃんが「おう」と受け取る。慎ちゃんにしてみたら、演者にダメ出しするなんて日常茶飯事だから、ちょっとヨウに嫌な顔をされたって、そんなのはお構いなしだ。少々空気が悪くなったって、それで演奏がよくなるんだったら言った方がいいだろう、というのが慎ちゃんのスタンスだ。それにはあたしも、全面的に賛成。あたしだって、そうやって鍛えられてきた。

慎ちゃんがもとの丸椅子に腰掛けて、今やヨウの専用になりつつある、青いワンピックアップ・ギターを腰に構える。

「たとえばよ、今のフレーズって、こうじゃん」

そう言って慎ちゃんが弾き始めた途端、メンバーの口から「え」とか「へ」とか、変な声が漏れた。

慎ちゃん、さすがだわ。バンドなんてもう何年もやってないって言ってたけど、ギターの腕は全然衰えてない。いつもヨウが弾いてる「Love can not」のイントロが、慎ちゃんの手に掛かると、全く同じフレーズなのに、全くの別物に聴こえる。

何って、リズムのキレが違う。音のツブ立ちが違う。休符とのコントラスト、メリハリが違う。そして何より、手首の柔らかさが違う。あの、鉛筆をゆるめに持って上下にブラブラさせると、鉛筆が曲がって見える、あれに近い。慎ちゃんの手首がぐにゃぐにゃに、柔らかくなったみたいに見える。

「……こういう感じ、分かる？」

ヨウは答えず、じっと慎ちゃんの手元を見ている。

「ここね、これ……これがスナップ……手首の返し、っていうかな。これができると……ね？ダウンとアップが、同じニュアンスで弾けるんだ。一発一発も速くなるから、コードがバラバラじゃなくて……シャキッと、一体になって聴こえる……と、いうことです」

慎ちゃんはパタッと弾くのをやめ、片手でネックを持って、ヨウにギターを突き返した。男の「力」って、やっぱ違うわ。

ヨウは両手で受け取り、またストラップをかぶるようにして、ギターを構え直した。すぐに、ピックを持って弾き始める。

「……こう、ですか」

「んん、もっと柔らかく」

「こう」

「うん、もっと。弾く弦全部に、いっぺんに当てる感じ」

あたしはね、もう、ちょっとやそっとのことじゃ驚かないけど、慎ちゃんは、けっこうビックリしてるんじゃないかな。

見る見るうちに、ヨウの手の動きが変わっていく。よくしなる鞭(むち)。それが高速連打で、正確に弦を刻んでいく。音も明らかに違ってきている。どんどんシャープに、タイトに、クリアになっていく。

イントロだけを四回か五回繰り返したところで、ヨウが手を止める。

「どう、ですか」

なんだろう。慎ちゃんは小首を傾げている。

「君……途中から、ピックの当て方、変えたよね。なんで？」

ヨウは、自分の摘んでいるピックに目を向けた。

「なんでって……そう、見えたから」

「見えたって、なに、俺の？」

こくん、とヨウが頷く。

慎ちゃんが眉をひそめる。

「俺の、何が見えたの」

「弦に対して、ピックを、斜めに当ててるんじゃなくて、平らっていうか、平行っていうか、縁を当てないで弾いてたなって、途中で思い出して。そうやってみたら、音も、その方が似てる気がしたから……そう、直しました。違いましたか」

慎ちゃんが「いいや」と首を横に振る。

「違わない。その通りだよ。ピックは、平らに当てた方が無駄なく力が伝わるし、変に擦れるようなノイズも出ない……って、説明するつもりだったんだけど、その前に君が弾き始めちゃったから、言いそびれただけ……ああ、そう。気づいたんだ。目と耳だけで」

そう言い終えると、あたしの方を向き、顎で「ほれ」と示す。

もう一回、フルでやれってか。

あたしらは機材少ない方だから、片づけなんて五分もあれば充分だ。でも今日は、残り時間十分のところで、慎ちゃんが「今日はこの辺で終わろう」と手を叩いた。

いつもなら、あともう一曲ってタイミングだ。

当然、ヨウは不満顔だ。

「なんですか、まだ……」

「ちょっと話がある。みんなに」

つまり、ここを出て、待ち合いスペースなんかではしづらい話ってわけだ。この時間だと、もう他のお客さんも来てるだろうし。

あたしと瑠香以外の三人が、立ったまま慎ちゃんに向き直る。

ここは、あたしから言うべきか。

「どうぞ、奥野P。お話しください」

この場合の「P」は「プロデューサー」の略。業界ではよく「○○P」のように、名前の下につけて使う、らしい。

慎ちゃんが頷く。

「この前と今日、練習を見させてもらって、現時点での率直な感想を言わせてもらうと、プロとして通用する可能性があるのは、今のところ、ヨウちゃんだけだな」

ピキッ、とスタジオ内の空気にヒビが入る。ちょっと指で突いたら、粉々に砕けてしまうかもしれない。

実悠と翔子は、もう完全に縮み上がっている。瑠香なんて、ほとんど泣き出す一歩手前だ。

ヨウだけが、喧嘩上等の目つきで慎ちゃんを見ている。

「……私、プロになりたいなんて、ひと言も言ってませんけど」

「まあ、そういきり立ちなさんな。話はまだ始まったばかりだ」

言いながら、あたしを含む、ヨウ以外のメンバーの顔を見回す。

「クミは、ライヴはともかく、レコーディングに使うには、今一歩足りない。頭の悪そうなパンクとか、テレビで流れてるようなガキンチョロックをやるならそれでもいいんだろうが、今みたいな曲をやるには、まだコントロールが足りない。狙ったところを外さない、一発一発、確実に同じところを叩く、そういう正確さが必要だ」

「分かってる」

次は、実悠か。

「ベースは、まだ始めたばかりなんだっけ。センスはいいよ。一音一音、正確に弾くのもできてる。でもまだ、グルーヴがない。リズムにウネリがない。同じ八分音符を弾くんでも、一音一音をどこで切るかで、グルーヴ感は変わってくる。ドゥー、ドゥー、ドゥーと、ドゥッ、ドゥッ、ドゥッ、じゃ違うだろう。ベースの表現力って、そういうところだから。厳しい言い方をすれば、君のベースは、まだ何も表現していない」

最後は翔子。これはさらに厳しいことになりそうだ。

「あと、ギター、君ね。君はまだ決められたことを弾くのに必死で、他の三人に全然ついていけてない。ただギターは、技術が高ければいいってもんでもない。簡単なことでも、面白いことさえできれば、案外、恰好はつく。どっちを選択するかの問題だ。死ぬ気でテクニックを磨くのか、テクは度外視して、アイデアで勝負するのか。それにしたって、そのアイデアを表現するだけのテクニックは必要だけど、逆にそれ以上は必要ないともいえる。でも今のところ、そのアイデアも君にはなさそうだしな。難しいところだ」

我慢も限界に達したか、ヨウが「ちょっと」と大きな声を出す。

「なんなんですか、それ。黙って聞いてれば……だから私は、私たちは、別にプロとかデビューとか、そんなこと全然、考えてないんですけど」

「おや、そうなのか？　クミ」

ここであたしに振るか。

「うーん……まあ、あくまでも現時点での話をしてるわけでさ。一緒にやり始めて、まだ三ヶ月？　四ヶ月？　そんなもんで、デビューの可能性も、なくはないって言われてんだからさ、そんなもんですかねって、ありがたく聞いとけばいいんじゃないの。それを受けて、やり方を変えるのも、変えないのも、それはあたしたち次第。決めるのはあたしたち。でしょ？　慎ちゃん」

フッ、と慎ちゃんが、片頰を歪めて笑う。悔しいけど、ちょっとカッコいい。

「ま、そういうこと。ただね、宝の山が目の前にあるのに、手を伸ばさない奴はいないだろう、ってことだよ」

またヨウが、おっかない目で慎ちゃんを睨む。

「それは、誰にとっての宝の山ですか」

「君にとっても、俺にとっても……だよ」

「結局はお金の話ですか」

ははは、と慎ちゃんが笑い飛ばす。

「そういう、嫌らしい言い方しないでよ。俺はもっと、ピュアな心で話してるつもりだぜ。君の才能が、君にとっての宝の山だってのは、当然として、それがビジネスになれば、クミや他のメンバーにとっても、むろん俺にとっても、宝の山になる」

ヨウが「だから」と言いかけたのを、慎ちゃんが「待て待て」と遮る。

「もうちょっと聞きなって……どうも、金とかビジネスって言葉が引っ掛かるようだけど、そこは考えようでさ。俺はそんなに、それ自体を卑しい言葉だとは思ってないんだ。特に音楽ってのは、どんどん増やせる宝物だしな。膨らませられる、って言ってもいい。たとえば、君が部屋ん中で、一人で弾き語りしてるだけだったら、確かにそれは、君だけの宝物だけど、こうやって集まってバンドで演奏すれば、メンバーみんなの宝物になる。だろう？ その仲間に入れてもらえるなら、俺はそれをもっと広める努力をする。するとと、もっと多くの人が君の曲を聴く、歌を聴く、演奏している姿を見る。それはやがて、見た人、聴いた人の宝物になる……それって、とても素敵なことだろう？」

ヨウ、固まる。

慎ちゃんは続けた。

「ただし、君が心配するように……実際、心配してるかどうかは知らんけど、世の中には悪い奴もいるよ。分かりやすいのは、パクりな。盗作だよ。音楽をビジネスにするってことは、その曲の権利を主張するってことでもあるんだ。その権利は、ときには盗まれたり、奪われたりすることもある。金で買われて、別の有名人の名前でリリースされることだってある。悲しいかな、それが現実だ。でも俺なら、そういう悪い奴らから、君たちを守ることができる。ついこの前会ったばっかりのお前なんか、信用できるかーい、って思うかもしんないけど、そこはさ……クミの従兄なんだし、ここのボスとだって、生まれたときからの付き合いなんだから、信用してくれとしか、言いようがないんだけどな」

ヨウの細い喉を、何か硬いものが通過し、下りていくのが見えた。

「それでも、私は……このメンバーと、RUCASのメンバーと、やっていきます」

「うん、いいんじゃない」

「テクニックがどうとか、レコーディングじゃ使えないとか、そんなことで、誰かが欠けるのは嫌です」

「分かった。じゃあ、そういう方向で努力する、ってことで」

「それがデビューに繋がらなくても、私は、別に……全然、構わないんで」

このときが、初めてだった。

あたしが、ヨウの涙を見たのは——。

「私は、このバンドが、このバンドのメンバーが、好きなんで。このバンド以外で、唄うつもりはありません」

しかもヨウが、そこまでこのバンドに思い入れを持ってるなんて、初めて知った。

5

店のドアが開いた瞬間に、もう予感はあった。

「ごめんくださぁい」

思った通り、入ってきたのは遥だった。珍しく涼しげなワンピースを着ている。おそらく、近所で買い物をしたついでに寄った、というのではない。それよりは、何か用事があってこれから出かけるとか、逆に帰ってきたとか。どちらかといえば、帰ってきた感じだろうか。心持ち、顔が疲れているようにも見える。

遥は、もう少しここにいてもいいかと訊いた。まるで逃げ込んできたように聞こえたので、俺は冗談で、誰かに追われているのかと訊き返した。

遥は大笑いした。そのあとで、また泣いた。出先で何かあったのかな、と思ったが、訊きはしなかった。意外とよく泣く人だな、と思っただけだ。

よく泣きはするけれど、泣き止むのも早い。

「どうぞ、お構いなく。お仕事を続けてください」

「そうですか。じゃあ、遠慮なく」

その「遠慮なく」がまた可笑しかったらしく、遥はしばらくクスクスと笑っていた。

俺は、カウンターの中の作業台で錆びたイモネジを新しいものに交換し、ブリッジサドルの錆を取って磨き、再度トレモロブリッジを組み立て始めた。

その間、遥はカウンター向こうの丸椅子に座って、ぼんやり外を眺めていたが、

「乾さん。実は、話し掛けても大丈夫だったりします？」

そう言って、こっちを覗き込んだ。

「ええ、大丈夫ですよ。そんなに難しいことをしてるわけじゃないんで」

「そうなんですね。難しい仕事って、たとえばどんなのですか」

「んん……よく考えたら、特別難しいことってないのかもしれないです。大体は慣れた作業ですから。ただあっちのね、奥の機械で削りものをしてるときとかは、そりゃね、話しながらは、できないです。集中力も要るし、音もうるさいし」

「なるほど。そりゃそうですよね」

「あと、塗装中とかね。あの、ブースの中に入っちゃうんで」

遥が、首を伸ばして奥の方を覗く。

「じゃあ、ブースに入ってるときに電話がかかってきたら、どうするんですか」

「急にブースからは出られませんから、まあ、電話には出ませんよね。鳴り止むまで放置です」

「ほう、居留守使っちゃうんだ」

やっぱり遥って、ちょっと変わってると思う。

「いやいや、居留守じゃないですよ。二十秒、だったかな、出なかったら自動的に、留守電に切り替わりますし」

「ああ、メッセージが入ってれば折り返す、みたいな」

「そういうときも、あります」

ふーん、と言いながら、パソコンの横に置いてある電話機に目を向ける。

「電話、よくかかってきますか」

「そうでもないですね。メールの方が多いです」

「メールはたくさんきますか」

「それも、こっちが送る方が多いかな。修理終わりました、のお知らせとか。見積もりの返事とか」

すると、うーん、と腕を組んで首を傾げる。

「……なんですか。どうかしましたか」

「いや、その、聞けば聞くほど、電話番とか店番とかは、必要なさそうだな、と思って」

何を言うかと思えば。

「沢口さん、もしかして、ここの店番とか、狙ってます？」

　遥が、うん、と子供のように頷く。

「要りませんか？　女性スタッフ。お茶だって買ってこれるし、なんだったら配達とかもしますよ。私、運転免許持ってますから」

「配達は、必要ないかな」

「じゃあ電話番」

「それもだから、留守電があるんで、大丈夫です」

「乾さん、私のこと嫌いですか」

　こういう発想の飛躍は、この人の、一つの個性だと思う。

「嫌いじゃないですよ。嫌いじゃないですけど、なんで俺が沢口さんを雇わなきゃなんないんですか。沢口さん、あのビルのオーナーなんでしょ？　お金には困ってないでしょ？　ギターのリペアマンなんてね、大して儲からない仕事なんですよ。カツカツの、ギリギリです。むしろ、沢口さんが俺を雇うっていうんなら、まだ分かりますけど」

　遥が、パチンと指を鳴らす。けっこういい音がした。

「いいですね、それ。私がここのオーナーになって、社長になって、乾さんは専属リペアマンになって、私からお給料を貰う。いいじゃないですか、それ」

「えー……俺、けっこう苦労してこの店出したのに、たったの二年で、もう買収されちゃうんですか。やだな、それは」

「駄目ですか。却下ですか、この案は」

「っていうか、なんで沢口さんはこの店が欲しいんですか。興味ないでしょ別に、ギター のリペアなんて」

「んー、そうですね。リペアに興味があるというよりは、好きなときに、気軽にここで暇潰しをしたい、というか」

暇潰しの場所を確保するために、俺の店を買収——。

冗談にせよ、金持ちの発想は恐ろしい。

「いいですよ、いつでも暇潰しにきていただいて構いませんから、買収は勘弁してください。っていうか、沢口さんは、なんでここで暇潰ししたいんですか。ビルの一階に、素敵なカフェだってあるじゃないですか」

「そう、なんですけどね……なんか、ここの方が落ち着くんですよ。ここなら、これに座ったまま居眠りもできそうです」

それは今、俺がたまたま静かな作業をしているからであって、削りものでも始めようものなら、おちおち居眠りなんぞしていられなくなると思う。

あとそこ、冬場はけっこう寒いですよ。

好きなアーティストの話とか、映画の話とかをしているうちに、またなんとなく、俺の若い頃の話になった。

「お父さんと喧嘩して、家出して、それからどうしたんですか」

「家出……まあ、家出ですかね、あれも一種の。その後は、友達のところを転々としながら、バイトしてましたね」

でも、本当に一所懸命やっていたのは、言うまでもなくバンド活動だ。大学進学はせず、当時は本気で、音楽一本で食っていくつもりだった。

俺がギター、あとはベースとドラム、たまにギターも弾くボーカリスト、という四人編成だった。曲は主に、俺とボーカリストで作っていた。別々に作った曲もあるし、二四人でアイデアを出し合いながら作った曲もあった。詞は全てボーカリストが書いていた。さしていい詞ではなかったが――いや、正直、くそダサい詞の方が圧倒的に多かったが、それでも俺が書くよりはマシだと思い、任せていた。

いま思えば、どれも下らないロックンロールだった。俺のカノジョは最高とか、真夜中を駆け抜けろとか、この胸を切り裂いて君に心臓を捧げたいとか、犬の散歩が面倒臭いとか。感動や共感とは程遠い、なんとも陳腐な作風だった。

俺はその頃の音源を一つも持っていないし、持っていても絶対に聴きたくなどない。メンバーの誰かは持っているのかもしれないが、冗談でも、絶対にネットにアップなどしないでほしい。アップしたら殺す、とまでは言わないが、少なくとも抗議はする。怒鳴って駄目なら泣いて頼む。今すぐ取り下げてくれと。それでも駄目なら、動画サイトに削除申請を出す。とんだ人権侵害だと。

それでも当時はプロになるつもりだったのだから、若さとは恐ろしいものだ。まかり間違ってあれでデビューしていたら、今頃ネットでどんなふうに叩かれていたか。想像するだけで円形脱毛症になりそうだ。

でも、信じてた。いや、信じようとしていた。

この先に、自分たちの未来はあると。

俺たちは素晴らしい音楽をやっている。きっともうすぐ、みんなそのことに気づいてくれる。やがて俺たちは、日の当たる場所に出ていく。武道館、ドーム、全国ツアー、ひょっとしたらワールドツアー。そのうち、有名な女優と結婚したりして。でもすぐ離婚したりして。それもこれも全部、テレビのワイドショーで取り上げられちゃったりして――。

当時の俺たちにあったのは、夢を見る自由だけだった。才能ははっきり言って、メンバーの誰にもなかった。テクニックも、そんなになかった。コネなんて全然なかった。集客力も、あるようなないようなだった。なんのマグレだったのか、いきなりチケットが七十枚近く捌(さば)けたことがあったが、たいていは二十枚に届かず、下手したらひと桁(けた)という日もあった。

家を出て二年くらいした頃から、ボーカリストと一緒に住むようになった。岩本賢太(いわもとけんた)という男だが、出会ったときから「モンタ」と呼ばれていた。岩本の「モ」と賢太の「ンタ」が繋がったのか、それとも猿顔から「モンキー」ときて、それが変化したのかは分からないが、本人は案外気に入っていたようで、自らステージネームを「MONTA」としていた。ちなみに「もんたよしのり」は全く関係ないということだった。六畳ひと間の貧乏生活だったが、最初はそれも楽しかった。インスタントラーメンをいかに美味しく作るかを考えたり。洗剤を使わずに洗濯をする方法を研究したり。水道代を節約するため、トイレの回数を制限したり、大も小も一度に済ませる決まりを作ったり。エロビデオは、よくよく話し合って、二人とも心からいいと思える女優の作品を、一本だけ割り勘で借りたり。

バンドが上手くいっていれば、それでもよかった。動員が徐々に増えていったり、曲や演奏内容が充実してきて、自分たちの成長を実感できていれば、たぶん貧乏にも耐えられた。

しかし、活動はむしろ下降線をたどる一方だった。

動員は増えない。作る曲はマンネリ。練習回数を増やそうにも、それ以上レンタルスタジオに払える金がない。モンタと一緒に住んでいても、すぐ苦情がくるので部屋ではギターを弾くことも、唄うこともできない。

決定的だったのは、俺がバイトで疲れて帰ってきた、ある夜の出来事だ。

部屋に入った途端、何か異様な臭いがした。俺もその一回しか嗅いだことがないので表現は難しいが、草と小便と、さらに甘さと苦さが入り混じったような、とにかく変な、不愉快な臭いだった。単純にクサかったので、とっさに鼻息を止めた。だから、臭いで分かったというよりは、むしろモンタの様子を目にしてピンときた。

　こいつ、やりやがったな――。

　俺は、目を白黒させて壁に寄り掛かっているモンタの胸座を摑んだ。

「お前、フザケんなよ。ハッパなんてやってる余裕ねえだろがッ」

　殴りはしなかったが、それに近い勢いはあったと思う。

　モンタは、碌に呂律も回らないくせに、反論しようとした。

「おまえあって……スおットえ、なんえんえんも、スッたおうがぉ」

　お前だってスロットで何千円もスッたろうがよ。

　何千円もスッてはいない。たったの三千円だ。

「それは、ちっとでも増えたらと思ったからで」

「おえあって……」

　俺だってこれでバッチリキメて、名曲を書こうと思ったんだよ、ということらしかった。

「ハッパなんかやって、名曲なんて書けるわけねえだろ」

　何を偉そうに。じゃあキメねえお前が書く曲は、さぞかし名曲なんだろうな。わはは――。

　それからは、早かった。

　モンタは、大阪にいい儲け話があると出かけていき、以後、二度と部屋には戻ってこなかった。練習はベースとドラムと三人で続けたが、それも、都合が合わないとか別のバンドに誘われたとかであっという間に回数が減っていき、気づいたら二人とも連絡がとれなくなっていた。

これ以上はないというくらいの、自然消滅だった。

心にぽっかり穴、も開いてはいたが、不思議と気持ちはすっきりしていた。プロデビューはもう諦めろと、誰かに言ってほしかったのかもしれない。

「仕方ねえ……真面目に働くか」

そう口に出してみると、スーッと涙も流れはしたが、見飽きていた六畳ひと間の眺めがいくらか明るく、晴れ晴れとして見えたのも事実だった。

俺の手元に残ったのは、実家から担いできた白いストラトキャスター、一本だけだった。いや、もう白とも言えないほど黄ばんでおり、あちこちぶつけてボロボロになっていたけれど、でもずっと俺のそばにいてくれた、唯一無二の相棒だった。

久々に、こいつを男前にしてやるか――。

我ながら単純だとは思うが、リペアマンになろうと思いついたのはこのときだ。もともと楽器を弄るのは好きだったし、モンタやベーシストの楽器もいろいろメンテナンスしてやっていたので、向いてるんじゃないかと思ってはいた。ただ、親父と同じ職人仕事に就くのが癪(しゃく)で、自分で自分が向いているとは認めたくなくて、無意識のうちに先延ばししていたのかもしれない。

それも、認めてしまえば楽なものだった。

親父に頭を下げる。その覚悟もできた。

「……すんません。金、貸してください」

離婚して、一人で細々と金型工場をやっている親父にどれほどの蓄えがあるかは分からなかったが、頼めるのはこの人しかいなかった。俺は、機械油の染み込んだ工場の床に正座し、両手をついて頼み込んだ。

さすがに、親父もいきなり蹴飛ばしはしなかった。

「なんに使う」

「学校に、いきたいです」

「なんの」

「ギターの、リペアマンの学校です」

「なにマン？」

「リペアマン、ギターの修理師です。一から自分で作ったりもするんですけど、そういうのはクラフトマンっていいますけど、でも基本的には修理です。修理する、職人になりたいです」

頭を下げていたので顔は見えなかったが、勢いよく鼻で笑われたのは覚えている。

「そんな学校出たところで、仕事になんてなんのかよ」

「それは、大丈夫らしいです。就職率、百パーセントだって」

「詐欺だろ、そんなの。ギターの修理工の就職が、百パーセントなわけねえだろうが」

そう、仰る気持ちはよく分かります。

「はい……俺も、最初はほんとかなって、思ったんですけど、でもいろいろ、話を聞いてみると、リペアマン以外にも、たとえば、ハウスメーカーで、床とかの内装を補修したり、舞台のセットを作ったり、わりと潰しが利く技術っていうか、まあ、そういうのも含めての、就職率百パーセントなんで。嘘ではない、と思います……詐欺でも、ないです。あの、これ、学校のパンフレットです。見てください」

江戸時代の、殿様に直訴する町人のように、俺は土下座のまま顔も上げず、パンフレットの入った封筒を両手で親父に差し出した。

すっ、と指先にあった封筒の重みが消える。一応、受け取ってはもらえたらしい。でも、中身を取り出すような音は聞こえず、かといってどこかに放り投げたようでもなかった。

「いくらだ」

「えっ、と……初年度が、ひ……百、六十万ほど、です」

「何年通うんだ」

「最短が、一年で、最長が、三年、です」

「全部で四百八十万か」

「いや、二年目と三年目は、少し安いんで、合計で……四百万、ちょっとです。三年通えば、ですけど……」

数秒待って、恐る恐る顔を上げてみると、予想より遥かに恐ろしい顔をした親父と目が合ってしまい、また俺は慌てて頭を下げた。

どれくらい、そうしていただろうか。

「……三日経ったらもう一度こい。それまでに用意しといてやる」

その「用意しといてやる」が、すぐに「貸してやる」の意味だとは理解できず、俺は「は?」とか「え?」とか言いながら中腰になり、すでに背を向けていた親父のあとを追おうとした。

だが、

「三日後だって言ったろ、とっとと出てけッ」

和太鼓を乱打するような、えらく空きっ腹に響く怒鳴り声で言われ、俺は「すみません、すみません」と、そのお辞儀の反動を利用して後退(あとずさ)りしながら、命からがらではないけれども、工場から逃げ帰ってきた。

殴られなかったのが、奇跡のように思えた。

そこまで聞き終えたときの遥の感想は、「お父さん、こわっ」だった。

「そうなんですよ。怖いんですよ、ほんと」

「今でも、ですか」

「ここしばらくは会ってないですけど、苦手意識はありますね。あんな暴力的な人、俺、親父の他に知りませんもん」

遥は口を尖らせ、ふーん、と浅く頷いた。

「そんなに怖いんですか。なんか、逆に会ってみたいな」

「いやいや、別に、沢口さんが会ってみたって、怖くはないですよ。誰彼構わず怒鳴り散らすほど、クレイジーではないです。一応、何十年か自分で工場を切り盛りしてたわけですから、そういう、社会性みたいなものは備えています。ただ仕事関係と、家族には厳しかったっていうか……っていっても、ほぼ俺ですけどね。俺にはとにかく厳しかったです。妹は、ほんといい子だったんで。そんなに怒られたりもしませんでしたし」

ちょうど仕事も昔話もひと区切りついたので、今日はこれくらいにして飯でも食いにいこう、となった。

大して道具も出していなかったので、後片づけは簡単だった。

照明を消し、ガラスドアに鍵を掛け、シャッターを下ろし、それにも鍵を掛ける。

遥が、美味しいトンカツ屋があるというので、そこに行くことにした。

「どこにあるんですか」

「『谷中ぎんざ』を抜けて、少し行った辺りです」

「じゃあ、その前にちょっと、寄り道してもいいですかね」

「はい。なんですか？」

俺はあえて説明せずに歩き始めた。遥も、それ以上は訊かずについてくる。「谷中ぎんざ」の入り口を過ぎ、さらに「よみせ通り」を真っ直ぐ進む。やがて「よみせ通り」の反対側出口が見えてくる。

俺はその、十メートルくらい手前で指差した。

「あの、一階がそば屋さんになってる、四階建てのビル。あれの三階です。俺のお袋と妹が、一時期住んでたのは。けっこう近いでしょ……あのそば屋さんにも、何回か行きました。それこそ、親父に金借りて、リペアマンの学校に行くことにした、って報告したのも、あの店だったんじゃないかな」

俺は、さっきの話の続きとして、ほんの軽い気持ちで話しただけだった。母親と妹がこの街に住んでいたことも前に話してあったので、特に新しい情報ではないはずだった。

それなのに、遥の様子は、明らかにおかしかった。

灰色の夜空を見上げ、そこに何が浮かんでいたら、そんなに驚いた顔になるのだろう。UFOか、火の鳥か、それともステルス爆撃機か、ブラックホールか。

「乾さん……妹さんって、なんて、お名前でしたっけ」

それは、まだ話してなかったかもしれない。

「ああ、瑠香っていいます。瑠璃(るり)の『る』に、いい香りの『か』って書いて、瑠香です。当時はもう、母方の旧姓を名乗ってたんで、名字は『真嶋』でした。だから、真嶋瑠香です。俺は『乾瑠香』よりいいじゃないかって、言いました。別に慰めるとかじゃなくて、ほんと、そう思ったんで。思いません？　乾瑠香より、真嶋瑠香の方が、なんか、響きが綺麗じゃないですか」

そんな話も、遥は聞いているのやら、いないのやら。

第四章　二人のルカ

1

夏休みももう残り少ない、八月の下旬。

あたしは当然、宿題が終わってないことに焦りまくっていたし、それはヨウも翔子も同じだった。

でも瑠香は、

「あとは、家庭科のアレンジレシピの写真、プリントアウトして貼り付けるだけ」

などと余裕の発言をブチかまし、実悠に至っては、

「まだ、読書感想文が終わってない……っていうか、いくら書いても終われなくて。書きたいことが多過ぎるのかな……もう、いっそ短く書き直そうかと思ってる」

なんと、宿題をやり過ぎてしまった挙句、気に入らないからやり直すかもしれないという、前代未聞というか不適切発言というか、もはや理解不能としか言いようがない。

そんな暇があるなら、あたしの残りの宿題全部やってくれ。

しかし、そんな「困ったちゃん」には新たなる試練が、ちゃんと神様によって用意さ

れている。

神様っていうか、慎ちゃんだけど。

「おいっす……クミ、ベーアン二台、確保したか」

「ベーアン」は「ベースアンプ」の略称だ。

「うん。予備のをEスタに入れといた」

その、慎ちゃんに続いて待ち合いスペースに入ってきたのは、背があたしとほぼ変わらない、二十代の女性。小柄ではあるけれど、ロングのカーリーヘア、しかもド茶髪、ピタピタのTシャツにオッパイがボンッ、ダメージジーンズのお尻もボンッ、という、なかなか個性的なルックスの持ち主だった。肩にはベース用の、ボロボロのギグバッグを担いでいる。たぶん元は合皮だったんだろうけど、今はただの、灰色の布張りにしか見えない。

話には聞いていたので、あたしから挨拶をした。

「初めまして。慎ちゃんの従妹で、佐藤久美子です」

「ヒカルです、ヨロシク」

右手で握手。意外と柔らかい、優しい感触。無茶な握力でこっちを泣かしにかかる、なんてことはない。よく見ると顔は赤ちゃんみたいで、ある意味可愛い。

「じゃ、すみません、早速、こちらに」

「はい」

「クミ、緊張してんの？」

「うるさい」

二人を連れていつものEスタに入った。ただし、今回の参加メンバーは実悠のみ。なぜなら、今日はベース限定の特訓日だからだ。

丸椅子に座っていた実悠が、お尻に針でも刺さったみたいに、ピョンと立ち上がる。

「あ、あの……おはよう、ございます。谷川、実悠です。よろしく、お願いします」

「初めまして、ヒカルです」

あたしんときと同じように、実悠とも握手。でもヒカルさんの目はすぐ、スタンドに立ててある実悠のベースの方へと向いた。

「それ、使ってんの？」

フェンダーのプレシジョンベース。ボスのコレクションからあたしが強奪して、実悠に横流ししたという、曰く付きの一品。

「はい、これ……を、使ってます」

ヒカルさん、さらにベースの裏側もチェック。

「へえ、すげーじゃん。USAじゃん。七〇年代のっしょ、これ。高かったっしょ」

マズい。実悠には七千円で売ったけど、ほんとは最低でも二十万以上する楽器だって、本人には教えてない。

ここはあたしが、なんとかして誤魔化さねば。

「えーとそれ、あの、ネックとボディが、なんかバラしてある、なんつーんすか、ジャンク品みたいな……パーツもいろいろ、交換しちゃってて、全然オリジナルじゃない、みたいな」

本当はフルオリジナルらしいけど。

「にしたって、ネックだけで十万はするよ。フルオリジナルなら、今なら三十万は下らないんじゃないかな」

「ですよね、はい……そう、なんですけど、なんか……うん、まあ、もらい物っつーか、拾い物みたいな、あれで」

あたしの様子がおかしいと思ったのだろう。慎ちゃんが助け舟を出してくれた。

「こういうとこって、ほら、客が置きっ放しのまま、もはや持ち主不明みたいな楽器、ときどきあるじゃん。ボス……ってそこにいた、クミの親父さんだけど、彼がけっこうなコレクターでね。そういうの、倉庫を探すと出てくるんだよ」

あたしも「そうそう、そうなんです」と話を合わせた。

するとヒカルさんは、ちょっと悪戯(いたずら)っぽく片頬を浮かせた。

「へえ、あたしも欲しいな、こんなの。できればジャズベのオールドが欲しい。あとあれも、初期のテレキャスベース。あれさ、海外のサイトでも探してんだけど、なかなか……」

ヒカルさんも、たぶん相当な楽器マニアで、そういうところも慎ちゃんはよく知っているのだろう。「ヤベ、地雷踏んじゃった」みたいな情けない顔で、ヒカルさんに掌を向ける。

「分かった、それに関しては、あとでボスに話してみるから、今はその娘、実悠ちゃんのベースを見てやってくれ」

ヒカルさんも「ああ」と真顔に戻る。

「そうだったね。じゃあ、えーと……あたしは、このベーアン使っていいの？」

アンペグの、六十ワットくらいのやつ。

「はい、そちらでお願いします。小さめですけど、大丈夫ですか」

「あたしは全然。なんでも大丈夫」

ヒカルさんがボロボロのギグバッグから出したのは、これまたボロボロのフェンダー・ジャズベースだった。あたし、ベースはそんなに詳しくないけど、確かジャコ・パストリアスがこんなモデルを使ってたような気がする。

実悠にも言ってあるけど、ヒカルさんはプロのミュージシャンで、あたしでも知ってるような、有名なアーティストのサポートでツアーを回ったり、レコーディングなんかにも参加している、けっこうな売れっ子ベーシストだ。慎ちゃんとは大学時代からのバンド仲間で、つい最近も仕事で一緒になったことがあるという。

そんなヒカルさんに、慎ちゃんが「女子高生のベースを、手っ取り早く上手くするにはどうしたらいい」と相談したところ、「あたしに教えを乞うこと」との答えが返ってきた、という流れからの、今日の特別ベース講座、というわけだ。

　ヒカルさんに「いつもやってる曲で聴かせて」と指示されたので、あたしたちは「Love can not」のイントロを飛ばして、ベースが入るところから演奏し始めた。

　でも、八小節もいかないところでストップがかかった。

「オッケーオッケー、まず右手からいこう。最初にさ、この辺、手首と肘の間くらいを、ボディに軽く乗っける感じで、固定してみようか……うん。で、手首をもうちょい内側に倒して……」

　マネキンのポーズを直すように、ヒカルさんが直に触って、実悠の構えを直していく。

「ね、こうすると中指と人差し指の長さが揃うでしょ。それだけで、音の粒立ちが揃ってくるから」

「はい……なるほど。こういう構え、よく見る気がします。プロっぽいです」

「でしょ。あと、その二本指でさ、たとえば、そのボディの上でいいから、歩く真似してごらん……」

　実悠は「歩く真似？」と首を傾げながら、それでも二本指で、ベースのボディの平らなところを、チョコチョコと歩く真似をしてみせた。背中でやられたらくすぐったいやつだ。

「はい。それがね、ツーフィンガーでは駄目な指使い。覚えておいて。良いのは、こういう感じ。競歩みたいに、第一関節と第二関節を曲げないで、第三関節……この、指の付け根から、指全体が動くように。これが基本だから」

「はい」

さらに弦への指の当て方、当てたあとの置き場所、親指を置く場所。それからようやく左手の構えに進んで、掌のどこがネックに触れていて、どこが浮いているか、親指はどこを支えるか、などなど。ヒカルさんも目の前で実践して見せてくれて、実悠にとっては実に有意義であろう、中身の濃いベース講座が続いた。

その間、あたしはときどき、慎ちゃんと目を見合わせていた。

あたしたち、ここにいる必要、ある？

翔子のギターは、慎ちゃんが直接見てくれた。

実を言うとあたし、翔子には最初から可哀相なことをしたなと、思ってはいたのだ。試しにベースを弾かせてはみたけれど、あまりに下手過ぎて、仕方なくというかなんというか、代わりに実悠がベースに転向し、翔子がギターに残留することになった。当然、実悠はベースの習得にシャカリキになるから、翔子にギターを教えるどころではなくなってしまう。その直後に加入したヨウは、誰に教えられるでもなくメキメキとギターの腕を上げ、誰も言わないけど、可哀相過ぎて絶対に言えないけど、あっというまに翔子より上手くなってしまった。

翔子はヘラヘラ笑ってたけど、内心は悔しかったと思う。苦しかったと思う。だって、努力はしてたんだから。それはあたしだって知ってるし、実悠だってヨウだって、瑠香だってちゃんと分かってる。でも、どうしてもヨウに追いつけない。追いつくどころか、どんどん引き離されていってる——口が裂けても言えないけど、でもみんな、そう感じてたと思う。

ところが、慎ちゃんだ。

慎ちゃんが教えるようになってから、翔子は見違えるくらい上達が早くなった。もちろん、ヒカルさんに負けず劣らず、慎ちゃんも教えるのは上手い。本職がプロデューサーなだけあって、説明がとにかく分かりやすいのだ。今の何が悪くて、どこをどうしたら良くなるのか、どんな馬鹿でも分かるように——失敬。どんな初心者でも分かるように、きちんと説明してくれる。

しかも、とても優しく。

慎ちゃんも、メンバー内で翔子が一番出遅れてるのは気にしていたので、たとえばヨウとか、あたしに対するのとは明らかに違う接し方で、翔子には教えていた。

まさに、それなのだろう。

いま翔子の練習熱を支えているのは、その原動力となっているのは、ズバリ言って、間違いなく、慎ちゃんへの恋心だと、あたしは思う。ひょっとすると、翔子にとってはこれが初恋になるのかもしれない。

なぜって、慎ちゃんに教えてもらってるときの翔子といったら、もう完全に「乙女」

なのだ。何を言われてもニッコニコ、両目はキラッキラ、ふとした瞬間にニヤニヤ、失敗してもテヘ、ってな具合だ。

お前、それでちゃんと頭に入ってんのかよ、とあたしなんかは思うんだけど、これが入っているのだ。自宅でも猛練習しているのだろう、次までに驚くほど上手くなっている。

すげー。慎ちゃん先生、侮るべからず。

ここまできたらもう、口が裂けて提灯(ちょうちん)お化けみたいになって、上下真っ二つに引き裂かれたって言えない。

慎ちゃんにはカノジョがいるなんて、絶対に言えない。

二十五歳のモデルさんで、背が高くてチョー美人で性格もよくて、料理も上手くて趣味は乗馬で、でも慎ちゃんにどっぷり惚れ込んでて、春頃から西麻布(にしあざぶ)のマンションで一緒に暮らしてて、慎ちゃんが結婚してくれるならモデルなんかいつでも辞めるって言ってることなんて、脇腹と足の裏を同時にくすぐられたって、絶対に言えない。

このバンドのために、それだけは絶対、翔子に知られてはならない。

残りの宿題を片づけることにおいては、あたしは翔子よりも、むしろヨウと利害が一致していた。

現国の宿題で、詩を書くというのがある。最低三つ。これはあたしの分もヨウが担当。

世界史のまとめは、逆にあたしが担当。ちょっとずつ表現を変えて、ヨウのバージョンを代筆してあげる。

「ねえ、クミ……私、また新しい曲、できそうなんだわ」

「へえ、凄いじゃん。でも今は、宿題に集中しな」

「うん……でもさ、頭の中で、鳴り続けてんだよね」

「一回深呼吸して、頭リセットしな」

あたしの部屋の、ローテーブルの向かい。ヨウがラジオ体操みたいに両手を広げて、大きく息を吸い込む。ヨウって、スタイルはいいけど胸ないよな、などと思ってしまうのは、つい最近もヒカルさんのアレを目の当たりにしたからだろう。あたしも自慢するほどはないけど、でもヨウよりは絶対ある。そこは自信ある。

「……鳴り止んだ？」

「うん。でもまた、すぐに鳴り始めると思う」

「なんでよ。あたしの宿題なんだから、真面目にやってよ」

「やってるよ。やってるから鳴るんだよ」

「逆だろ。集中してないから鳴るんだろうが」

「違うの。詩を書こうとすると、メロディが鳴っちゃうの。っていうか、書こうとしてる詩が、メロディに引っ張られてっちゃうの」

そういうことか。

「つまり、あんたはあたしの宿題を、新曲の作詞に利用していると」

ヨウが、無表情のまま小首を傾げる。

「でもそれって、別に悪いことじゃなくない？」

「ちなみにできた曲は、誰が演奏するの」

「ＲＵＣＡＳでしょ」

「どこで演奏するの」

「早ければ、文化祭かな」

「誰が唄うの」

「私だよ。決まってるじゃん」

ちょこん、と自分を指差す仕草は可愛い、けれども。

「もしそれを神林先生が聴いて、作詞をしたのは誰だって訊かれたら、あんたはなんて答えるの」

ようやく、ヨウは気づいたようだった。

「……ドラムの……佐藤、久美子です」

「全然ダメ。顔が完全に、嘘つきになってる」

嘘をつけない性格ってのは、本来、褒められるべき美点なんだろうけどね。

なんとか宿題も片づく目処が立ってきたので、少し休憩することにした。ちょうどお母さんがアイスクリームを買ってきてくれたので、それをヨウと二人で、部屋で食べた。

しかしヨウは、いつのまにやら浮かぬ顔だ。そうはいっても、自分で選んだクッキー&クリームが思った味と違った、みたいなことではなさそうだ。

「なに、さっきから……言いたいことあんだったら言いなよ」

うん、と頷き（うなず）はするが、すぐにその口をスプーンで塞い（ふさ）でしまう。じれったいほど、ひと口ひと口が小さい。

「なんだよ。黙ってたら分かんないっしょーが」

「……うん」

ヨウのカップにはまだ半分くらい残っている。

それなのに、とうとうスプーンを置いてしまった。

「あのさ……なんかさ、最近、ウチのバンドって、バラバラじゃない？」

ほう、その手の話か。

「最近って、いつからの話よ」

「実悠と翔子が、奥野さんとかに習うようになってから、かな……それとも、デビューがどうとか、言われた辺りからかな」

確かに、このところは個別にスタジオに入る機会が多かった。でもたぶん、ヨウが言いたいのは、そういうことではない。

「バラバラって、たとえば？」

「それは、なんとなくだから、分かんないけど……なんか、楽器を頑張るのは大事なことだとは思うけど、テクニックって、そんなに重要かな。そもそもみんな、なんのために頑張ってんのかな」

あんたの才能に置いていかれないように頑張ってんだよ、と言えればいいのだが、まんま口に出してしまったら身も蓋もない。

「ヨウがそう思うのも、分からなくはないけど、翔子だって実悠だって必死なんだよ。ヨウはさ、ギターもどんどん上手くなって、曲まで作って、作詞もして、どんどん先に行っちゃうじゃん」

ヨウが、イヤイヤをするように首を振る。

「私、先になんて行ってない。みんなと一緒にいる」

「そう、そうなんだけど、それも分かるんだけど、翔子と実悠の立場からしたらさ、せっかくヨウがいい曲作ってくれたんだから、それをちゃんと演奏したいって、演奏できるようになりたいって、思うのは当たり前じゃん」

しかし、この程度で頑固者のヨウが納得するはずもない。

「私は、今のままでも全然いい。ちゃんと演奏できてるし」

「うん、ヨウはね、できてると思うよ。でも周りから見たら、やっぱり翔子のプレイは拙いし、実悠だってまだまだなんだよ。そりゃ、あたしも同じなんだろうけど……でも、いい感じになってきてるのは間違いないから。慎ちゃんだって、翔子の頑張りと成長は認めてるし、実悠のベースだって安定してきたって言ってる」

　駄目だ。あたしが言えば言うだけ、ヨウの表情は曇っていく。

「違う、そうじゃない……そういうことじゃなくて」

「うん、じゃあなに。どういうこと」

「私は、私たちだけでやってる頃のRUCASが好きだったの」

　なんだよ、それ。

「ちょっと待ってよ。今さら、そんな御飯事みたいなこと言わないでよ」

「御飯事なんて……なんで、なんでクミがそんな言い方するの」

　ヨウが涙目になる。おいおい、泣きたいのはこっちだって。

「だってさ、慎ちゃんがデビューするのをサポートしてくれるって言ってんだよ。ああ見えてさ、慎ちゃんってけっこう、みんなも聞いたことあるような大きなイベント仕切ったり、今度、大手のレーベルから出るアイドルグループのプロデュースしたりしてんだよ」

「違う違う違う、私の言いたいのはそんなことじゃない」

「じゃあなに」

「分かんないよ、私だって……」

　まるで、回転ドアの中にいるみたいだった。

　あたしとヨウの間には見えない壁があって、あたしが押せば押すだけ、その壁はゆっくりと回って、ヨウを手の届かないところに追いやってしまう。

すれ違うだけの、終わりのない追い駆けっこ。

出口はどこ。

もし出口を間違えたら、あたしとヨウは、別々の方向に歩き始めなければならなくなる。

でも、それはできない。

あたしから、ヨウを手放すなんてできない。

「ヨウ……別にあたしたち、バラバラになんてなってないって。そんなの気のせいだって。むしろ、音的にはまとまってきてる。あたしたち、同じ方向を向いて成長してるよ。大丈夫だよ」

また見えない壁が、少しだけヨウを、向こうに追いやる。

「同じ方向……それって、どっち」

「もっといい演奏してさ、もっといい曲作ってさ」

「そんなことして、なんになるの」

それ言っちゃったら、最後は、バンドなんてなんの意味があるのって、そういう話に行き着いちゃうでしょ。

「だから、上手くいったら……デビュー、できるかもしんないし」

「私、別にデビューなんてしたくないって、前にも言ったよね」

これだ。

見えない壁の正体は、やっぱり、これなんだ。

でも、そうと分かってもあたしには、この見えない壁を、押し続けることしかできない。

「ヨウ……あたしは、ヨウには悪いけど、デビューしたいよ。だってそれが、あたしの、子供のときからの、たった一つの夢なんだもん。夢だけど、でもあたしこそ、一人じゃデビューできない。あたしが選んだのは、ドラムだから……そりゃ、ヨウみたいに才能があってさ、一人でどんどん先に進めればいいよ。そんなこと言うんだったら、あんたも自分でギター弾いて、歌も唄って、曲も作ればいいって思うかもしんないけど、そんなことできないんだよ、才能ない人間には。怖いよ、ドラムを捨てるなんて、あたしには怖くてできない。だから、一緒にやってよ。一緒に、あたしと一緒に、行けるところまで行こうよ。付き合ってよ……あたしには、あたしの夢を叶えるには、どうしてもヨウが必要なんだよ……勝手なこと言ってるって、自分でも思うけど、でもそうなんだから、あたしにはヨウが必要なんだから……分かってよ」

とりあえずヨウは、立ち止まってくれた。

あたしには、そう見えた。

でも、それが本当のヨウだったのかどうか、実のところは分からない。ひょっとしたら、回転ドアのガラスに映ってただけで、そこに、本当のヨウはいなかったのかもしれない。

ヨウの涙は、いつのまにか乾いていた。

「クミ、なんか、誤解してる……私、クミと一緒にやらないなんて言ってない。RUCASをやらないなんて、一度も言ってない。私が言ってるのは、だから……」

クッキー&クリームは、テーブルの上で、とっくに融けている。

「だから、なに」

ヨウが、あの目になる。

「だから……私が嫌なのは、このバンドが、RUCASが、大人に利用されるっていうか、大人に支配されるのが、嫌だってこと。そこまでしてデビューしたいとは、私は思わない、ってこと」

言いたいことは、分からなくはない。

でも、ヨウ。大人に逆らってるだけじゃ、いつまで経ってもデビューなんてできないんだって。

2

なんか、すごく安心した。

もうこの人に、滉一に、隠し事はしなくていいんだ、って思った。

違うか。別に今までだって、隠し事をしていたわけではない。ただ知り合ってまだ間もないから、そんなに洗いざらい喋る方が変だと思って、自粛していただけだ。そういう遠慮は、もうしなくてよくなったってことだ。

たぶん私は、最初から感じていた。

この人は、私を嫌な気持ちにさせない大人だと。

それは今、極めて確信に近くなりつつある。なぜか。理由というか、その根拠みたいなものが見つかったからだ。

だからもう、焦る必要はない。一つずつ、ゆっくりと確かめていけばいい。

昔、瑠香がお母さんと住んでいたマンションの前を離れ、いったんは滉一とトンカツ屋に向かったのだが、「谷中ぎんざ」を抜けて「夕やけだんだん」を上りきった辺りで、急に私は気が変わった。変わったというか、思いついてしまった。

「乾さん。今日、トンカツじゃなきゃ、嫌ですか」

「え……別に、嫌では、ないですけど」

「けっこう、トンカツ食べたい気分に、なっちゃってましたか」

「そりゃ、なってはいましたけど、他のでもいいですよ、俺は。何か、いいお店でも思いついたんですか」

「いえ、そうじゃなくて。なんか今日は……ここでもいいかなって、今ちょっと、思っちゃったもので」

私が指差したのは、私たちの足元だ。「夕やけだんだん」を上りきったところの、アスファルトの地面だ。

「……ここで、何を」

「コンビニで缶ビールとか買ってきて、チーズ鱈とか、ポテチとか、揚げ物とか、なんかそういうのも買ってきて、ここで飲むというのは、どうでしょう。今日はそんなに暑くないし、即席のビアガーデン感覚で」

さすがの滉一も苦笑いだ。

「……完全に、夜ですけど」

「はい」

「すでに、夕やけの『ゆ』の字もありませんが」

「駄目ですか」

「いいえ、駄目ではないです。『谷中ぎんざ』の明かりを眺めながら飲むのも、風流でいいかもしれませんね」

「でしょ。じゃあ、いきましょう、コンビニ」

しかし、少し駅の方に行ったところにあるコンビニであれこれ買い込んで戻ってくると、見下ろす「谷中ぎんざ」までもが妙に暗く、寂しい感じになっていた。

それはちょっと、計算外だった。

「この辺のお店って、こんなに閉まるの、早かったでしたっけ」

「そういえば、お土産屋さんとか、お惣菜屋さんとかは、そんなに遅くまでは、やってないですよね……ま、いいんじゃないですか、これはこれで。いろいろ買ってきちゃいましたし」

「ですよね」

階段の両側と真ん中には、パイプ状の手すりがある。私たちはそれに腰掛けるというか、ちょっとお尻を当てるように寄り掛かって、二人だけの「即席ビアガーデン」を始めた。

「じゃ、乾杯」

「お疲れさまです」

とはいっても、滉一の一本目はハイボール、私はグレープフルーツのチューハイだ。

ツマミは、まずはコロッケ。

それを滉一に手渡しながら、最初の質問をしてみる。

「あの……『ルーカス・ギタークラフト』って名前、ジョージ・ルーカスとは、実は関係ないんじゃないかと、私は思ったんですが」

案の定、滉一は上半身を反らせて、私から距離をとった。

「なんですか、いきなり」

「どうですか、当たりですか」

「ええ、まあ……当たり、です」

「むしろ、妹さんの『瑠香』という名前に、関係がある」

滉一の、目玉がこぼれ落ちそうになる。

「……沢口さん、意外と、鋭いですね」

「意外とってなんですか。失礼な」

「いや、鋭いですよ。よくそこ、結びつけましたね。わりと捻ったつもりなんですけど」

まだまだ。私の手持ちのカードは、もう何枚かある。

「妹さんが瑠香さんで、お店の名前は『ルーカス』。確かに、ちょっと捻ってはありますよね。なんでですか」

滉一は「うーん」と唸りながらコロッケを齧り、ハイボールをひと口飲み、その間にどう答えるか、考えをまとめたようだった。

「……まあ、妹の名前をそのまま付けようとは、さすがに思いませんよ。それはちょっと、気持ち悪いでしょ……いや実は、『ルーカス』って、なんか妹が、手伝ってたんだか、マネージャーの真似事をしてたんだか、なんかそういう感じの、バンドの名前なんですよ、そもそもは」

一つ、クリアした。

「乾さんはそのバンド、見たことあるんですか」

「ええ、一回だけ。妹が来てくれって言うから、見にいきました、高校の文化祭に。そしたら、それがけっこう、衝撃的に上手くて。これで高三女子かよって、物凄いショックを受けたのを、覚えてます。特にギター・ボーカルの娘が、凄かったですね。なんか、鬼気迫る感じっていうか、とにかく迫力があって。まだその頃は、俺もバンドやってたんで、負けは認めたくなかったですけど、でも正直、まるで敵わないと思いました。ちょっと、音楽やめようかなって、思うくらい……とはいっても、妹はそもそもメンバーではないですし、その後、そのバンドがどうなったかまでは、残念ながら分からないんですけど。でもそれくらい、記憶に残るバンドでは、あったんですよね。そのバンド名を、こっそり拝借したという……まあ、そういうことです」

私は、自分の鼻を軽くつついてみせた。

むろん、それだけで滉一が理解するはずもない。

「……なんですか」

「私です」

「はい、沢口さん。分かってますよ」

「違います。それ、私です」

滉一が自分の手元を見る。

「えっ……違いますよ。このハイボールは、俺のですよ」

「そうじゃなくて」

缶とコロッケを持ったままでは難しかったが、でもなんとか、ギターを弾く真似をしてみせる。

「その、ギター・ボーカルの娘って……私です」

沈黙、三秒、五秒――。

そのあとの、滉一の壊れっぷりは凄まじかった。

「えっ……エーッ？　うそ、違う違う、何それ、なんですかそれ。いやいやいや、そんな、え？　だって、あり得ないでしょ、そんなはず、だって……あれ？　意外とあり得るのか。いやでも、ちょっと待ってくださいよ、そんな」

私はその、滉一の反応が一々、可笑しくて仕方がなかった。と同時に、このことを口に出して言えたことが、嬉しかった。

その相手が滉一であることが、奇跡のように思えてならなかった。

滉一が、大きく唾を飲み込む。

「……ほんとに、あのときの、あの娘が、沢口さんなんですか」

「はい、私です。ただ、当時は両親の離婚前だったんで、妹さんとは逆で、私は父方の姓の『森久』でしたけど。あと私、『遥』って名前も嫌いだったんで、『ヨウ』って名乗ってました。ちょうどこっちに越してきて、学校も替わったんで、先生にも嘘ついて、その振り仮名間違ってます、私は森久ヨウですって、片っ端から訂正してました」

へえ、とゆるく頷く滉一は、呆然というか、半ば魂が抜けてしまったような様子だ。

私は二本目、ビールのロング缶を袋から取り出した。

「少し、妹さんの話、していいですか」

「ああ……はい」

「妹さんって、なんか、アレですよね。私は普通に、『瑠香』って呼んでました」

そう。私が今夜この場所を選んだのは、滉一と、瑠香の話をしたかったからだ。

高三になるまでは、本当に嫌なことばかりだった。

嫌々通わされていたバレエ、ピアノ、書道、水泳、学習塾。でも何一つ、自分から辞めたいとは言えなかった。何から何まで親の言いなり。両親はそんな私を、それぞれ自分一人で所有しようと必死だった。自分の配下に置こうと、浅ましい小競り合いを続けていた。

遥の運動神経がいいのは俺譲りだ、音感がいいのは私に似たんです、声がいいのは俺の家系の遺伝だ、うちは母も祖母もみんな色白ですから、遥、今度の日曜はドライヴに行こう、いいえ、銀座にお洋服を買いに行こうって、さっきママと相談してたのよね——。

もうやめてよ、私はあんたたちのコピーじゃない、あんたたちの作品じゃない、所有物でもなければペットでもない、ましてや芸のできる着せ替え人形でもない、そこまで言うんだったら、私の学校の成績が伸びないのは誰譲りなのよ、責任とってよ——。

そんなことも、思うだけでひと言も言えやしなかった。

だから、両親が別居し始めたときはチャンスだと思った。母親とはまだ一緒だったけど、でも、父親とは縁が切れたも同然だったから、今までとは違う自分、自分を自分で嫌いにならない自分を、新たに作るいい機会だと思った。

学校が替わって、まず名前を変えた。同時に髪を短くして、いい子ちゃんを演じるのをやめた。クラスメイトと無理に仲良くするのもやめた。転入生だから、最初は友達ゼロなのは当たり前だけど、それもなんだか新鮮だった。友達がいなければ、トラブルに巻き込まれることもない。原因不明の嫉妬をされることも、ライバル視されることも、嫌がらせされることも、金持ちなんだろって、帰り道でカツアゲされることもない。

一人でいい。そう思っていた。

気安く寄ってこないで、私は、好きで一人でいるんだから。そういうオーラを目一杯纏って、ガードを固めていた。

それなのに、瑠香は私に声を掛けてきた。

場所はまさに、この「夕やけだんだん」でだった。

「……ねえねえ、森久さん、だよね？」

引越してきたばかりの街で、まさか名字を呼ばれるとは思ってなかったから、物凄くびっくりした。危うく段を踏み外して、「谷中ぎんざ」まで転げ落ちるところだった。

振り返ると、いま自分が着てるのと同じ制服姿の子が立っていた。前の高校の子とか、中学が一緒だった子に見つかるよりはマシだけど、でも電車に乗って家の近くまで帰ってきてるわけだから、それはそれで驚きだった。

「……ああ、はい」

ちっちゃくて、コロコロっとした、可愛らしい子だった。明るく、無邪気な感じの笑みを浮かべてはいるけれど、これが打算だったら、演技だったら怖いよな、とも同時に思った。

「クラス、一緒だよね。私の名前、分かる？」

なんとなく、顔は知ってる気がしたけど、名前までは覚えてなかった。

私は黙って、首を横に振ってみせた。

「真嶋瑠香、よろしくね……なに、家、この辺？　私もなんだけど、どこら辺？　この先？　あっち？　私はこっちなんだけど」

目が、キラッキラしていた。

「私は……商店街抜けて、右の方」

「そっか、ウチとは反対だ。じゃあ、そこまで一緒に帰ろ」

以後も、瑠香は何かと私に話し掛けてきた。朝も一緒に行こうとか、お弁当一緒に食べようとか、部活やらないんだったら一緒に帰ろうとか。最初は、一人で可哀相な転入生みたいに思われてんのかな、とか、逆に瑠香が一人ぼっちで寂しいから、転入生のあたしを友達にしたいのかな、などと勘繰った。でも、瑠香は誰とでも喋るし、別に私を哀れんでいるのでもなさそうだった。

特に何があったわけではない。ただ近くで見ていたら、そう思えるようになったのだ。瑠香は、誰にでも平等に優しいし、真面目だし、みんなからも好かれていたと思う。少なくとも、あからさまに瑠香を嫌いだという子は、ウチのクラスにはいなかった。

何日か一緒に登下校すれば、身の上話も──高校生だから、それが「身の上話」だなんて思ってはいなかったけど、でも、そんな話もするようになった。

しかも、自分から。

「ウチさ……もうすぐ両親、離婚すると思うから。そうしたら名字、変わると思うんだよね」

瑠香はきっと「なんて名字になるの？」と訊いてくるだろうと、私は予想していた。

でも瑠香が返してきたのは、全く違う反応だった。

「えー、私もだよ。っていうか、ウチはもう離婚しちゃって、それで変わったのが『真嶋』なんだ」

ひょっとすると、元の名字は「乾」だと、そのときに聞いていたのかもしれない。でも、全然覚えていない。滉一にそうだと聞かされた今も、ああそうだった、みたいに思い出すことはない。

私はさらに付け加えた。

「私、『森久』って名字、嫌いでさ……なんか父親が、いい名字だろ、みんな羨ましがるだろうとか、やけに自慢してくるの、すっごい嫌だった。だから、ほんとは『森久』って、呼ばれたくないんだ。あの人の娘だって、自覚させられるっていうか」

すると瑠香は、ようやく時間差で訊いてきた。

「もし離婚したら、今度はなんて名字になるの？」

「母親の旧姓が『沢口』だから、それになると思う。まあ、そっちも別に好きじゃないけどね。ただ『森久』よりは一般的だから、ありふれてるから、なんか、その方がまだ、気は楽かな」

瑠香は「ふーん」と頷いていた。

「でも、今から『沢口さん』って呼ぶわけには、いかないでしょ」

「そりゃ駄目だよ。ややこし過ぎる……うん、だから、私としては、下の名前で呼んでほしい」

「ヨウちゃん、ってこと？」

授業中に何度も、ハルカじゃありません、ヨウです、って訂正してたから、そこは瑠香も覚えてくれていた。

私がバンドに誘われたのは、その直後のことだ。

滉一の二本目はジントニック、私は早くも三本目で、ソーダの梅酒にした。

ツマミは滉一がのり塩のポテチ、私はタコスチップス。あとで交換してほしい。

「私、大好きだったんです。瑠香のこと」

滉一は、静かに頷いている。

「……あ、女子校だからって、そういうレズっぽいアレじゃないですよ。友達として、人として、好きって意味ですよ」

「はいはい、分かってますよ。大丈夫です」

そうやってまた一つ、私は小さな安心を胸にしまう。

「はい……私をバンドに誘ってくれたのも、瑠香でした。確か、歌を唄う授業があって、そのときの声がよかったから、ウチのバンド入らない？　みたいな話で。詳しく聞いてみたら、ご存じの通り、瑠香はメンバーじゃなかったんですけど……瑠香は、私の声が好きだと言ってくれました。私の歌が、好きだと言ってくれました。それを、全身で表現して、私に伝えてくれる人でした」

あの頃の、あの教室の風景が、やけに懐かしい。

「思い返すと、私、親に『好きだ』って言われた記憶、ないんですよ。良い悪いの『良い』は言われたことがあっても、そのあとには必ず、『もっと頑張れ』って続くんです。要するに、そのときの、ありのままの私じゃ駄目なんです。過去との比較で、たまたまそのとき『良い』ってだけで、その後は『もっと良い』にならなきゃ、結局は駄目なんです」

滉一は「そんなことないでしょ」と挟んだが、私は「そうだったんです、ウチの両親は」と譲らなかった。

「極端な話、付属物だったんですよ、私は。だから常に、父親につくのか、母親につくのか、問われていたわけで……でもそんな私を、瑠香は好きだって、言ってくれました。

特別、瑠香のために何かしたわけでもないのに、瑠香は、ヨウちゃん、すごくいい、カッコいい、好きって……特に、歌がそうでした。瑠香は、私の歌で、涙を流してくれたんです。私が、怒りとか、不満とか、噛み付きたくなるような苛立ちを歌にぶつけても、それを、いいって言ってくれたんです。好きだって言ってくれたんです。ありのままを受け入れて、ヨウちゃんはそれでいいと思うって、私は好きだよって、言ってくれたんです。そんな人……私、初めてでした」

道端で涙を流すのは、さすがに気恥ずかしいものがあるが、滉一が隣にいるから、なんとなく大丈夫だった。滉一に見られること自体は、もうそんなに恥ずかしくない。滉一も、もう私の涙を見ても、特に慌てる様子はない。

「ありますね、あいつ、そういうとこ。とりあえず肯定から入る、みたいな。だから、食べ物の好き嫌いも、ほとんどなかったですよ……あ、一つだけあったか」

それは初耳だ。

「瑠香、何か嫌いなもの、ありましたっけ」

「ナマの水菜が嫌いでしたね。多少でも火が通ってれば大丈夫でしたけど、サラダとかにそのまま入ってるのは、無理って、避けてました」

「へえ、知らなかった……っていうか、水菜嫌いでも、そんなに困らないですよね」

「ですね。あんまり、お店で出てくるものでもないですからね」

まあ、それはいいとして。

「その……『RUCAS』ってバンド名は、ドラムのクミが考えたんです。佐藤久美子。メンバーは他に、ギターの蓮見翔子、ベースの谷川実悠、と私……乾さん、知ってました？『RUCAS』って、瑠香と私の、両方の名前が入ってるんですよ」

滉一は、すぐに「ああ」と大きく頷いた。

「そうか、ハルカの『ルカ』か」

「そうです。クミは、二人の共通の音だからって、単純に考えたみたいだけど、瑠香は、私が自分の名字も名前も嫌いなの、知ってたから、ちょっと困ったみたいです。で、そのバンド名については、私から説明させてって、クミに言ったらしくて……瑠香は、私とヨウちゃんの名前を、クミが入れてくれたんだ、私メンバーじゃないのに、クミが入れてくれたんだ、私はすごく気に入ってる、正直嬉しい、でもヨウちゃんが嫌なら、そう言って、クミには私から説明するから、って……」

また滉一は「あいつらしいな」と呟(つぶや)いた。

私は今でも、あの日の瑠香の、綿のように柔らかだった笑みと、透き通った声を、覚えている。

「私は、いいよって答えました。瑠香がいいなら、その名前でいい、瑠香が喜んでくれるなら、私はそれで構わないって……それだけじゃなくて、私そのときに、瑠香のために唄おうって、決めたんです。あんな、私の歌で、涙を流して喜んでくれる人なんて、他にいなかったから。私は、この子のために唄おうって……あの頃の私には、瑠香が全てでした。瑠香がいてくれたら、それでよかった」

ひと口、ジントニックを飲んでから、滉一が頷く。

「その……バンド名に瑠香の名前が入ってるってのは、聞いてました。確かに、すごく喜んでました。だから、この街に『ルーカス』って名前の店を出したら、ひょっとしたら、妹も訪ねてきてくれるんじゃないかって……そんな意味合いも、まあ、あったんですけど」

なるほど。

「それなのに、訪ねてきたのは『ルカ』ではなくて、『ハルカ』の方だったと」

ははは、と滉一が乾いた笑いを漏らす。

「そうですね。そういう、ことですよね」

そろそろ、一番重要なことを訊こうと思う。

「乾さん。今、瑠香はどこで、何をしてるんですか」

滉一は急に真顔になり、一往復、小さく横に振った。

「すみません……家族からしてみたら、俺も、何年か行方不明みたいな時期があったんで、以来、住所も、電話番号も、分からなくなっちゃって。全然、連絡とれてないんで、分からないんです」

そんな気はしていたが、実際に「分からない」と言われると、思っていたよりショックが大きかった。

私は、お兄さんには会えたのに、瑠香本人には、会えないのか。

3

なぜあたしたちが、こんなに夏休みの宿題に躍起になっていたかというと、ウチの学校には、成績や素行の悪い生徒は部活停止という、かなり厳しめのルールがあるからだ。

えー、バンドは部活じゃないっすよ、文化祭くらいいいじゃないっすか、と言いたいところだが、そんな言い訳は通用しない。ウチの文化祭は九月の第二週の土日で、実際に去年、夏休みの宿題をちゃんと出さなかった先輩方が、本当に何人も、文化祭に全く参加させてもらえなかったのを見て知っている。なので、夏休みの宿題だけは真面目にやっておくべきだろう、というのが、文化部系の生徒の中では共通認識になっていた。

だからあたしも、今年だけは、何がなんでも宿題を終わらせて二学期を迎える必要があった。そして、やり遂げた。これはもう、完全にRUCASのメンバーのお陰といっていい。

瑠香、実悠、いろいろ写させてくれてありがとう。翔子、英語と数学の問題集、一緒にやってくれてありがとう。ヨウ、ややダサめの詩を代筆してくれてありがとう。あれくらいの出来の方が、あたしらしくてよかったよ。

あとはもう文化祭本番まで、一気に駆け抜けるだけだ。

「じゃ、今のところのキメだけ、ループしてやろう。いくよ……ワン、ツー、スリー……」

他のバンドは、音楽部の部活がない日に音楽室を使わせてもらったり、それ以外の日はお金を払ってレンタルスタジオを借りたりしてる。でもあたしたちは、ずっとタダでスタジオ・グリーン。こんなに有利な状況って、他では絶対にあり得ないと思う。

ヨウも気合いを入れて、二曲目のオリジナルを仕上げてきた。

タイトルは「Sweet Dreams」。ミドルテンポの、これまたヨウらしい、シリアスでクールな曲だ。

「そのベースの八分はさ、えーと……あれ、なんだっけ、瑠香」

ヨウは言葉に詰まると、すぐ瑠香に助けを求める。

「U2の『With or Without You』でしょ」

「それ。あんな感じの、ちょっとだけスタッカート気味のビートが合うと思う」

その一方で、「スタッカート」なんて音楽用語はさらっと使ったりする。あと、ときどき「ドレミ」で説明しようとすることがある。ロック畑の人は、普通は「ABC」だ。「ドレミ」で考えるのは、主にクラシック音楽経験者の癖だ。

ヨウは、ピアノは少しだけ習ったことがある、みたいに言ってたけど、実は、けっこう長く習っていたのではないかと、あたしは睨んでいる。でも、あえて確かめはしなかった。あの「バンドが大人に利用される」発言以降、ヨウとはあまり深い話をしなくなっていた。距離ができた、というほどではないけども、でも余計なことを言って、変に刺激したくなかった。

バンド演奏は毎年、美術室とか技術室とかがある、みんなが「専門棟」って呼んでる建物の最上階にある、「高等部小講堂」で行われる。ワンステージは三十分。参加バンドが少なければ、土曜と日曜の各一回、計二回できる。バンドが多い場合は、土日のどちらか一回になる。ただし、時間が余れば二回目ができる可能性もある。

今日は、それに関するミーティングがあった。

場所は四階にある、選択授業とかでよく使われる小教室。参加者は各バンドのリーダー、十二名。演奏枠は一日九つ、二日で十八枠。単純計算で、二回演奏できるのは六バンドってことだ。これくらいはあたしだって暗算できる。

司会進行は、去年辺りからバンドを始めた、D組の夏川聡美（なつかわさとみ）が務める。聡美とは一年のときにクラスが一緒だったので、大体どんな子かは分かっている。あの頃と同じならば、クラスでの序列は上位、勉強は中くらい、けっこうはっきり、ズケズケものを言うタイプ。ちなみにパートはドラム。ふふん。

「この前も言いましたけど、ふた枠演奏するバンド、三年生だってだけで、優先的に出れるのはどうかと思うんで。二年でも、去年からやってる森（もり）さんのバンドとか、上手いバンドはけっこうあるんで、ここは実力主義で決めたいと思います。ふた枠目を希望するバンドは、デモテープを提出してくださいと、お願いしていましたが、集まったのは……全部で八本でした。なので、今ここで公平に、三分ずつ聴いて投票という形にしたいと思います。選ばれるのは六バンド、二バンドが落ちます。いいですか」

全員、異議なしだ。

「じゃ、時間がないので始めます。最初は、三年生の庄司（しょうじ）さんのバンドで、『ヒズミ屋本舗』です」

聡美が、手元に用意したラジカセのプレイボタンを押す。

バンド名から察した通り、ギャンギャンと歪（ひず）ませたギターが喚（わめ）き始める。最近、こういう割れたようなロックギターの音を「ゆがんだ」とか「ゆがませた」とか言うのを耳にする。しかし、正しくは「ひずんだ」「ひずませた」だ。言葉の正確な定義はあたしも知らないけど、大人のバンドマンは必ず「ひずみ」って言う。「ゆがみ」って言うのは、たいていは初心者か、雑誌情報で分かったような顔をしているロックオタクだ。なんでって、雑誌の【歪み】には振り仮名がないから。だから、そういう勘違いが起こるんだと思う。

いま聴いてるのと比べると、翔子とヨウのギターの音って、別次元ってくらいカッコいいんだな、と思った。演奏の上手い下手ももちろんあるけど、ギターの音作りって、けっこうセンスが出る。

歪み系、揺らし系、ディレイとかリバーブとかの残響系、あと、音をウネウネさせるワウペダルとか、ギターのエフェクターって、ほんと星の数ほど種類がある。だからボスなんかは「凝り始めるといくら金があっても足りねえ」って言うんだけど、ドラマーからしてみたら、ああいうのを自分で揃えて、じっくり音作りをするって、なんか楽しそうで羨ましい。ドラムは、スティック替えたってペダル替えたって、そこまで音は変わらないからね。

二番目、三番目と審査は続いて、次はいよいよウチだ。

「えーと……三年の、佐藤さんのバンドで、『RUCAS』です」

曲はもちろん「Love can not」だ。

さて、みなさんの反応は、いかがかしら——。

ヨウの、カッティングのギターが流れ始めた途端、「なんの曲？」みたいな声が、あちこちから聞こえ始める。ドラムとベースが入って、曲のスタイルが明らかになると、「ちょっと、カッコよくない」みたいな空気になっていく。よしよし、出だしは好調だ。

さらに、ヨウの歌が始まると、

「……これ、誰が唄ってんの？」

「佐藤じゃん？」

「クミはドラムだって」

「じゃ、谷川じゃん？」

「蓮見翔子じゃん？　ギター担いでたし」

「蓮見先輩って、ギターなんですか」

ヒソヒソはゾワゾワ、さらにザワザワに変わり、我慢できなくなったのだろう、一つ前の席に座っていたA組の阿倍清美が、こっちを振り返った。

「……ねえ、ボーカルって、誰だっけ」

「ヨウ。森久ヨウ」

「えっ、あの転校生、バンドやるんだ」

「ちなみに、この曲書いたの、ヨウだよ」

あたしは噂が広がっていく、まさにその光景を目の当たりにしていた――といったら、ちょっと大袈裟か。あたしを除いたら十一人だから、実際は伝言ゲームと大差なかったかもしんない。

聡美がストップボタンを押し、音源を入れ替える。

「……はい、次、いきます……六……じゃなかった、五番目は……」

そりゃね、ボスに借りたデジタルレコーダーで録って、マスタリングみたいなこともしてもらったのは、ズルっちゃあズルなんだろうけど、でも正真正銘の一発録りだから、インチキはしていない。

審査はさらに続き、いよいよ八番目まできた。

「最後は、私んところで、『ハイヤーズ』です……」

聡美たちの「ハイヤーズ」は、ほぼ文化祭の「バンド演奏実行委員会」も兼ねてるわけだから、ふた枠くらい、優先的に確保してもいいんじゃないかと、あたしは思っていた。でも、実力主義とか言い出したのは聡美自身だから、それはそのように、やってもらって全然構わない。

デモテープの審査が終わり、投票も済み、あとは開票するのみとなった。

「RUCAS、一票……ゆずぽん、一票……しなしな林檎、一票」

多数決って、残酷だよな。

聡美が、後ろの黒板に向き直る。

「結果は、ご覧の通りです……RUCASが十二票、しなしな林檎が十票、乱色定理も十票、ゆずぽんも十票、Czが九票、ハイヤーズは……八票、なっくる先生が七票、ヒズミ屋本舗が六票、でした。以上の、上位六バンドが、ふた枠演奏することに、決まりました」

開票前の下馬評から、RUCASの満場一致、トップ当選は当然としても、委員長率いるハイヤーズの、ビリッケツすべり込み当選はマズいでしょう。

みんなさ、あの投票用紙も投票箱も、聡美たちが作ってくれたんだよ。もっといったら、音響機材の手配とか、係の割り振りとかも全部やってくれてんだから、もうちょっとご祝儀票は入れてあげようよ。あたしはちゃんと入れたよ、ハイヤーズにも。

可哀相に。聡美、泣きそうになってるじゃん。

女子は、概して噂好きである。そして、女子校のような閉鎖空間では、得てして疑似恋愛を求めがちになる。あれ、ひょっとして男子校でもそうなのか？　あんまり聞いたことないけど。

出演枠に関するミーティングがあった日の、放課後。

早くも、三年B組の周辺はザワつき始めていた。

廊下に出てみると、下級生っぽいのが三十人か四十人、B組の出入り口を覗きながらキャイキャイ言っている。後ろの子は飛び跳ねて、もっと中をよく見ようとしている。

一人の子の声が聞こえた。

「どれ？　どれが森久先輩？」

そういう方向性か、とあたしは一瞬にして理解した。

ヨウって基本、髪短めだから、見ようによっては「ボーイッシュ」ともいえる。あたしは、むしろ翔子にそういう印象を持っていたけど、逆に最近、翔子は髪を伸ばし始めている。部活を引退した、というのもあるんだろうけど、本当の理由は慎ちゃんだろう。ちょっとでも女っぽく見られたいという、切実な乙女心がそうさせているに違いない。

それはさて措き。

どうやらヨウは、いきなりそっち系の対象に祀り上げられたみたいだった。

前の方の出入り口から、まるで災害から避難するみたいに、頭を抱えて姿勢を低くして、逃げ出してくる瑠香の姿が見えた。

「おーい、瑠香ぁ」

あたしが手を振ると、その低い姿勢のまま、でもニタニタしながら、瑠香が小走りでやってくる。

「ヤバい、ヤバい」

「なに、どうなってんの」

「パニックパニック、ヨウちゃん人気、いきなり爆発」

「マジで」

「五時限終わりの休みから、なんか空気変わり始めて、いまB組、完全にカオス。森久って誰、ヨウって誰って問い合わせ殺到、みたいな。栗木(くりき)先生、まだ中にいて、ちょっとどういうことって、なんかキレそうになってる」

そうは言いながらも、瑠香のニタニタは止まらない。

「実悠はどうした」

「ヨウちゃんがギター持ったらバレるから、自分のベースと二本担ごうとしたら、あの人が森久？　違うあの人じゃない、みたいな感じになって、それはそれでまたパニック」

まあ、考えてみたらあり得ない話ではない。

過去、たった十五秒、CMで流れただけで大ヒット曲になった例は、快挙に暇(いとま)がない。

ん？　なんか違う。マイキョか。枚挙に暇がない。

それを考えたら、「Love can not」を三分も聴いた二年生、一年生のバンドリーダーたちが、クラスに帰って「三年の森久さんの歌が凄い」と噂を広めるのは、むしろ当たり前の話で。中にはヨウを知ってる子もいただろうから、「ああ、あのショートカットの先輩か」みたいな話になって、「あの人カッコいい」「けっこうカッコいい」「ちょーカッコいい」と幻想が膨らんでいき、みんなで見に行こうとなって、このパニックは出来上がったと。そんなところではないだろうか。

見た感じ、瑠香はこのパニックを単純に面白がっていた。実悠は、トバッチリを喰って困ったのと半々といった様子。あたしは、シメシメと思っていた。

翔子は、天然なんだかアホなんだか、

「えっ、そんなことあったの？」

学校を脱出してから初めて知ったようだった。

さて、当のご本人様はというと。

「クミ、ミーティングでなに言ったのッ」

いきなりのご立腹。やれやれだ。

「別に、何も言ってないよ。練習の音源、他のバンドと同じように三分間、再生しただけだって」

「そんで、なんであんなことになんの」

「知らないよ……ああ、あと、あの曲書いたのはヨウだって、それだけは、清美に言ったかな」

「キヨミって誰」

「A組の阿倍清美」

「知らない」

「向こうは知ってたよ、ヨウのこと。転校生だって」

「知らないよそんなの……なんなんだよ、まったく」

しかも、その状況は文化祭に向けて常態化することはあっても、決して沈静化することはなかった。

ヨウにとっては、迷惑以外の何物でもなかったかもしれない。

教室の出入りを邪魔される、廊下を歩けば声を掛けられる、しかも名字で呼ばれる、食堂に行けば下級生に囲まれる、サインを求められる、手紙を渡される。

ある日の放課後なんて、顔を真っ赤にした二年生に直接、「好きです」って言われたらしい。

「……私、初めて、バンド辞めたくなった」

全員、爆笑。

「笑い事じゃないんだってばッ」

当然の結果として、文化祭におけるRUCASのステージは大盛り上がりになった。

初日の土曜日は午後二時からで、小講堂の二百席がほぼ満席くらいまで埋まった。その、初日のパフォーマンスがさらなる評判を呼んだのだろう。日曜の夕方四時半からの最終ステージは、通路まで立ち見客で埋まるほどの超満員。あとで聞いた話だと、小講堂に入りきれない生徒たちが、まだ廊下に何十人もいたということだった。演奏自体も、現段階のRUCASとしては申し分ない出来だった。あたし自身、充分に楽しめた。

ヨウがギターを掻き鳴らすと、面白いように客席が揺れた。ヨウが唄うと、夜、雷が落ちたみたいに、真っ暗な小講堂に衝撃が走るのが見えた。

やっぱりこいつ、只者じゃねえぜ――。

可愛い衣装なんて着たくない、というヨウの意見を尊重して、みんなで渋谷に行って、黒いシャツと黒いパンツ、白いネクタイを買ってきた。それがまた、みんなよく似合っていた。

スポットライトを浴びる、ヨウの薄い背中。それが、やけに頼もしく見えた。心から、誇らしかった。お世辞でもなんでもなく、カッコイイなって思った。

本物だ、って思った。

三十分、曲間のお喋り――MCなんて一切なしの、ぶっ通しのワンステージ。

《ありがとうございましたーッ》

最後にひと言だけ言って、ヨウが勢いよくお辞儀をして、終了。

しかし、鳴り止まない拍手とアンコール。

あたしがステージ袖に下がると、ギターをぶら下げたままのヨウが、ちょうど瑠香と抱き合っていた。瑠香が、というより、ヨウが、瑠香にしがみついているように見えた。

ちなみに、瑠香もみんなと同じ衣装を着ている。ゼエゼエと波打つヨウの背中を、瑠香は両手でさすっている。

「ほら、アンコール、凄いよ」

「私……もう、できない」

「大丈夫、できるよ。ヨウちゃんならできる」

「無理……もう、唄えない」

「できるって。ほら、息整えて……すーっ、はぁーっ」

体を離し、頷いたヨウが、深呼吸を始める。

瑠香が、持っていたペットボトルをヨウに差し出す。

「ちょっとだけ、飲みな」

「うん……」

ひと口飲んで、もう少し息を整えて。

「行ける？　ヨウちゃん」

「……うん、行けそう」

「やれる？　アンコール」

「うん、やれる。やる」

そう、やってもらわなければ困る。

このアンコールを最高に盛り上げるために、初日とはセットリストを変えて、「Love

can not」を温存しといたのだから。

　あの曲をやらなきゃ、あたしらだって終われないって。

　結局、アンコールも一回だけじゃ終われなくて、全くやる予定はなかったけど、急遽「Time goes by」と、まだ未完成だったけど「Sweet Dreams」もやって、それでようやく、あたしたちRUCASの、最初で最後の文化祭出演は終わった。

　あとは他のバンドと一緒に機材を片づけて、校門のところまでみんなで運んで、レンタル業者の車に積み込んで、

「ありがとうございました」

　それを見送ったら、文化祭というイベントそのものも終了だ。

「お疲れさまでした」

「お疲れさまでしたァーッ」

　あたしは聡美に「ありがとう。実行委員長、お疲れさまでした」と声を掛けた。聡美も「お疲れさま。RUCAS、ほんとカッコよかった」と言ってくれた。

　それで、あたしはいったん輪を離れようと思ったんだけど、瑠香に呼び止められてしまった。

「クミちゃん、どこいくの？」

「うん、ちょっと……」

実は、今日のステージは慎ちゃんも見にきてて、片づけとか全部終わったら、教員室の脇、渡り廊下の下辺りで待ってるって、言われていたのだ。

「ちょっとしたら戻るから、教室で待ってて」

「B組？　C組？」

「B組でいいよ」

あたしは瑠香に手を振って、校舎の方に走った。

いったん玄関を通り抜けて、校庭との間を走って、植え込みが途切れたところの、右手。

慎ちゃんは、運動部の子とかが手を洗ったり水を飲んだりする洗面台に腰掛けていた。

「……ごめん、お待たせ」

「おう、お疲れ」

学校の敷地内は全面禁煙なんだけどな、とは思ったけど、わざわざ言いはしなかった。

慎ちゃんは最後の一服を吐き出して、携帯用灰皿に吸い殻を捻じ込んだ。

蛇口の上、コンクリートのところに、缶が二本置いてある。

「どっちがいい。コーヒーと、コーンポタージュ」

「どういうチョイスだよ……じゃあ、コーンポタージュ」

でも実を言うと、お昼ご飯も碌に食べてなかったから、この差し入れは嬉しかった。

小さく乾杯をすると、慎ちゃんから話し始めた。

「……見たよ、ちゃんと。一曲目から、アンコールまで」

「うん、ありがと。セッティング中は慎ちゃんがどこにいるか見えたんだけど、始まったらライトが眩しくて、全然分かんなくなった」

「だろうな。俺も、あとから入ってきた人に押されて、けっこう動いちゃったし。まあ……演奏自体は、バンドの現状からしたら、よくできた方だと思うよ。充分、及第点だったと思う」

もうこの段階で、褒められている気が全くしない。

「うん。たぶん、そんな感じだったと思う」

「お前も上手くなったな。キープもできてたし、叩き損ないもずいぶん減った」

「ちょっと、スティーヴ・ガッドを意識してみたんだけど」

「調子に乗んな。そんな立派なもんじゃねーわ」

それは冗談として、だ。

「それ以外は、どうだった」

慎ちゃんは、何回か浅めに頷いた。

「ヨウな……あの娘は、間違いない。まだどんどんよくなる。いくらでも化ける。それはいい。もう充分、よく分かった。問題は……実悠と翔子だ。あの二人は、もう駄目だ。完全に駄目なパターンだ。そりゃ、努力すりゃ今より上手くはなるさ。でも限界は見えてる。リミットが決まってる。正直、あの娘たちはいない方がいい。無理してバンド形態で続けても、いいことは決してない」

　カチン、と慎ちゃんがプルタブを引く。

「ただでさえ……ここ何年か、女性ソロアーティストでいいのが出てきてる。ギターを弾く娘も増えてる。この流れは、少なくともあと二、三年は続く。ひょっとしたら、もっとかもしれない。逆に、ガールズバンドは物凄くウケが悪い。そりゃ、バンドとしてかっちりコンセプトが固まってたり、キャラが出来上がってたり、全員がスタープレイヤーとかなら話は別だ。でも現実には、そんなバンドはほとんど存在しない。むしろ、優秀な女性プレイヤーは、どんどん男バンドに喰い込んでいってる。男女混成バンドの方が、却ってウケがいいくらいだ。悪いことは言わない。実悠と翔子は、早いうちに切れ。男のギターとベースなら、そこらに掃いて捨てるほど転がってる。テクニシャンでもイケメンでも、選び放題だ。いっそ、少しキャリアのある、年上メンバーとかの方がいいかもしれない。その方がヨウにとっては……」

　慎ちゃんがそこまで言ったとき、

「……あの、ちょっと」

　校舎の角のところから、小さな顔が覗いた。

　瑠香だった。どうやら、あたしを尾けてきたらしい。

「なに、瑠香」

「ごめん、盗み聞きするつもりはなかったんだけど」

聞いてしまった、ことを責めるつもりは、あたしもない。

「いいから、なに」

「いや、だから、今の話……」

瑠香が、慎ちゃんの前まで出てくる。

「あの、奥野さんの言うことも、よく、分かるんですけど……でも、このバンドってまだ、始めて一年なんです。ヨウちゃんのキャリアなんて、半年もないんです。だからまだ、そういう判断は……」

慎ちゃんが、真っ直ぐ瑠香の目を見る。

「君の気持ちは分かる。でも、俺もね、冗談や意地悪でこんなこと言ってるんじゃないんだ。ヨウのことを思うから……」

「ヨウちゃんのことを思うんだったら、このバンドを続けさせてください。ヨウちゃんには、今のメンバーが必要なんです。RUCASが必要なんです」

「RUCAS以外のバンドでは唄ったことがないのに？　それは、単なる思い込みってやつだろう」

悲しい話だが、あたしも立場上、黙っているわけにはいかない。

「瑠香、しょうがないよ。みんながみんな、同じレベルになれるわけじゃない」

瑠香が思いきり首を振る。生温かいものが、こっちにまで跳ねた。

「クミちゃんは、RUCASがバラバラになってもいいの？　そういうのは、私たちで決めるんじゃなかったの？」

「確かに、そうは言ったけど、慎ちゃんだってヨウのことを思って言ってるんだよ」

「違う違う、ヨウちゃんのためを思うなら、ＲＵＣＡＳを守ってよ。ＲＵＣＡＳじゃなきゃ、ヨウちゃんは駄目なんだよ」

なに分かったようなこと言ってんだよ、って、あたしも若干、イラッときてしまった。

「ちょっと瑠香、あんたメンバーでもないのに……」

あっ——と思ったときには、遅かった。

瑠香の表情が、完全に凍りついていた。

その両目は、何も見ていない。息も、していない。いま話し掛けたところで、あたしの言葉が聞こえるかどうか、正直分からない。

でも、とにかく、謝らなきゃ——。

「ごめん、瑠香。今のは、言い過ぎた」

「……ん、大丈夫。分かってるから」

よかった。思ったより、落ち着いてる。しっかりしてる。

しかも、瑠香はあたしではなく、さらに慎ちゃんに喰らい付いていった。

「奥野さん、お願いします。もう少し、時間をください。実悠と翔子にも、もう少し成長するチャンスをください。今のまま、ヨウちゃんだけデビューさせるからって、なんか、そういうので終わりっていうのは……」

慎ちゃんって、どこまで厳しくて、どれくらい優しいのか、あたしにもよく分からない。

なぜか、その瑠香の言葉には頷いてみせる。

「分かった……来月、DXレーベルがアマチュアバンド向けのコンテストを開く。あとで文句を言われないように、先に種明かしをしておくけど、これは、完全なる出来レースだ。最初から『ピークス』ってバンドを売り出すための、いわばお披露目会みたいなもんだ。でも関係者は実際に見にくる。レコード会社、芸能事務所、広告代理店、製作会社……イベント自体はさして大きくはないが、出演バンドと内輪の客以外は、全部業界人と思っていい」

慎ちゃんが、あたしと瑠香の顔を見比べる。

「どうする。出てみる？　出るなら、今から俺がひと枠用意するよ。演奏時間は十五分。コンパクトに三曲ってところだな。さすがに全部コピーじゃ困るけど、二曲はもうオリジナルが出来上がってるんだから、一曲くらいはカヴァーでも構わない。どうする。やってみるか」

そんなの、訊くまでもなく、答えは最初から決まってる。

やるしかないんだよ、あたしたちは。

4

北欧風の、古い裁縫箱の修理を引き受けてしまった。収納部は三段あり、上二段は、いったん持ち上げながら左右に開ける仕組みになっている。この、立体的な開閉を支える金具がヘタってしまい、ちゃんと閉まらないので直してほしい、というのが今回のご依頼だ。ただ、依頼主は特に急いではいないというので、期間は余裕を見て、三週間ほどもらっている。今やりかけの仕事が片づいたら、ぼちぼち始めようと思う。

今日は本業の方、アコースティックギターの弦高調整をする。

エレキなら細い六角レンチを使って、誰でも簡単に弦高を調整することができる。だが、アコギだとそうはいかない。アコギには、弦高を調整する機構が備わっていないので、ブリッジサドルを直接削っていくしかない。

具体的には、主に牛骨や「TUSQ」と呼ばれる人工象牙でできているブリッジサドル、その、厚み三ミリ足らずの部品の底面を均等に、少しずつ削っていくことになる。削り過ぎたらもう、その時点でお終い。取り返しがつかないので、作業は慎重に、少しずつ進める必要がある。

百分の何ミリか削ったら、いったん本体に取り付けてチューニングし、具合を見る。まだ削り足りないとなったら、再び弦をゆるめてサドルを取り外し、また少しだけ削って、取り付けてチューニングして確認。これを延々と繰り返す。けっこう根気のいる仕事だ。

当たり前だが、目と手は作業に集中している。特に指先の感覚は、目以上にパーツの形状変化を察知しようと鋭敏になる。

しかし、頭の中はどうかというと、無意識ではあるけれども、別のことを考えている時間の方が長いかもしれない。たとえば昨夜、遥と話した内容を思い出したり、それについて改めて考えたり。そういう時間はけっこうある。

そう。遥がRUCASの、あのギター・ボーカルの娘だったというのには、本当に驚かされた。よく、辺りにポテトチップをブチ撒(ま)けなかったと自分でも思う。正直、今も納得はいっていない。二人が同一人物だったなんて、到底信じられない。

遥は、どちらかといったらほわんとした、柔らかい印象の女性だ。掴(つか)みどころがなく、次にどっちにいくのか想像もしづらい。でもなんとなく目で追ってしまう、視界に入ったら、あっ、と手を伸べてしまう——こう並べ立てると宙を舞う綿毛のようだが、そんな不思議な存在感が実際にある。

対して、あのギター・ボーカルの娘は——。

もう十四年も前のことだし、わりと後ろの方で見ていたので、どんな顔だったかは、実を言うと記憶にない。ただし、その圧倒的な存在感は今も脳裏に焼き付いている。歌が上手かったとか、ギターを弾く姿が恰好(かっこう)よかったとか、ステージアクションが女子高生とは思えないくらい堂々としていたとか、そういう個々の要素よりも、トータルとしての存在感。会場の空気を思うがままに操る、カリスマ性といったらいいか。そういうものが凄かった。ロックスターというよりは、魔女のイメージに近い。風を吹かせ、観客席に波を起こし、火を放ち、全てを焼き尽くしてしまう。いや、決してオーバーではなく、そういうイリュージョンを見せつけられた気分だった。当時は。

綿毛と魔女。これが同一人物なわけがない。

ただ、そこに瑠香が出てくると、話は変わってくる。

「ほんと、すっごいから。すっごいカッコいいから。絶対見にきて。ぜーったい、見にきてよ」

あの頃の瑠香は、本当にキラキラと輝いていた。

自分が、なんの取り柄も得意分野もない、人前に出したら恥ずかしいくらい出来の悪い兄貴だった、とまではさすがに思わないが、瑠香が、えらく出来の良い妹だったのは間違いない。

六つ違いだから、同じ学校になったことは一度もない。習い事やクラブ活動もそれぞれ違ったので、直接比べられることはむしろ少なかった。

ただ一つ、通った水泳教室だけは一緒だった。

俺が三歳のときに始めたので、瑠香も三歳になったら、同じ水泳教室に通い始めた。

つまり、瑠香が始めた当時の俺は九歳だったわけだが、素直に「あいつすげえ」と思った。

瑠香は、全く水を怖がらなかった。顔に水が掛かっても拭うなと言われたら、絶対に拭わない。飛び込めと言われたら、躊躇なく飛び込む。潜れと言われたら、頭の天辺までしっかりと潜る。最初からあんなふうにできるなんて、と我が妹ながら驚かされた。俺は最初、たぶん顔に水が掛かっただけで泣いていた。潜れと言われても、鼻に水が入るのが怖くて、顎くらいまでしか水に浸かれなかった。何より、何十メートルも向こうまで水面が続き、ちゃぽちゃぽと揺れている様が怖くて仕方なかった。気分は、海難事故の遭難者に近かったかもしれない。まあ、振り返ればすぐそこにプールサイドはあったのだが。

家に帰ってから、瑠香に訊いてみた。

「お前、水、全然怖くないの？」

瑠香は、何を訊かれているのか分からないという顔で、俺を見上げていた。そして、よくよく考えてから、俺に訊き返した。

「……なんか、いるの？」

いま思えば、三歳にして恐るべき思考力である。子供が抱きがちな水への恐怖心は意識するまでもなく克服し、さらに童話かアニメの世界に飛躍して、あの水の中に、何か自分の知らない生き物がいるとしたら、それは怖いかもしれない、兄貴はそれについて訊いているのかと、当時の瑠香は推察したわけだ。

それに比べて九歳の俺は、ただのアホなガキだった。

「いねーよ。海じゃねえんだから」

そのくせ、小学生の知識で幼稚園入園前の妹の自由な発想を頭ごなしに否定するという、意地の悪さは備えていた。

ただ、少しだけ自分にも肯定的な要素を見出(みいだ)してやるとするならば、瑠香が生まれたときの俺は六歳、水泳教室ももう三年目で、けっこう泳げるようになっていた。そんな俺を見て育った瑠香は、そもそもプールが怖い場所だなんて思うことすらなかった。そういう、良き先輩というか、手本になっていた部分はあるのかなと、今は思わなくもない。

あと、ピアノか。ピアノ教室に通うか否かは、俺たちにとって非常に大きな分岐点になった。

何歳頃だったかは忘れたが、母親は一度だけ、俺にピアノを習ってみないかと提案した。俺は「嫌だ」と即答した。ピアノなんて女の習うものだと思っていたし、そんな教室に通うくらいだったら、もっと校庭や空き地でサッカーをしたり、友達と家でゲームをして遊んだりしたかった。

だが、瑠香は違った。

「うん、習いたい」

俺はこれについて、単純に男女の差だろうと思っていた。女だから、ピアノを習うことに抵抗がないだけだろうと。

また年齢もある。瑠香がピアノを習い始めたのは四歳か五歳の頃。まだ、友達と連れ立って遊びにいく歳ではなかった。そういう楽しい時間が奪われる、とまでは考えなかったのだろうと。

ところが、これがのちになって大きく響いてくる。

俺がロックに興味を持ったのが、中学二年くらい。貯金を叩いて、お年玉と合わせてやっとこさ、一番安いエレキギターと十ワットの小さなアンプを買ったのが、中学三年の終わり頃。初心者用の教則本も一緒に買ってきた。

しかし、この教則本の内容が、俺にはまるで理解できなかった。

一応、書いてある通りにチューニングはしたつもりだったが、実際には合っていなかったのだろう。そんなギターを弾いたところで、正しい練習になどなるわけがない。

それを指摘したのが、九歳の瑠香だった。

よほど俺の部屋で鳴っている音が気に障ったらしい。珍しく、怒ったように眉をひそめて入ってきた。

「……お兄ちゃん。音、ちゃんと合わせた？」

「合わせたよ。ここ、こうやって」

音叉で五弦の音を合わせて、それを基点に六弦、四弦、三弦と順番に、本に書いてある通りに合わせた。

「ちょっと、それ持って一緒にきて」

俺たちの勉強部屋は二階、親戚からもらったアップライトのピアノは一階のリビングに置かれていた。俺は瑠香に言われるがまま、ギターと教則本を抱えて一階まで下りた。

ピアノの椅子に座り、慣れた手つきでフタを開けた瑠香が、こっちを振り返る。

「ド、弾いてみて」

ドがどこだかも、俺には分からなかった。

「……ド、はともかく、これがAだ」

俺は、五弦の開放を自信満々で鳴らしてみせた。

瑠香は怪訝そうな顔をしながら、

「なんだろ、それ……」

ポン、ポーン、といくつか鍵盤を押した。

「もう一回、おんなじの弾いて」

三回くらい同じことをすると、また瑠香が振り返る。

「お兄ちゃん。それ、ラとソのシャープの間だよ」

「は？　ラとソの、シャープの間ってなんだよ」

さらに瑠香は眉をひそめた。

「ないよ、そんな音」

「え？　今のが、そうなんじゃないの？」

「ピアノにはないってこと。だから、たぶんそれ、音狂ってる。調律できてないんだと思う」

「調律？」

「その……先っぽの、それ。グリグリやって合わせること」

「ああ、これ、ペグな。で、チューニングな」

俺はもう、ペグとかチューニングとか、ネックとかシールドとか、瑠香が知らなそうな単語を並べることでしかプライドを保てなくなっていた。

「その本、貸して」

「ああ」

買ったばかりの教則本は、ピアノの譜面台に載せても開きっ放しにはなってくれない。瑠香は左手で、膝に載せた教則本を開きながら、右手で鍵盤を弾き始めた。

「なんだ、『A』って『ラ』のことじゃん……え、なんでこんなに開くの。難し……あ、でも、こうか。こういうことか……両手で弾けばできるわ……これ、こういうことでしょ？　だったら、そんなに難しくないよ」

完敗だと思った。そのときの俺には、譜面が読めるというだけで、瑠香が音楽の全てを理解しているように見えた。俺もピアノを習っておけばよかったと、初めて後悔した瞬間だった。

ただ、ここで優越感を丸出しにしないのが、瑠香の可愛いところだ。

「いつか、お兄ちゃんと一緒に、曲が弾けたらいいね」

それからは、俺もシャカリキになって練習した。

ギターの教則本や雑誌には、五線譜とは別に「タブ譜」という、ギター専用の楽譜が併記されており、それさえ読めれば、なんとか左手で押さえるポジションは分かった。あとは原曲を聴いてリズムを覚えて、それっぽく弾けるまで繰り返せばいい。

瑠香はよく俺の部屋にきて、俺が練習しているのを見ていた。

「お兄ちゃん、私もギター弾きたい」

「あっそう」

「ちょっと貸して」

「やだ」

「なんで。意地悪」

「お前に貸したら、お前、すぐ弾けるようになっちゃうだろ」

「いいじゃん。ちょっと触らしてよ」

たぶん瑠香は、俺の留守中にこっそり触ったりはしていたと思う。ピックをはさんだ場所が変わっていたり、ストラップの畳み方が違っていたり、アンプの電源が入りっ放しだったり、痕跡（こんせき）はいくつかあった。ただ、俺もその程度で咎（とが）めるようなことはしなかったし、さすがの瑠香も、ちょっと触っただけで弾けるようにはならなかった。

その代わり、ロックに関する知識は急速に蓄えていった。おそらく俺の部屋に忍び込んだついでに、音楽雑誌も読んでいたのだろう。あんなにロック通な小学生は、ちょっといなかったのではないだろうか。少なくとも俺の周りにはいなかった。

しかも洋楽の。

「ねえ、ベックとジェフ・ベックは、違う人？」

「違う人。ベックはソロのシンガー・ソングライター。ジェフ・ベックは、元ヤードバーズの……まあ、すげー昔からいる、伝説のギタリストだよ。すげー上手い人」

「へえ、そうなんだ……でも、まだ若そうだよ」

「それは、昔の写真だからな。今は、もっとシワシワだよ」

勝手にCDやカセットテープを持っていかれることもあったが、瑠香は聴いたらすぐに返してくれたし、たまには、

「お兄ちゃん、好きそうだったから」

そんなふうに言って、自分で借りてきたCDを、俺の分までカセットにダビングしておいてくれたりもした。

残念ながら、二人で演奏をする機会は一度もなかったが、それでも瑠香は、家族の中で俺の音楽活動に唯一理解を示してくれる、貴重な存在だった。

それだけに、あの夜のことが悔やまれてならない。

今も俺の中で、一番の大きな傷となって残っている。

瑠香を振り払って、左手に、怪我をさせてしまったことだ。

いっとき、親戚の家に身を寄せていた母親と瑠香が谷中に住み始めたのは、俺が家を出た一ヶ月くらいあとだったと思う。

父親に、瑠香が怪我をして大変だったというのは聞いていたので、すぐ謝りに行こうと思っていた。でもなかなか、実際に行くとなると勇気が出なかった。

実の妹なのだから、瑠香の性格はよく分かっている。

瑠香は、なんでも一所懸命、頑張る子だった。水泳もピアノも、学校の勉強も。一方、結果が伴わないと物凄く落ち込むところがあった。水泳の進級テストが不合格だと、その夜は寝るまで泣き通した。ピアノの発表会で思ったより上手く弾けなかったときは、泣き叫びながら、発表会で着た紫のドレスを引き裂こうとした。でも、できなかった。そういう冷静さと、優しさはどこまでいっても失くさない子だった。結局、丸めたドレスを抱え込んで、やはり寝るまで泣いていた。

特にピアノは頑張っていた。自宅と繋がっていた工場がわりと遅くまで機械を動かしていたこともあり、瑠香も、夕方から夜八時までとか、土曜なんて、学校から帰ってきたら夕飯までぶっ通しとか、ずっとそんなペースで練習していた。

そんな瑠香の、大事な大事な左手を、俺は傷つけてしまった。

ようやく決心し、谷中の部屋を訪ねた日。たまたま瑠香は留守で、いたのは母親だけだった。

間取りは1DK。マンションというより、印象はアパートに近かった。そこのダイニングのテーブルで、俺は長々と説教されることになった。

「……あたしは、お父ちゃんを恨んでるわけでも、あんたを恨んでるわけでもない。あんたには、あんたのやりたいことをやる自由がある。でも、それを認めようとしないお父ちゃんにも、お父ちゃんなりの理屈はある。どっちが正しいとか、間違ってるってことじゃない。確かに、暴力に訴えるのはいいことじゃない。そこはお父ちゃんが悪い。それはあたしだって、できるだけ止めようとしてきた。でも、あんただって敵わないんだから、女のあたしにどうにかできるわけがない。しかもあんたは、腕力でお父ちゃんに敵わないからって、部屋で暴れたり、工場の機械に当たったり、卑怯なこと、散々してきたよね。それはあんたが悪い。あたしにしてみたら、どっちもどっちってことよ」

それに対しては、すみません、としか言いようがなかった。

「今さら、あたしに謝られてもね。そういう気持ちがあるんだったら、もっと早く……って言っても、しょうがないか。とにかく、男どもは好きにやったらいいんだよ。百歩譲って、お父ちゃんを止められなかったことと、お前を産んで、こんなふうにしか育てられなかったことについては、あたしにも責任がある。申し訳ないと思ってる。でもね、瑠香には、あの子にはなんの落ち度もないんだよ。しかも、あの子……自分の左手が血だらけなのに、タクシーで病院に行く前に……あの子が、自分が手を突っ込んじゃったプレス機を、どんな目で見てたと思う？　どんな思いで、自分の手を傷つけた機械を、見てたと思う？　あの子、ちょっと待ってって言って、ポケットからハンカチ出して、機械についてた、自分の血を拭こうとしたんだよ。自分の手が痛いのは措いといて、大事な機械が、自分の血で汚れちゃったって、その場にしゃがんで、拭こうとしたんだよ。さすがにそれは、お父ちゃんが、いいからって、俺がやっとくから早く行けって、言ってくれたけど」

夜中でも、蛍光灯を点けると妙に明るかった、工場の機械周りの風景が目に浮かんだ。

「あれでね、あたしは決心したの。逃げようって。瑠香を連れて逃げようって。あんたたちの戦争に巻き込まれるのは、もううんざりだって。だから疎開しようって、あたしは決めたんだよ」

母親は、湯飲みを両手で包み込むように持ち、でも飲みはせず、動かさずにいた。

「……瑠香はね、もう、ピアノは弾けない。『猫踏んじゃった』くらいならイケるだろうけど、あの子の弾きたい曲は、とてもじゃないけど、もう弾けない。香奈枝のところに泊めてもらってた一週間、あの子、ほとんど、なんにも食べなかったんだよ。飲んだ水は全部、涙になって流れ出てくる。そんな調子だった」

香奈枝というのは、神奈川で輸入雑貨店を営んでいる、母親の妹だ。母親は佐喜枝という。

「あんたが今日来たことは、瑠香にも言っておく。謝ってたって、ちゃんと言っておく。けど、今日はもう、このまま帰りな。また日を改めて、瑠香の様子がよさそうなときに、呼んでやるから」

だがそれも、そんなに経ってからではなかった。せいぜい三日とか四日とか、それくらいで俺は、谷中の部屋に招かれた。

「いらっしゃい。久し振りだね、お兄ちゃん」

何も変わっていなかった。そこにいたのは、俺がよく知っている、毎日一緒に過ごしていた、同じCDを聴き、同じものを食べ、同じテレビを見て笑い合った、あの瑠香だった。

ただ、手にはまだ、丸々と包帯が巻かれていた。

俺は、狭い玄関のタタキに膝を突いた。

「……ごめん、瑠香。俺のせいで……ごめん」

数秒、近くにある冷蔵庫のモーター音以外、何も聞こえなくなった。瑠香は裸足（はだし）のまま、俺の数十センチ先に立ち止まっていた。母親は、その後ろに立っていた。

「お兄ちゃん……やーめーて」

俺の前まできて膝を折り、俺の、タタキに突いた両手を、無事だった右手と、包帯の左手ですくい上げようとする。

「お兄ちゃんが悪いんじゃないって。工場は危ないところだから、フザケたりしちゃ駄目だって、子供の頃から言われてたのに、感情的になってるお兄ちゃんに、後ろからしがみついて、バッグ取り上げようとしたの、私だから……指はさ、すぐ動くようになるから、心配しなくていいよ。それより、オムライス作ったから、一緒に食べよ。ケチャップで、ハート描いてあげるから」

涙でやけにしょっぱいオムライスだったのを、今も覚えている。

瑠香の指はやはり、完全には回復しなかった。日常生活に不自由ない程度には治ったが、ピアノ演奏は無理だった。

その何年かのち。瑠香が高校で、友達のロックバンドの手伝いを始めたと聞いたとき、俺は、再び重い罪悪感に苛まれた。

ピアノもロックも好きだった瑠香が、キーボーディストとしてロックバンドに参加する。そういう話なら分かりやすい。でも、実際にはメンバーではなく、マネージャーのような外野だという。

左の中指と薬指が動かないまま騙し騙し弾くくらいだったら、メンバーになんてならない方がいい。そういうことなのだと思った。

だが話を聞いてみると、少し事情は違うようだった。

「私も正直、ちょっとやってみたいなって、思わなくもなかったんだけど、でもなんか、バンドの方向性っていうか、キーボードは要らないなって、ストリングスとかオルガンとかで穴埋めして、綺麗に整える必要はないなって、私が勝手に思っちゃったんだよね。だから、昔ピアノ弾いてたとか、メンバーにも言ってなくて……でも今、すっごく楽しいの。ボーカルの子がね、すっごいの。天才なの。チョーカッコいいの。私、大好きなの。RUCASってバンドなんだけど……こう書くと、『ルカ』って入ってるでしょ。リーダーの子がね、瑠香もメンバーだよって、バンド名に入れてくれたんだ。だから私も、メンバーに負けないように頑張ってる。私がRUCASを間近で見て、毎回味わってる感動を、もっともっとたくさんの人に味わわせたいの。そうだ、お兄ちゃんも見にきてよ、文化祭。ほんと、すっごいから。すっごいカッコいいから。絶対見にきて。ぜーったい、見にきてよ」

昨日の話で、おそらく遥も、瑠香が楽器を弾かなかったのは俺が負わせた怪我が原因だったのだと、気づいたに違いない。

瑠香がもし、RUCASでキーボードを弾いていたら。

二人の「ルカ」は、一体どんな音楽を奏でてくれたのだろうか。

5

慎ちゃんの提案してきたコンテストについて、メンバーにはどう伝えるべきか。

あたしは、文化祭代休明けの昼休みに瑠香を呼び出し、二人だけで話をした。場所はメンバーが絶対に来そうにない、テニスコート裏にある、謎の物置みたいな建物の前だ。

瑠香は何より、ヨウの気持ちを優先したいと言った。

「とにかく、あの出来レースって話だけは、絶対にしちゃ駄目」

「それは、あたしも思った」

「奥野さんにも、メンバーの前では言わないでって」

「うん、あとで電話しとく」

それから、と瑠香が腕を組む。

「そもそも……コンテストっていうのが、どうなんだろ。プロデビューとか、むしろ嫌がってる感じじゃない？　ヨウちゃんの場合」

ヨウについて言えば、プロを目指すこと自体が嫌なのかというと、それはちょっと違う気がした。

文化祭だけで終わりにしたくない、オリジナルをやりたいという気持ちは、ヨウも早くから持っていた。それは「上にいきたい」というあたしの気持ちと、大きくは違わないものだと、あたしは思っている。

「それはさ……大人に利用されたくないみたいな、なんかそういう、一種のアレルギー反応だと思うんだよね。あたしには、よく分かんないんだけど」

瑠香が、ひどく中途半端に頷く。

「んん……私は、分からなくは、ないんだけど」

「そういう話、ヨウとするわけ」

「いや、そういうわけじゃないけど」

「だいたい瑠香はさ、ＲＵＣＡＳがプロを目指すことについて、どう思ってんの。イケイケ派なの、やめとけ派なの」

　ちくりと、瑠香が眉をひそめる。

「なに、その派閥」

「いいから、どっちかって言ったら、どっちよ」

「それは……デビューの仕方にも、よるかな」

「たとえば」

　今度は、んー、と首を傾げる。

「私は、この前の文化祭観て、正直、体が震えた。スタジオでも、自然と涙が出るくらい感動するし、それは文化祭でもしたけど、なんか、あの……ステージに立ってるヨウちゃんの、なんていうか、スパークする感じ？　美少女戦士の変身みたいな」

　その喩えは、よく分からんが。

「……それが、なに」

「そういうの、私はもっと見たいし、たくさんの人に見せたいし、そのためには、もっと大きなステージに立つべきだとは思う」

　だから。

「つまり、プロを目指した方がいいってことな」

「ん、そうとは、限らないいんじゃない？　レコーディングとプロモーション・ビデオだけで、ステージに立たないプロもいるじゃん」

「ああ、ZARDとか」

「イギリスの、アラン・パーソンズ・プロジェクトとか」

「ごめん、それは知らないわ」

逆によく知ってるな、そんなバンド。っていうかバンドか？

でもそれは、瑠香もどうでもいいみたいだった。

「まあ、そういうスタイルの音楽活動じゃなくて、ヨウちゃんは、基本的にはステージに立ちたいんだと思う。だから、ただ闇雲にデビューできればいい、っていうのとは違うのかな、と」

「なるほど」

そこも若干、あたしのスタンスとは違うわけだ。

あたしは、ツアーのサポートでも歌番組の当て振りでも、もうなんでもいいから、とにかくプロになりたい。そのためには、あのヨウのスター性を、カリスマ性を、こんな言い方はしたくないけど、でも正直に言ったら、利用しない手はないと思っている。

あたしは、それをズルいことだとは思ってないし、そりゃ、中には汚い大人だっているだろうけど、慎ちゃんは違うと思っている。ドライで、現実主義者ではあるけども、慎ちゃんは熱いところだって、いっぱい持ってる人だ。

「瑠香。今回のこれは、腕試しってことで、押し通そう。上手くいったら、なんかいいことあるかもよ、くらいの軽いノリで。翔子と実悠には、あたしからそう説明しとく。ヨウには、瑠香から上手く言っといて。もっと大きなステージでヨウに唄ってほしいって、そういう、あんたの気持ちで押し通して」

「うん。分かった」

とにかく、今は時間がない。

慎ちゃんには、しばらく練習にはこないで、って言っておいた。今は、バンドメンバーだけでがっちり固めたいから、って。慎ちゃんも、それでいいと思うって言ってくれた。もちろん、出来レース云々（うんぬん）についての口止めも忘れなかった。

その後の練習は、三曲に絞って集中的に、徹底的にやった。

オリジナルの「Love can not」と「Sweet Dreams」、これは文句なしで決定。もう一曲は、ＥＬＴの「Time goes by」が安全じゃないかって意見もあったけど、ヨウの「他の曲とのバランスがとれない。甘い気がする」という意見を尊重して、椎名林檎の「すべりだい」に落ち着いた。

演奏する四人はもちろん、瑠香も一曲一曲メモを取りながら、些細（ささい）なミスも聴き逃すまいと必死だ。見方によったら笑えるくらい真剣な顔つきで、ずっと演奏をチェックしている。

ときには、瑠香が曲の途中で手を挙げて、演奏をストップさせることもある。

「今のキメ。ウンダッダー、ダッダッ、ダー、のところ。翔子だけ、ウンダッダー、ダッダーダー、になって聴こえる。ちょっと、一人でやってみて」

言われた通り、翔子がその部分を弾く。

「……これでしょ？　私、違ってる？」

「ように、聴こえたんだけど。じゃあ同じとこ、ヨウ、やってみて」

ヨウが同じところを弾く。

翔子も、ちゃんと聴き比べれば分かるようだった。

「伸ばしちゃ駄目、ってこと？」

「っていうか、切るんだよね、ヨウ」

普段、瑠香は「ヨウちゃん」と呼んでいたはずだが、コンテスト用の練習に入ってからだろうか、「ヨウ」と、けっこう強めに呼ぶことが多くなった。

ヨウは、いきなり言葉で説明するのは苦手だから、何度か自分でやってみて、どう言ったら伝わるか、考えてから口を開く。

「だから、こう……左手を浮かして、音が出ないようにしてやるやつ、なんて言うんだっけ」

そういう通訳は、主に実悠の役目だ。

「空ピック？」

「そう、それ。空ピック」

「ウンダッダー、ダッダッ、で空ピックを入れてから、ダー、ってことでしょ」

「そういうこと」

説明が終わったら、翔子が実践してみる。

「うんだっだー、だっだっ、んだー」

瑠香が、泣き笑いみたいな顔をする。

「惜しい。空ピック、もうちょい強めかも」

「うんだっだー、だっだっ、ンだーッ」

「そおー、いい感じ」

今までも、こうやってあたしたち五人は、一つひとつ課題をクリアしてきた。昨日できなかったことが、今日はできるようになった、そういうことを、五人で一緒に喜んできた。

それなのに今あたしは、ヨウと、実悠と翔子に嘘をついている。

瑠香を共犯者にして三人を騙し、コンテストのステージに上げようとしている。

このところ、あたしたちは昼休みに「ちょこっとライヴ」なるものを開催している。発端はD組の翔子が、B組のヨウにコードの押さえ方を訊きに行ったこと、だと聞いている。でも、ヨウがB組でギターを取り出して下級生が集まってきたら面倒だ、じゃあ、D組に行って翔子のギターで説明しよう、となったらしい。

そもそも、部活動でもないのに楽器を学校に持ち込んでいること自体が、先生に注意されても仕方のない行為だった。でも、ウチのスタジオに行く前に、毎回「寄り道届け」を提出していたら、学年主任の岡村先生が「あなたたち、もういいわよ」と、「佐藤久美子の自宅限定」ということで、課外活動を継続的に許可してくれるようになった。「準部活動」という聞き慣れない扱いだったが、あたしたちのバンド活動は、いつのまにか学校内で認められるようになっていた。

それがあったからだろう。翔子は、決して図に乗ったわけではないんだろうけど、以後、ちょっと教室でギターを出してみたり、休み時間に弾いてみたりしていたらしい。また先生たちも、廊下を通り掛かったときにそれを見て、知っているはずなのに、何も言わなかったらしい。

翔子はそれで「もう少し大丈夫かも」と欲を出し、ヨウをD組に連れ込んだ。最初はコードを教えてもらうだけだったけど、徐々にそれが演奏に発展し、やがて実悠も呼ばれ、あたしも呼ばれ、周りもそれを受け入れ、期待するようになった。

「……じゃ、やりまーす」

そうやってRUCASによる、昼休みの「ちょこっとライヴ」は定着していった、というわけだ。

ヨウも翔子も実悠も、楽器はアンプを通さない生音で弾いてるだけだから、大した音量ではない。あと、普通の教室にドラムなんてあるわけないから、あたしが叩くのは机と椅子だ。そういった意味では、ドラムというよりはパーカッションに近い。バックの音が小さければ、ヨウだって本気の声量では唄わない。鼻歌より、ほんのちょっと大きいくらいだ。

それでも、人前で演奏するのは楽しかった。誰よりそれを感じていたのは、他ならぬ、ヨウだったのではないか。

それまでのヨウは、練習でも文化祭でも、ずっと一点を睨むようにして唄っていた。それがヨウの個性であり、武器だった。でも昼休みの終わりの、十分かそこら。明るい教室の後ろの方で、四人とも椅子に座って、遊び半分でする演奏だと、さすがのヨウもそんな怖い顔はしない。というかできない。

ニヤニヤしていたのは、最初は照れ隠しだったと思う。アンプを通さない生音の演奏と、歌のバランスをとるのには多少のコツが要る。でもその音量に慣れてくると、ヨウもリラックスしてくる。表情が柔らかくなる。

唄っているのは、いつもと同じ歌詞だ。

「わたしの、祈りが……」

ロマンティックな内容では、決してない。明らかに攻撃的な、皮肉っぽい表現が続く。それでも、ヨウの表情は穏やかだった。普通に楽しそうだったし、そんなヨウを、あたしは珍しく「可愛いな」と思って見ていた。

「じゃ、もう一曲やります」

周りには毎回十人か、多ければ二十人くらい集まる。彼女たちも「ちょこっとライヴ」の位置づけは分かってるから、下手に騒いだりはしない。控えめな拍手で、演奏が始まるのを待つ。

「……『Sweet Dreams』」

この二曲目のオリジナルは、ギターの物悲し気なアルペジオで始まる。それも、普通に和音を分解して弾いているのではない。ルート音――一番低い音だけが独立して下がっていくという、変則的なアルペジオだ。

ヨウが八小節弾いたら、実悠、翔子、あたしも入る。ヨウのアルペジオを、包み込むようにバックアップする。

「聴こえる歌を……聴こえるままに、唄えば……いいの？」

ヨウの声も、導入部分は囁くように、柔らかい。

「立ち止まらずに、進めば、それが正しいと……言うの？」

あえてあたしは、歌詞の内容についてはヨウに訊いていない。だから、ヨウがどんな気持ちでこの歌詞を書いたのかは知らない。

「Sweet Dreams……あなたは、なんにも怖くはないと言う……夢が夢のままで、ある限り……」

そして、サビだ。

「あなたの前で、その目の前で……世界は壊れ始めている……その手を伸ばしても、届くところに、愛する誰かはいない……」

　この「ちょこっとライヴ」は、場数を踏んでいない三人にはいい経験になったと思う。あたしにとっても三人の、特にヨウの、違う一面が見られていい刺激になった。

　それだけに――廊下で、学年主任の岡村先生に呼び止められたときは、ギョッとした。とうとうきたな、と覚悟した。

「佐藤さん、ちょっといい？」

「あ……はい」

　教員室に連れ込まれるとか、そういうのはなかったけど、廊下のどん詰まりの、逃げ場のないところまでは移動させられた。

「最近D組でやってる、昼休みのあれは、なに？」

　あたしが、どう答えたものか迷っていると、岡村先生が続けた。

「なんか、『ちょこっとライヴ』とか、呼ばれてるらしいじゃない」

　知ってて訊いたんかーい、などというツッコミをしていい相手ではない。

「はい……すみません」

「なんで謝るの」

「いや、なんとなく……」

　もろもろ、バンドにとって望ましくない展開が脳内に湧いてくる。

　岡村先生が、フゥーン、と盛大に鼻息を噴く。

「……佐藤さん、あれでしょ。国語の、それも古文の教師なんて、バンドとかロックとか、そういうものには全く聞く耳を持たない、堅物だって思ってるんでしょ」

え？　と思って視線を上げると、岡村先生は、意外なほど優しげな笑みを浮かべていた。

「信じられないかもしれないけど、私、大学時代はこれでも、ドラムやってたのよ」

この、垢抜けないスーツと黒縁メガネがトレードマークの、お団子にした髪の一割くらいはすでに白髪の、オバチャン先生がか。

「……ほんと、ですか」

「まあ、あなたみたいに上手くはなかったし、大学時代だけの、ほんの遊び程度だったけど、ビートルズだったら、今でも何曲かは叩けると思う」

「へえ……そう、なんですか」

仰る通り、全く信じられませんが、面と向かってはそうも言えない。

「そう、なんですよ」

どういう心境なのだろう。岡村先生の笑みが、少し寂しげに曇る。

「あなたたちの、文化祭のライヴ、二回とも、ちゃんと見に行ったのよ。すっごくカッコよかった。輝いてた。それに、文化祭終わっても続けてるのって、佐藤さんたちのバンドだけなんでしょ。だからね、いいなって思って見てたの、あなたたちのこと。だから、届けも、毎回出さなくていいようにしてあげたでしょ」

「はい……ありがとう、ございます」

今度の鼻息は、フンッ、と短かった。

「……その『ちょこっとライヴ』を、注意して止めさせましょうって先生もいたの。でも、それは違うでしょって、私は言った。昼休みに、体育館でバスケをやる子はいる。体育館の前で、ガラスを鏡代わりにして、ダンスの練習をする子だっている。それは注意しないのに、なんでギターは注意するのか、唄うのは駄目なのか。説明つかないよね。部活動として認められていないから、っていう意見もあった。昼休みにバスケやってる子は、別にバスケ部員とは限らないのにね。でも、部活動かどうかが重要なら、準部活動として認可すればいいんでしょ、って。だったらそうしましょ、って。たかが紙っぺラ一枚のことなんだから」

岡村先生が、こんな先生だったなんて、あたし、全然知らなかった。こういう先生がウチの高校にいるなんて、信じられなかった。

「佐藤さん。変な騒ぎさえ起こさなければ、あなたたちの活動は、尊重したいと思っています。ただ……分かるよね？　周りはもう、みんな受験勉強始めてるからね。そういう生徒の息抜きになる程度ならいいけど、苦情が出るようだったら、私も考え直さなきゃいけないからね。そこのところは、節度を持って、ほどほどにやってちょうだい」

「……はい」

「あと」

まだあるんかーい、と思ったけど、

「あなた、一応進学希望ってことになってるけど、あなたの成績で行ける大学なんて、ほぼないに等しいの、分かってる？　バンドをやるのは大いにけっこうだけど、だったら谷川さんとか真嶋さんを見習って、ちゃんと勉強と両立させなさい。あなたの一学期の成績は、あの森久さんよりも、蓮見さんよりも悪かったんだからね。それって、けっこうなドン底よ。次の中間があんまりにも悪いようだったら、準部活動の認可取り消しってことも、あり得ますからね」

それについては、ご尤もですと、申し訳ありませんと、頭を下げるしかなかった。

コンテストが終わったら、はい。真面目に勉強します。

スタジオまでの道中でその話をすると、メンバー全員に大笑いされた。

特にウケていたのは、瑠香だ。

「けっこうな、ドン底って……ひど過ぎ」

「でしょ？　今になって、一学期の成績のこと言わなくたっていいじゃんね」

「違う、逆……クミの成績が……ひど過ぎ」

そりゃまあ、あんたにはなに言われても反論できないけど。学年で三位だっけ？　あたしは余裕の三桁で、あたしの下には十二人しかいないからね。

実悠も涙流して笑ってる。実悠は、確か十四位って言ってた。

「なに、岡村、『あの森久さんより悪い』って、クミに言ったの？」

「いや、正確に言うと、『あの森久さんよりも、蓮見さんよりも悪い』って言われた」

そこをピックアップされると、ヨウも笑ってはいられなくなるようだった。

「なにその、『あの森久』って。それじゃ、私が成績悪いのの代表みたいじゃん」

一方、翔子が気になったのは、そこではないようだった。

「ねえ、『あの森久さんよりも、蓮見さんよりも』ってそれ、どっちが上で、どっちが下ってこと？　なんか、私の方が成績悪いみたいに聞こえるんだけど」

ヨウが「だってそうじゃん」と翔子を指差す。

「私、百三十三番だよ」

「ほらァ、私、百二十九番だもん。ヨウの方が下じゃん」

「うっそ、百三十番台後半だって言ってたじゃん」

「それは中間でしょ。期末頑張ったから、平均上がったんだもん」

お二人さん、あたしに言われたくは、ないかもしれないけどさ。

あんたら、どっちもどっちだぜ。

第五章　ゴッド・ファーザー

1

K-POPアイドルのコンサートを見に東京に行くから、そのときにランチでもしよう、と泉田から誘いがあった。名古屋のペットショップで働いていたときの同僚の、あの泉田法子だ。

「おおおーッ、沢口ぃーーッ」

いくら渋谷が賑やかな街だからって、三十代後半の女性が待ち合わせ相手を見つけた瞬間にバンザイしてジャンプしたら、さすがに目立つ。普通に恥ずかしい。

それでも、名字を呼ばれてしまったら無視して引き返すわけにはいかない。せめて歩くスピードを弛め、周囲の目が興味を失ってバラけるくらいの時間稼ぎをしてから、自分がその待ち合わせの相手であることを名乗り出る。

「……うん、久し振り」

「あんた、相変わらずテンション低いね」

応えずにいると、泉田は軽く睨みつけてきた。

「何よ。また太ったって言いたいの？」

私は首を振って否定した。

「そんなこと言わない。思っただけ」

「嫌いじゃないよ、あんたのそういうところ」

そう呟きながら、泉田が辺りを見回す。今日のようによく晴れた日でも、渋谷スクランブル交差点の空気は限りなく曇りに近い。

「で、どこで食べんの」

「別に決めてない」

「あんた、東京人でしょ？」

「地元、台東区だから。渋谷はよく知らない」

「じゃ、なんで渋谷待ち合わせにしたの」

「分かりやすいかと思って」

「そうはいっても、美味しい店の二軒や三軒は知ってるんでしょ？」

「地元の店なら知ってる」

「もう一回訊くよ。なんで渋谷待ち合わせにしたの」

「なんとなく」

結局、携帯でいろいろ調べて、チーズフォンデュとステーキが食べられるお店に決めた。二十分くらい並んだけど、その間、

「絶対美味しい。ここ、絶対に美味しい」

泉田が不満を口にすることは一度もなかった。

泉田は私の七つ年上。初めの頃は、なんて呼ぶべきか迷った。

仕事中は「チーフ」だったが、「店の外で『チーフ』はやめてよ」と言われ、そうは呼べなくなってしまった。だったら、普通は「泉田さん」か「法子さん」なのだろうが、でも、どっちも違う気がした。「さん」付けするよりは親しみを持っていたが、平気で呼び捨てにできるほど仲良くはない。そんな距離感だった。

考えに考えた末、私は彼女の名前を呼ばないことにした。名前を呼ばずに会話をする。意外となんとかなるものだ。

「お待たせいたしました。沢口様、二名様でお席がご用意できました」

出入り口に近い、二人用のテーブルに案内された。若干、テーブルの幅が狭い。あと窓がないので、閉塞感というか、雰囲気が地下っぽい。エレベーターで四階まで上がってきたのに。

そんなことには一切構わず、泉田は一心不乱、なんならそのままメニューに喰らい付くくらいの勢いで料理を選んでいる。

「三種の濃厚チーズフォンデュははずせない。あと、熟成肉ランプステーキもはずせない……五百グラムいっちゃう？　いや、これは三百にしといて、エスカルゴか牡蠣か、どっちか頼もうよ。ね、そうしよう。あとはワインだ。沢口はどれがいい。ざっくり、イタリアかフランスかでいったら、やっぱイタリアでしょ。ということは、キューザか、バルベーラか……キューザだよな。うん、キューザグランデだ……すみませぇーん」

私、何も言ってないけど、でも特に希望もないので、それでいいことにした。泉田は、食べることにはとことん貪欲（どんよく）な人なので、任せておいた方がむしろ安心なくらいだ。

最初に出てきたのはイタリアンワインだった。そのあとすぐに季節のグリーンサラダと、フルーツトマトとモッツァレラチーズのカプレーゼもきた。

「じゃ、とりあえず乾杯だ」

「うん。乾杯」

生活が変わったのは私の方だから、まずはこっちから近況報告するのが筋なんだろうけど、今の私に、わざわざ旧友に聞かせるほどのネタはない。

黙っていてもなんなので、料理を取り分けてみる。

「はい、どうぞ」

「さんきゅ……で、今もまだ、ほんとに全然、全く働いてないの？」

「うん。働いてない」

「昨日は何やってたの」

「ぼーっとテレビ見たり、散歩したり……スーパーに買い物に行ったり」

「一昨日は」

「借りてきたＤＶＤを見たり、商店街をブラブラしたり、そのついでに買い物したり」

「その前の日は」

「覚えてない」

泉田。目は軽蔑に近いくらい呆れてるのに、それでも手と口を動かして食べ続けられるって、けっこう器用だと思う。

しかもちゃんと喋る。

「でもさ、なんか……ちょっと安心したよ」

私もカプレーゼをひと口。ワインもひと口。

「……安心？　何が」

「元気そうで」

谷中から渋谷まで出てこられる程度には、心身共に元気だ。

「まあ、健康に不安は、今のところないかな」

「そういう意味じゃなくて。旦那のこと、なんか嫌いかもしんないとかボヤいてた頃より、ずっといいよ。ものすっごい、ミクロン単位のちっちゃな変化かもしれないけど、でも、あたしには分かる。あんた、最近なんか、いいことあったでしょ」

いいこと。あったかな。

「……ないよ、別に」

「いーや、何かあったはず。だって、前の沢口って、もっと嫌な奴だったもん」

おいこら、太っちょ。

「あのさ、そういうこと面と向かって言っても、私は傷つかない人間だって思ってる？」

泉田は「それ」と私を指差した。

「今あんた、ストレートに反応したじゃん」

「嫌な奴だったって言われたら、普通は不愉快に思うでしょ」

「普通の人はね、うん、不愉快に思うと思うよ。でも昔の沢口だったら、へえ、私って嫌な奴なんですかって、全く取り合わないで流してたと思う」

そう、だったのかもしれないが、あまり自覚はない。

「そうかな……よく分かんない」

「そうだったの。昔のあんたはそうだった」

エスカルゴが運ばれてきた。これの見た目って、どうしようもなくグロテスクだとは思うけど、食べ物としては嫌いじゃない。

たこ焼き器みたいな穴から、最初の一匹を連れ出してくる。

泉田は、そんな私の手元をじっと見ている。

「……うん。嫌な奴だったけど、あたしは好きだった。面倒な奴だったけど、興味深い存在ではあった。反応の薄い、友達甲斐のない奴だったけど、でもそこが面白かった」

殻から引っ張り出した中身はさらにグロい。それを、食べる。

「なんか……全然、褒められてる気がしないんだけど」

「別に、褒めてるわけでも貶してるわけでもないよ。ただ、今日の沢口は、昔より開いてる感じがする。血が通ってる気がする」

昔の私は、血も通っていなかったのか。

「なんか……血が通ってるのに開いちゃったら、出血多量で死んじゃいそう」

「ほう、そんな上手いことも言えちゃうんだ。かなりの上機嫌だね……で、何があった。

仕事もしないで、散歩してるだけでいいことなんて普通は考えられないけど。近所にいい男でもいたか」

近所のいい男。滉一か。

また泉田が私を指差す。

「……今、その男の顔、思い浮かべたろ」

「別に」

「いーや、あんたは今、確実に恋をしている」

それは、申し訳ないがハズレだ。

滉一がいい人なのは、その通りだと思う。私にとっては嫌いな人だらけのこの世の中で、単純に「話をしたい」と思える相手はごくごく稀だ。そういった意味では、滉一は非常に稀有な存在といえる。

でも、それが「恋」かと言われると、分からなくなる。ひょっとすると、私は恋なんて、今まで一度もしたことがないのかもしれない。確かに、セックスと結婚はしたことがある。セックスは、裸になってベッドに入った。結婚は、市役所にそういう届けを出しに行った。両方とも、恋なんてしてなくてもできた。相手を愛してなくてもできた。じゃあ、私は滉一のことをどう思っているのか。好きなのか、嫌いなのか。嫌いなわけはない。じゃあ好きなのか。好き、な方だとは思うけど、胸を張ってそうとは言いづらいものがある。

それはたぶん、瑠香だ。

滉一が瑠香の兄だと分かって、親しみが増したのは事実だ。だが一方で、瑠香の兄をそういう目で見ていいのかという疑問も、同時に生じたような気がする。

あの頃の私は、瑠香が大好きだった。

あの頃の私には、瑠香が全てだった。

そう。全部が「だった」という過去形なのだ。

滉一が「あれ」と指差してみせたビルの三階、瑠香がお母さんと住んでいたあの場所に、私は何度も行ったことがある。

玄関を入ってすぐのところがダイニングになっていて、正面は間仕切りを兼ねた引き戸になっていて、その向こうは八畳くらいの洋室になっていた。ベッドはなかったので、瑠香とお母さんは布団を敷いて寝ていたのだと思う。

ウチのマンションと比べると、かなり狭かった。不便なこともありそうだったけど、それが何かは、具体的には思い浮かばなかった。

瑠香のお母さんは、私の母親とは全然タイプの違う人だった。

正直、そんなに美人ではなかった。体形もオバサンっぽかったし、部屋着とはいえおシャレ感はゼロに等しかった。化粧っ気もなかったように記憶している。

「いらっしゃい。いつも瑠香がお世話になってます……さ、あがってあがって」

その第一声は、「夕やけだんだん」で私に声を掛けてきたときの、あの瑠香のテンションとそっくりだった。

ダイニングのテーブルで、紅茶とお菓子をご馳走になった。お菓子は、ケーキではなかった。四角くて細長い、わりと歯応えのある焼菓子だった。

「ん……んーっ、おいひぃ」

そう。すごく、美味しかったのだ。瑠香の家に招かれて、瑠香と一緒に食べた、瑠香のお母さんに出してもらったあのお菓子は、とても美味しかった。その印象は鮮明に残っている。

瑠香は「でしょう」と自慢げだった。

「よかった。私もこれ、子供の頃から大好きで」

「へえ。私、こういうの食べたことない。すごい美味しい」

瑠香のお母さんも、嬉しそうに私たちを見ていた。

「ちっちゃい頃は、虫歯になるから一日一個ね、って言ってね」

瑠香が「そうだった」と言いながら泣き顔をしてみせる。

「でもお兄ちゃんは、二個も三個も食べてた」

「別に、瑠香の分まで食べたわけじゃないじゃない」

瑠香がこっちに向き直る。

「ヨウちゃん、だってこれ、一個だけで終わりにしろって、ひどくない？」

確かに。そのときも菓子皿には何個も、たぶん十個くらい出されていたと思う。あれを一日一個で我慢しろというのは、子供には酷な話かもしれない。

そうは言いながらも、瑠香は二個くらいしか食べなかった。

「ご馳走さま。私、この前言ってたCD捜すよ」

「ん、私も行く……ご馳走さまでした。美味しかったです」

隣の洋室にはテレビと整理箪笥、その上にはわりとガッシリした、赤いCDラジカセが載っていた。確か、赤だったと思う。

CDもたくさんあった。少なくとも百枚以上。平らに積んであるので背表紙しか見えなかったが、それでも、割合として洋楽が多いのは分かった。

まとめて何枚か床に下ろして、一枚一枚見ていく。

「この人カッコいい。誰？」

「え、マドンナだよ。知らない？」

自分でも信じられないが、当時の私はマドンナを知らなかった。

「マドンナ、っていう名前の人なの？」

「そうだよ。あ、知らないか……けっこう有名だよ」

でも聴かせてもらったら、だいぶイメージしたのとは違っていた。

すぐ次のCDを選んだ。

「これも聴いてみたい」

「U2の『ヨシュア・トゥリー』ね。私も大好き」

これはジャケット写真も音楽も気に入った。確か、私はこのアルバムに入っている曲に刺激を受けて、そのイメージで自分でも一曲作ったと思う。確か「Sweet Dreams」というタイトルだった。

瑠香のお薦めもだいぶ教えてもらった。何枚か貸してももらった。

暗くなるまでそんなことをしていたら、瑠香のお母さんに、夕飯に誘われた。

「カレーライスだけど、よかったらヨウちゃんも、食べていきなさいよ」

家までは歩いて五分もかからない距離だったけど、私はお言葉に甘えて、ご馳走になっていくことにした。

「んーっ、おいひぃ……すごい、美味しいです。ウチのカレーと全然違う」

「そんなことないわよ。普通の、スーパーで売ってるルウよ」

いや、違った。瑠香のお母さんが作るカレーは、今なら分かるけど、そば屋で出てくるみたいな、ほんのりと「和」のテイストが混じった、優しい、どこか懐かしい味がした。こういうのを「お袋の味」っていうんだろうなと、そのとき私は初めて思った。

ウチの母親のカレーは、もっと黒くて、肉が四角くて、ちょっと辛いビーフシチューみたいなやつだった。それを、わりと浅い皿に盛るもんだから、やたらと食べづらかった。

瑠香がテーブルを見回す。

「お母さん、ラッキョウは？」

「あ、ごめん、買ってくんの忘れた」

瑠香は「じゃあ」と、小鉢に入れた何かを私に勧めてきた。

たぶん、私は食べたことがないやつだ。

「……これは、なに？」

「えっ、フクジンヅケだよ」

「あ、なんか、テレビで見たことあるかも……これを、カレーと一緒に食べるの？」

「うん。カレーのときは必ず食べるし、カレーじゃないときにフクジンヅケは、普通は食べないよ」

瑠香のお母さんが「そんなことはないけど」と口を挟んだが、瑠香は譲らなかった。

「えー、フクジンヅケとラッキョウはカレーのときしか食べないよ。っていうか、お母さんだって出さないじゃん」

私は「ラッキョウ」が何かもピンときていなかったが、もう、それを尋ねるタイミングすら計れずにいた。

何か、いろんなものが違い過ぎた。

母親と娘一人という家族構成はウチと同じなのに、この二人は、カレーライスの食べ方にそれぞれ別のポリシーを持っているらしく、決して険悪ではないものの、それについて、食卓で議論を交わしている。そんなこと、ウチでは一度もなかった。

後日、私は母親に訊いてみた。

「ねえ、ウチってカレーライスのとき、フクジンヅケなんて食べないよね」

「うん。だってあれ、ママ好きじゃないもの」

議論も何もあったものではない。

私は段々、自分で自分のことが怖くなってきた。

何か、とてつもなく大事なものが欠落しているにも拘わらず、そのことに気づきもせず、日々を過ごしてきた気がする。

それに気づくチャンスは、たぶんあった。

瑠香だ。

彼女と一緒だった頃、私は、それまでの自分とは違う自分を、ぼんやりとではあるが、感じていた。もう少し、彼女と一緒の時間が長く続いていれば、私はもっと、違った自分をしっかりと意識できていたのかもしれない。

なのに、私たちの時間は、途中でポッキリと、折れるように途切れてしまった。あの当時、もっと必死に彼女を追いかけて、繋ぎ止めて、強引にでも抱き締めていたら、今の自分とは違う自分になれていたのだろうか。それは分からない。分からないけど、でもはっきりと分かっていることもある。

私は今、無性に、瑠香に会いたい。

滉一に、一緒に瑠香を捜してくださいって、頼んでみようか。

2

いよいよ、コンテスト本番の日を迎えた。

みんなとは午後二時に、原宿駅の竹下口で待ち合わせた。会場となるライヴハウス「ドゥ・アップ」は、竹下通りの真ん中辺りから、ちょっと右に入ったところにある。あたしも二回くらい知り合いのライヴを見に行ったことがあるから、行けば分かる。

今日はなんと、着いたのはあたしが最後だった。

「お待たっせ」

努めて明るく言ってはみたものの、メンバーの反応はまちまちだった。

普段通りなのは、瑠香くらいか。

「うん、私も今きたとこ。やっぱ、クミちゃんが一番身軽だね。私、なんだかんだ荷物増えちゃった」

実悠でさえ、いつもよりは表情を硬くしている。

「やっぱこう、学校でやるのと違うからさ。いろいろ心配になって、持ち物増えちゃうよね……」

翔子に至っては、もう見るからにどこか調子が悪そうだ。

「なんか、会場が寒かったらやだな、って思って……丸めると枕にもなるブランケット、持ってきちゃった」

おい。十月に入ったとはいえ、今日の予想最高気温は二十九度だぞ。日向(ひなた)なら余裕で三十度超えるぞ。まあ、会場の冷房が効き過ぎてて寒い、なんてことも、ないとは言いきれないけれども。

対してヨウは、相変わらずの仏頂面だ。そうか、これはこれで普段通りか。

よし、ちょっとイジってみよう。

「ヨウ、調子はどうよ」

「んん……普通」

「イケる？」

「何が」

「ステージ、ブチかませる？」

「ああ……たぶん」

「ブッ飛ばせる？　みんな」

「努力はする」

瑠香が、苦笑いで割り込んでくる。

「ヨウは、大丈夫だよね。私がちゃんと、好物の差し入れ持ってきたから」

ヨウの好物？

「なに、差し入れって」

「お菓子。チュイルっていう焼菓子。ヨウ、大好きだもんね」

ヨウは「いいよ、もう」とあたしから顔を背けたが、その頬には、明らかに照れ笑いが浮かんでいた。

そのお菓子は、あたしもあとで一ついただくとして、とりあえず会場に急ごうか。

ライヴハウス「ドゥ・アップ」のホールは、かなり深い地下一階にある。白い漆喰みたいな壁の、わりと洒落た雰囲気の階段を下りていって、受付がある踊り場も通過してさらに下りて、今は開けっ放しになっている、あの分厚い黒い扉の中が、そうだ。

「おはようございまァす」

業界ふうに挨拶をしながら、メンバーを引き連れて中に入る。ステージも含めて、パッと見は狭く感じるかもしれない。でもここに百人、二百人入ると、むしろ広く感じるようになる。ライヴハウスってちょっと、そういう不思議な空間だと思う。

あと、匂い。別に臭いわけじゃないけど、なんていうか、ちょっとこもった空気の匂いがする。古い布と似てるかもしれない。でもほんと、決して臭いわけじゃないから、あたしは嫌いじゃない。

知ってる人なんて誰もいないけど、こっちが挨拶をすれば、周りの人はみんな「おはようございます」って返してくれる。誰が出演バンドのメンバーで、誰がお店のスタッフなのかは、あたしにも分からない。今、ホールにいるのは全部で二十人くらい。慎ちゃんは、まだきてないみたいだ。

なんとなく壁際に寄って、荷物を下ろして楽器を立て掛けたりしていたら、小柄な女の人がトコトコッとこっちに駆け寄ってきた。

「おはようございまーす。出演バンドの方ですよね」

ここは、あたしが対応しておこう。

「はい、RUCASです。よろしくお願いします」

メンバーもみんな、合わせて頭を下げる。

「ルーカスさん……ああ、はい、RUCASさん。よろしくお願いします。じゃあこの、曲順表とセッティング表にご記入いただいて、こっちが今日のタイムテーブルになります。今日は出演バンドが多いので、通常の逆リハではなくて、二番目のRUCASさんから順リハでやってもらって、最後にトップのバンドがやって、機材を残して本番になります。あと機材はあちら、リハが終わったら下手、搬入口の方にハケていただいて、本番前に入れ替えてください。それと、楽屋に関してですが……」

急に「逆リハ」とか「順リハ」とか言われても、メンバーはチンプンカンプンだろうから、それについてはあとであたしが説明する。

しかし、瑠香ってやっぱり、根っから真面目なんだな。

全部メモとってるよ。

書くもの書いて、提出したら、

「よろしくお願いしまーす」

リハーサルはRUCASが最初みたいだから、みんなでステージに上がってセッティングを開始する。

前三人のセッティングは、瑠香が手伝ってくれるので問題なさそうだった。分からないことはお店のスタッフさんに訊いて、たとえば、電源はどこからとればいいですか、とか、アンプの位置入れ替えてもいいですか、とか、一つひとつ確かめて、でもできるだけ急いで終わらせる。

ボーカルとコーラス、ギターアンプ、ドラムにもマイクを立てて、それぞれの音をチェックしたら、もうほとんど時間は残ってないみたいだった。

ミキサー担当のオペレーターさんから指示が出る。

《残り五分なんで、あとは曲でお願いします》

本番でやる曲を演奏して、五分以内で出音（でおと）とモニタースピーカーのバランスを確認してください、ということだが、そんな短時間で満足のいくサウンドチェック、モニターチェックなんてできるはずがない。

要するに、あたしたちは環境や待遇の良し悪しに文句を言える立場ではない、ということだ。

まあ、あたしはそんなの慣れっこだけど。

「はい、了解です。じゃあ、一曲目の『Love can not』と、三曲目の『Sweet Dreams』をワンコーラスずつやります。よろしくお願いします」

目配せをすると、すぐにヨウがギターを弾き始める。

あたしは、見てろよ、と思っていた。みんな聴いて驚け、と思っていた。

そして、思っていた通りの状況になった。

あたしがこれまでに味わってきた悔しさとか、情けなさとか、歯痒(はがゆ)さとか、そういうもの全部、まとめてひっくるめて、

《わたしの、祈りが……》

ヨウが、完璧(かんぺき)にブッ飛ばしてくれた。

ホールに集まった出演者、業界関係者、スタッフさんたち、もうみんなの目つきが、顔つきが、一瞬にして変わるのが分かった。あたしにはそれが見えた。

《誰かに、届いたとして》

なんだこれ——言葉にしたら、そんな感じだったのではないか。

《その誰かは、何か捨ててくれるだろうか……世界は愛では、救えない》
はい、でもリハだからここで終わり。
あとは本番までお預けね。

なんと、今日の出演バンドは全部で九組。九組といったら、ちょうど文化祭の一日分と一緒だ。それを持ち時間十五分とはいえ、夕方の六時半から夜十時までの三時間半で一気に見せようっていうんだから、なかなか無茶なイベントだ。

しかも、早々とリハーサルが終わってしまったあたしたちは、本番が始まるまで、かなり暇だ。かといって、竹下通りで買い物をする気分でもないし、そんなお金もない。

結局、マクドナルドで時間を潰すくらいしかやることはない。

「クミ、ほんと食べるの遅いね」

「うるさいよ。いいじゃん、どうせ時間潰しなんだから」

このやり取り、全く同じのが三回か四回はあった。

「ポテト、冷めたら不味くない？」

「冷めても美味しいのがマックのポテトなんだよ」

などと言いつつ時計を見ると、いつのまにか五時半近くになっていた。

遅くとも六時には楽屋に入って、着替えとかメイクとかをした方がいいだろう。あるいは早めに戻って、慎ちゃん捜して少し話をしておく、ってのもアリかもしれない。

瑠香が、みんなの顔をひと通り見る。

「私、コンビニ行くからさ。人数分の飲み物と、あと何か欲しいものあったら言って。買っていくから」

そう言われても、なかなか人任せにはできない子もいる。

翔子が小さく手を挙げる。

「いま分かんないけど、でも行ったら、なんかありそうな気がするから、私も行く」

隣にいた実悠も頷く。

「だね。見てるうちに、なんか思いつく気はする」

そういうところ、あたしとヨウはたぶん似てて。何か足りないものがあったって、なきゃないでいいじゃん、どうにかなるよ、みたいに考えがちだ。

案の定、ヨウは、

「じゃあ、ミネラルウォーターだけ、お願い。私、先に戻ってる」

そう言って、トレイを持って立ち上がった。

「じゃ、あたしも。ヨウと戻ってるわ」

マックを出て、三人とはコンビニの前で別れて、あたしとヨウで「ドゥ・アップ」の方に戻り始めた。

日曜夕方の竹下通りは、お祭りでもこんなに集まらないでしょ、ってくらいの人で賑わっている。早く前に進みたい人も、駅の方に戻りたい人も、思わずお店の前で立ち止まっちゃう人もいる。

でもあたしたちは、そのどれでもなかった。お洒落な洋服にも、パフェみたいに盛られたクレープにも、キラキラした小物にも興味はない。ただ流れに乗って歩いて、次の曲がり角まで行ったら、右に逸れていくだけだ。

別に急いではいないけど、今この瞬間を楽しんでもいない。

ただ、運ばれているだけだ。

「……ねえ、クミ」

こっちを見もせず、ふいにヨウが呟いた。

やや俯き加減で、目は少し先のアスファルトに向けている。

「んん、なに？」

「なんか、いろいろ……ごめん」

いつのまにか、曲がり角まできていた。

そこでヨウは、急に人混みから飛び出すように走り出した。そんなヨウを、もちろんあたしは追いかけた。

追いかけて、その手首を掴んだ。

「……ちょっと、なに急に」

ヨウは、あたしの手を振り払いはしなかったけど、でも構わず歩き続けた。あたしを引きずるようにして、「ドゥ・アップ」の前まできて、足を止める。

「私……私さ……なんか、いろいろ、素直になれないところ、あって……瑠香以外のメンバーには、ちゃんと、話せてないこととか、いっぱいあって……それが、ずっと引っ掛かってて」

本番前になって、なんでそういう、メンタル掘り下げるようなこと言い出すかな。涙目になってんじゃん。

「いいよ、ヨウ。謝るようなことじゃないよ」

「分かってるの。みんなと一緒に演奏して、唄って、そういうことの一つひとつが、どれだけ幸せなことか、分かってる……ありがとうって、私だって、ちゃんと言いたい。なのに……」

そうなんだろうな、と思った。

言いたいけど、言えない。認めたいけど、認められない。

このアンバランスこそが、ヨウの個性なのだと思う。そしてヨウは、このアンバランスを、なんとか普通のバランスに戻そうと努力している。でも何度やっても、上手いところに落ち着かない。

地震が発生するメカニズムに、似ているのかもしれない。

何かが上手く嚙み合わなくて、ギチギチとズレが生じて、でもそのズレを、なんとか戻そうとして、エネルギーを放出する。そのエネルギー放出は、あたしたちの目にはとても美しく、輝いて映るけれど、地震を起こすたびに、その美しい星が少しずつ内部崩壊していってるのだとしたら、それを何度も見たいと願うことは、ひょっとしたら、とても残酷なことなのかもしれない。

あたしは、その場でヨウを抱き寄せた。あたしの方が背低いし、慰めてる感はあんまりないけど、でも力一杯、抱き締めた。

「ヨウ……」

「ほんとは、私も、瑠香みたいに、みんなに、大好きって、言いたいけど……」

そのときだった。

誰だかは分からないけど、こっちに近づいてくるパタパタと喧しい足音が聞こえ、泣き顔を見られたくなかったのだろう、ヨウは「ドゥ・アップ」の建物に駆け込み、階段を下りていってしまった。あたしは、また追いかけるのもな、と思い、柄にもなく建物の壁に寄り掛かって、それとなく物憂げなポーズを決めたりしていた。

足音の主は、なんと実悠だった。

「クミッ」

顔、えらく引き攣ってますけど。

「なに。どしたの」

「ちょっときて」

あたしは実悠に腕をとられ、引っ張られ、

「なになに」

竹下通りに出る一つ手前の角を左に曲がらされ、さらに歩かされた。ちょうど竹下通りと並行する形の、裏路地っぽい通りだ。

「なに、どうしたの」

「私もよく分かんないけど、瑠香が、クミ呼んできてって言うから」

「分かんないで、なんでそんな怖い顔してんの」

「っていうか……泥棒かもしんないのッ」

ますますワケが分からん。

「泥棒？」

「なんか、四本くらいギター担いでる人がいて、歩いてて、その一本が私のベースっぽいんだけど、でも、もしかしたらスタッフさんが、何かの都合で楽器を移動させることもあるかもしんないから、クミ呼んできて、確認してもらおうって」

スタッフが店の外に、無断で楽器を移動なんて——。

「そんなん、あるわけないって」

「えっ、じゃあやっぱり」

「泥棒だよ、楽器泥棒ッ」

そっからは二人で走った。少しクネクネはしてたけど、一本道だった。左右には小ぢんまりしたカフェとか、ブティックみたいなのもあったけど、人通りは竹下通りほどじゃなくて、しかも、あたしたちも思いきり走ってたから、けっこうみんな避(よ)けてくれた。

その道の突き当たりは、T字路になっていた。

まさに、その場所でだった。

ギターかベースかは分からないけど、二本分の黒いギグバッグがすでに、地面に転がっていた。

それらを跨(また)ぐように立っている黒ジャケット、黒パンツの男は、まだ二本分のギグバッグを抱えている。それを奪い取ろうとしがみ付いているのは、瑠香と翔子だ。

「翔子、瑠香ッ」

そう呼びかけて駆け寄っていく、あたしと実悠に気づいたからか。男は二本のうち一本を、急に手放した。翔子がしがみ付いていた方だ。

翔子が悲鳴みたいな声をあげ、後ろ向きに倒れる。楽器ごとだったので、アスファルトの地面に当たって、ゴツンと鈍い音がした。

いや、その音は、翔子が倒れた音ではなかったのかもしれない。

黒い男はいつのまにか、最後に残った一本を、たぶんギターを、まるでテニスラケットのように両手で握って、振り回していた。

本物のラケットの何倍も重たいはずのギターを、全身の力を使って、フルスイングする。

瑠香、目がけて――。

信じられなかった。

ギターのボディは、大人の上半身くらいある、大きな木の塊だ。

その木の塊が、瑠香の頭に――。

「瑠香ァァーッ」

あたしは、とにかく無我夢中で二人の間に割って入って、でもそのあとのことは、よく覚えていない。近くにいた人たちも協力してくれて、その黒い男は捕り押さえられたんだと思う。パトカーと救急車がきたのは、けっこう経ってからだった気がする。それまではずっと、あたしは瑠香を膝に抱えて、泣いていた。実悠と翔子がそのときどこにいたかは、見てなかったので分からない。

瑠香のおでこには、血が付いていた。でも怪我をしたのは、違うところかもしれない。もう暗くなり始めていて、瑠香の血が、不気味なくらい黒く見えたのは覚えている。手も、血だらけだった。その手で瑠香は、あたしの手を握った。

「……クミ……ヨウは……」

「ヨウはいない。店で待ってる」

信じられないことに、それを聞いた瑠香は、笑みを浮かべた。

「よかった……じゃあ、本番、唄えるね」

なに馬鹿なこと言ってんだよ、と思ったけど、言えなかった。

瑠香は少し眠たそうに、目を閉じたり開けたりしている。

「ヨウに……謝っといて。私、お店、戻れない、かも……ちょっと、頭、痛い……大事な、ときに、そばに、いれなくて……ごめん……頑張って……ヨウちゃん、私は……」

もう分かったから喋るな、ってあたしが言っても、瑠香は聞こえていないのか、ぼんやりとではあったが喋り続けた。救急車に乗せられるまでずっと、ここにはいないヨウに謝り続け、ヨウを励まし続けた。

救急車が走り出すと、あたしも正気に戻ったというか、なんか急に周りが見えるようになった。

どこからか、よく知った声が聞こえてきた。

実悠だった。

「だから、友達が向こうのお店で待ってるんですってば。『ドゥ・アップ』ってライヴハウス、知らないんですか？　オジサン、警察官なんじゃないんですか？」

なんと実悠は、制服姿の警察官を怒鳴りつけていた。たぶん、この場を勝手に離れるなとか、一緒に警察署に来いとか、そういうことを言われていたんだと思う。でも実悠は、それはできない、向こうで友達が待ってるから、とか、そういう説明をしてくれていたのだろう。

あたしのところにも一人、女性の制服警察官がきた。

「あなたは、怪我とか大丈夫？」

あちこちに血は付いてるけど、これは全部瑠香のだ。あたしのじゃない。あたし自身は、右手の指何本かと、左の手首が痛かったけど、でもなんか、その人には言いたくなかった。

「……大丈夫です。それより、あっちのお店に、行かせてください」

「あの子が言ってる、ライヴハウスのこと？」

「はい」

「そこに行って、どうするの」

仲間が、いるんです。

その仲間に、どうしても伝えなきゃいけないことが、あるんです。

あたしたちがなかなか戻ってこないから、心配になったのだろう。

ヨウは慎ちゃんと一緒に、「ドゥ・アップ」の入り口のところに出てきていた。

足を引きずる翔子、それを支える実悠、ハンカチを手に巻いてるあたしと、制服警官二人、背広姿の刑事みたいなのが二人。

ヨウは、こっちに駆け寄ってはきたものの、

「ちょっと……どうしたの」

血だらけのあたしに触っていいのかどうか分からないみたいで、変なふうに、両手を宙に泳がせていた。

その半端な恰好のまま、辺りを見回す。

「瑠香は？　ねえ、瑠香は一緒じゃないの？」

それは、あたしが説明する約束になっている。

「ヨウ、落ち着いて聞いて……ちょっと前に、この店に、楽器泥棒が入った。それを見つけた瑠香と、翔子と実悠が楽器を取り戻そうとして、乱闘みたいになった」

「えっ、なに……」

「瑠香はまだあっちで、警察の人と話してる。ここには、あとからくる」

瑠香が救急車で運ばれたことは、ヨウには言わない、内緒にする。そのことは、実悠にも翔子にも伝えてある。

ひと呼吸置いて、あたしは続けた。

「ごめん、ヨウ……あたしも手、両方とも、怪我しちゃって。翔子も、立ってるのがやっとで」

実際、痛くてずっと泣いてるし。

「実悠のベースは、ネック折れちゃって、使い物にならない。いま無傷なのは、ヨウと、実悠と、ヨウのギターと、翔子のギターだけ」

慎ちゃんが、一人の刑事さんに詰め寄る。

「まさか、現場検証がどうとかで、イベントは中止しろなんて言わないでしょうね」

刑事さんは、チラッとあたしの方を見てから答えた。

「本来であれば、そうです。関係者の方にもご協力いただいて、犯行現場を保全する必要があります。ただ、幸い犯人は捕まってますし、盗もうとした物も押収できてますので、こちらの捜査は……特別に、そのイベントが終了してからということに、いたします」

あたしは、もう一度ヨウに向き直った。

「ごめん、ヨウ……あたしと翔子は、演奏できそうにない。でも、ヨウにはステージに立ってほしい」

「そんなっ」

強めに、ヨウの目を見つめる。

「瑠香、謝ってたよ。ヨウちゃん、大事なときに、ごめんって。あとで行くから、頑張ってって。あたしからも、頼む……瑠香のためにも、唄ってよ。実悠が、翔子のギター借りて、一緒に弾くからさ。聴かせてよ、あんたの歌。こんなことに負けないでよ……二人だけでも、RUCASとして、ステージに立ってよ」

犯人も乱闘場面も見ていない、頭から血を流す瑠香も見ていないヨウには、まるでワケが分からなかったに違いない。でも、翔子に泣きながら頼まれ、実悠にも手を握られ、刑事さんたちにまで、なんとなく促されるような恰好になり、ヨウも、最終的には頷いた。

「……奥野さん、メンバーも構成も変わりますけど、それは、いいんですか」

「ああ。それは、ちゃんと俺から説明しておく」

もっというと、すでにイベントは始まってしまっていて、出演順も変更してもらわなきゃならなかった。でもそれも、慎ちゃんがなんとかしてくれた。

結果、あたしと翔子は、なぜか刑事さん二人と並んで、ステージを見ることになった。

司会役の、フリーアナウンサーみたいな人がステージに出てくる。

《……ここで、機材トラブルにより演奏を見合わせておりました、エントリーナンバー二番、RUCASが、演奏できることになりました。早速、登場していただきたいと思います》

機材トラブルって、まるでこっちがヘマしたみたいじゃんか、とは思ったけど、今それを言っても仕方がない。

文化祭と同じ衣装。黒シャツに黒パンツ、白ネクタイでキメた二人がステージに出てくる。ヨウはいつもの青いギター、実悠は翔子の、赤いエピフォン・カジノを下げている。

司会の人が、ヨウと実悠を手で示す。

《RUCASは四人編成のガールズバンドなんですが、本日は急遽、お二人でのご出演ということになりました。では、RUCASのお二人、お願いします》

実悠だけが、用意されていた丸椅子に座る。ヨウは立ったまま、スタンドマイクで唄うようだ。

《……こんばんは、RUCASです。今日、ここに一緒に立てなかった、三人のメンバ

ーのために、唄います……『Sweet Dreams』、聴いてください》
勝手に曲順入れ替えやがって、とは思ったけど、メンバー構成からセッティングから全部違ってるのだから、もはやそんなことはどうでもいい。
いつもと同じイントロ。でも、ドラムもベースも入ってこない。なぞるような実悠のギターだけが、ヨウを支えている。
そして、ヨウが唄い出す。
《聴こえる歌を……聴こえるままに、唄えば……いいの？》
いつも以上に、ヨウは静かに、囁くように唄い紡ぐ。
《似合わない服……太陽を恥じる子供たち……いつも？》
だが徐々に、
《Sweet Dreams……どこかで、ルームメイトが踊り出す》
ヨウが声を張り始める。サビに向け、力を蓄えていく。最悪、自分自身を壊してしまうかもしれないその危険な力を、彼女は溜め込んでいく。しかも一気に、放出するために――。
《千の夜を越えても「NO」は言えず》
ヨウが、カッと目を見開く。
《あなたの前で……いま目の前で、世界は壊れ続けている》
その目には、この客席が、どんなふうに映っているのだろう。

この世界が、どんなふうに壊れて、見えているのだろう。

《繋がれた日々よ……繰り返す未来に、守るべき誰かはいない》

あたしの隣にいた刑事さんが、低い声で訊いてきた。

「あれ、さっき、上で待ってた子……だよね」

「ええ、そうですよ」

「だよね……こんな歌聴いたの、いつ以来だろう。高校の頃に、ジャニス・ジョプリンを初めて聴いたときのこと、思い出すな……なんか、凄(すご)いね、あの子」

その、四十代くらいの男の刑事さんは、言いながら、ぽろりと涙を流した。

あたしと、同じだった。

3

たまに、なんでこんな簡単なことも自分ではやろうとしないんだろう、という客もいる。

この人はベーシストだ。

「もうちょっと弦高(げんこう)、高めにできます？」

「もちろん、できますよ」

「ちょっとだけ、上げてください」

細い六角レンチでイモネジを回して、四本とも弦高を上げたら、彼に返す。

「アンプで試します？」

「はい、お願いします」

小さなベースアンプに繋いで、試し弾きしてもらう。

「……うん、いい感じ。ちなみに、ネックの反りはどうですか」

再び渡されてしまったので、言われた通りネックの反りを見てみる。四弦の第一フレットと最終フレットを押さえて、十二フレット上の隙間を見る。

「んー、まあ、微妙に順反り気味ではありますけど、これくらいは好みの範疇ですかね。あんまりストレート過ぎると、ピッキングが強い人はビビっちゃいますから。特にベースは」

反対に「逆反り」の状態になると、最悪、音が詰まって出なくなることがある。自分で調整できる人ならともかく、こういう「できない人」は少し「順反り」の状態で、力で楽器を鳴らすくらいの方がストレスがなくていい、というのが俺の考え方だ。

しかし、

「うーん……でも、もうちょっと真っ直ぐにしてもらえますか」

ご要望とあらば、そのように調整はする。

可能な限りストレートにして渡すと、

「うん、いい感じ」

彼は納得し、料金を支払って帰っていった。まあ、こっちにしてみれば楽な仕事の部類なので、いいお客さんではある。

それから、十分くらいしてからだったか、

「……ごめんくだ、さーい」

遥の声がしたので、急いでトイレから出た。前にも、トイレから出たら遥がいたことがあったような、なかったような。

「いらっしゃい。先日は、なんか……いろいろ、衝撃的なお話を、ありがとうございました」

今日の遥は、白いブラウスにタイトジーンズ、サンダルというラフな出で立ちだ。髪も軽く上げている。

「そんな、衝撃って」

「いや、けっこうな衝撃でしたよ。でもなんか、ああいうお話を伺うと、段々分かってくるというか、いろいろ、腑に落ちる部分はあります」

遥が、こくんと小首を傾げる。

「腑に、落ちる？」

「たとえば、最初にその、薔薇ギターを眺めてらしたこととか。ストラトって、ちゃんと形で見分けられたこととか」

「ああ……そうでしたね」

その場にしゃがみ、またまじまじと薔薇ギターを見つめる。

「これはねぇ、なんか、いいなと思ったんですよ。見たことあるものと、見たことないものが合体してる感じが、凄くいいです。あと、色も渋いですよね。なんていうんでしょうね、こういう色」

「フェンダーの、キャンディアップル・レッドを意識したんで、ちょっとラメが入ってるんです。まあ、本当のよりは、やや濃いめですけど」

遥が、人差し指を立てながらこっちを見上げる。

「彫刻のところ、触ってもいいですか」

「はい、もちろん」

大人が薔薇、というよりは、子供がタンポポを弄るような仕草だった。指先で、彫り込み部分の感触を恐る恐る確かめる。

「へえ……意外と、ツルツルしてて気持ちいい」

「演奏中に触っちゃって、ザラザラしてたら嫌じゃないですか。だから、そこの仕上げは特に、念入りにやりました」

「なるほど」

そんな遥に、ふと意地悪をしたくなった。

「ちょっと、弾いてみませんか」

すると、人の気配に気づいた野良猫のように、遥はピタリと動きを止め、こちらをキッと睨んだ。

「……嫌です」

「でしょうね」

でも、すぐに表情を和らげる。

「んもぉ……冗談やめてくださいよ。そういうの、ほんと心臓に悪い」

「ギター、そんなに心臓に悪いですか」

遥は立ち上がり、こっちに向き直った。

「それより、乾さん……瑠香に連絡をとることは、もう、全然できないんですか。全く不可能なんですか」

ひどく真剣な顔つきだ。今日、遥がここを訪ねてきた目的はこれなのだと察した。

「いや、俺は……もう何年も会ってないし、お互い住所も変わっちゃって、連絡はとれてないですけど、たとえば親父とかなら、まあ普通に、娘ですからね。住所と電話番号くらいは」

「じゃあ、お父さんに電話してみましょう」

普通は、そうなるだろう。実の父親に連絡をとるくらい、簡単なことだと思うだろう。

しかし、乾源太（げんた）という男は、決して不用意に接触していい相手ではない。

今現在、時刻は午後二時二十五分だ。

「んん……日中に電話すると、物凄く怒るんですよね。仕事の邪魔だって言って」

遥が、軽く目を見開く。

「それじゃ、お仕事の電話、受けられないじゃないですか」

「それは事務の人とか、お袋が受けてました」

「でもお父さん、社長ですよね」

「一応、そうでしたね」

「社長じゃないと分からないことも、ありますよね」

「そういうときは、十分経ったらかけ直せ、二十五分後にかけ直せ、みたいに言いますね。で、相手に伝えた時間には電話の前で待機してて、でも一分待ってもかかってこなかったら、また仕事に戻っちゃいます。そうなったら、あとは夜の九時過ぎにかけてこいとか、そんな感じです。この手の電話対応がストレスになって、事務の人が何人も辞めました」

うん、と遥が大きく頷く。

「それは、確かに大変ですね……相手は、下請けの方とか、そういうことですか」

「いえ、ウチより下請けというのはいないので、基本的には注文をくれた会社、クライアントに対してです。ただそこに、親父なりの理屈はあってですね。ビジネスってのは対等なものだ、対価に見合う品を納めるだけのことだから、相手が大手だろうが官庁だろうが、謙る必要はない、ということなんですね。ちなみに親父は『お客様は神様です』って言葉が大嫌いです。それを口にした人とは、一生関わりを持とうとしません。

友達だったら絶交です」

遥は目を見開いたまま、口を変な形に開けた。どういう感情の表われなのかはよく分からない。笑っているようにも、呆れているようにも見える。

その顔で、何を言うのかと思っていたら、

「お父さん……カッコいい」

なんという無責任発言だろう。

「んー、それはですね、自我を押し通して、全て自分で責任をとれるんならいいですが、実際には、お袋が謝りの電話を入れたり、先方に直接お詫びに行ったりしてたんですね。そんな調子ですから、近所付き合いだってピリピリするし、家庭内なんて、常に軍事教練みたいな状態ですよ。俺が何か一つでも間違いを起こそうものなら、いきなり拳が飛んでくるわけです。お前は何回俺に同じことを言わせるんだァー、って」

遥の表情は、明らかに「笑い」の方にシフトしている。

「でもそんなお父さんに、ほとんど怒られることがなかったのが」

「瑠香です。瑠香だけじゃないですかね、殴られたことがないの」

「それは、一人娘で可愛いから、ということではなく？」

俺は大きくかぶりを振った。

「ではないです。あの親父は、自分が作ったルールを自分で曲げるようなことは、絶対にしません。その証拠に、お袋もかなり殴られています。往復ビンタなんて珍しくもなんともありませんでした。そういう親父ですから、逆に瑠香って凄いなと、俺は思うわけです。親父のルールは守る、忘れない、怒らせない。かといって親父の言い成りかというと、ちゃんと意見もするんです。でも意見するのは、親父に注意されてからの、反論という形では駄目なんです。親父がそれに気づく前に、お父さん、これからはこれ、こうしようと思うけど、いいよね？　みたいに瑠香は訊くんです。すると、意外と大丈夫なんです。お許しが出る……この芸当ができるのは瑠香だけでした。お袋も俺も真似できなかった。なので、お袋は瑠香を上手く使ってましたね。それで洗濯機を買い替えることに成功したり、食事のときにテレビを見てもよくなったり……正直、家庭内平和を守っていたのは、瑠香でした。あの家に関していえば、間違いなく」

俺がこんなに真剣に、乾源太という男の異常性について話しているというのに、どうも遥には、その半分も伝わっていないようだった。

「そうなると、ますますお父さんは、瑠香の居場所を知ってますね」

だからそれ以前に、あの人に連絡を入れること自体が嫌なんですよ、俺は。

携帯電話は持っているかどうかも知らないので、夕方六時になるのを待って、最後に聞いた勤め先に電話を入れてみた。自分の工場を畳み、一職人として出直すと言って入社した、墨田（すみだ）区内の金型工場だ。

「すみません、乾源太の家族の者ですが、乾はまだ、そちらに勤めておりますでしょうか」

　電話に出たのは、わりと若い女性だった。

『はい、乾さん、いらっしゃいますよ……もしかして、息子さんですか？』

「あ、はい、乾、滉一と申します」

『やっぱり。よくお話は伺ってます。ちょっと待っててくださいね、呼んできますから』

　えっ、やめてください、そんな危険なこと、っていうか、よくお話はって、俺について、親父はどういう話をしてるんですか——。

　そんなことを保留中のメロディに向かって言っても仕方ないし、ましてや、この状態で電話を切るなどという自殺行為も、俺にはできなかった。

　やがて、閻魔様が電話口にお出でになられた。

『滉一か』

「あ、うん……久し振り。元気、ですか」

『なんの用だ』

「あの、あのさ……瑠香の、今の住所とかって、分かるかな」

『それを聞いてどうする』

「え、その……会いに、行こうかな、と」

『それを訊かれて俺が答えるとでも思ってるのか』

　頭の中が真っ白になる、あの懐かしくも忌まわしい感覚を、俺は何年振りかで味わっていた。

なんで、実の息子が実の妹の住所を尋ねてるだけなのに、答えてもくれないんだよ——。

完全に言葉を失っていると、親父から続けた。

『いま通話をしているお前という相手が俺の息子だという確証はない。その俺の息子かどうかもよく分からない相手に俺は娘の現住所を教える気はない。お前が本当に乾滉一で、本当に妹の現住所を知りたいのならここまでこい。その顔を見た上で俺が適切に判断する。以上だ』

ツー、ツー、ツー、ってマジかよ。

一応、親父には連絡がついたので、明日会いに行ってみようと思う、と遥には電話で伝えた。明日、火曜は「ルーカス・ギタークラフト」の定休日だから、俺にとっては都合がいい。ただし向こうは日中、普通に働いているだろうから、早くとも夕方六時頃、現地に着く感じで動こうと思っている、とも付け加えた。

『分かりました。じゃあ私は、何時に行けばいいですか』

「いえ、沢口さんは、来なくて大丈夫ですよ」

『いやいや、大丈夫じゃないでしょう。万が一、乾さんがノックアウトされちゃったら誰が介抱するんですか』

「ノックアウトって……そんな」

『されない自信、あるんですか。お父さんに勝てる自信、あるんですか』

「それは……全く、ないですけど」

自分でもあまり納得はしてなかったが、結果的には遥と一緒に、親父に会いにいくことになった。

日暮里駅の、JRの改札を入ったところで待ち合わせて、山手線で秋葉原まで行って、総武線に乗り換えて、平井駅で下車。あとは歩きになる。

遥は、さも嫌そうに「ああー」と声を漏らした。

「どうかしましたか」

「なんか、これくらいの都会感って、ちょうど名古屋っぽいっていうか。東京っぽくないじゃないですか」

そうだろうか。むしろ俺の目には、日暮里とそんなに変わらないように見えるが。

「気のせいでしょ。行きましょう」

「えー、気のせいかな」

五分ほど住宅街を歩いたのち、「平井橋」という橋で川を渡る。そんなに大きな川ではない。看板みたいなものもあったのかもしれないが、よく見ていなかったので、何川かは分からない。

川を渡った先は、わりとマンションの多い住宅街だ。

「ここらも、名古屋っぽいですか」

「いえ、ここまでくると東京っぽいと思います」

やはり、俺にその違いは分かりそうにない。

その住宅街も抜けると、また川に突き当たった。だが今度は渡らず、川沿いを歩いていく。

すると、あった。

「川嶌プレス工業……うん、ここだ。ここですね」

三階建ての、真四角の、緑色に塗られた建物。各階には小さめの窓が一つずつ、それぞれに蛍光灯の明かりがある。昔の、ウチの工場よりはだいぶ洒落た外観だが、それでも、工場だなと感じさせるものはある。

さて、ここまで来てはみたものの、どうしようか。呼び鈴を押して、誰か社員の人に出てきてもらって、乾をお願いします、と呼んでもらって——出てきた親父の機嫌は、どうだろう。まず、いいわけがない。じゃあ会社に電話してアポをとるか。会社の前まで来てるのに？　などと思い悩んでいたら、一階の窓の横にある、アルミサッシのガラスドアがいきなり開いた。

「……ひっ」

親父だった。何度も何度も俺を殴りつけ、嫌というほどその恐怖を深層心理にまで刷り込んだ、刻みつけた、あの、乾源太だ。

なぜ、いきなり出てきた。なぜ、俺がここにいると分かった。

親父は、上半身は汗の染みたランニングシャツ、下半身は油の染みた作業ズボンという、俺にとっては、実に見慣れた恰好をしていた。男として特に大きな方ではないが、胸の厚みとか、腕の太さはやはり凄い。この歳になってもまだ、腕相撲で勝てる気は全くしない。

そして、あの頃と全く変わらない、どんよりと濁った眼で俺を見ている。

「なんで呼びもしないのに俺がいきなり出てきたのか不思議でしょうがないんだろう」

言いながらタバコのパッケージを口の前に持っていき、一本銜える。真っ黒に汚れた指先で使い捨てライターのヤスリを弾き、火を点ける。

最初の煙は、夕暮れの風に乗って、すぐどこかに消えていった。

「……ん……うん」

俺が頷いてみせると、親父は右手を高く上げて、自分が出てきたドアの上、社名の入った看板の辺りを指差した。

「防犯カメラ。あれにお前のアホ面が映っていた」

「……なるほど」

かと思うと、妙に紳士風の手つきで遥を示す。

「そちらのお嬢さんはご紹介いただけるのかな」

この程度の会話で、親父の機嫌の良し悪しを判断するのは難しい。

さて、どう彼女を紹介したものか。

まあ、どう紹介したところで、いきなり遥を怒鳴りつけたり、ましてや殴りつけるなんてことは、さすがにないはずだが、しかし、決して侮っていい相手ではない。どういうリアクションをするかは、全く予想がつかないのだ。

「あ、あの、こちらは……」

だがもう、その段階で遥は一歩前に踏み出していた。

「初めまして……瑠香さんの、同級生で、沢口です。私が、乾さんに、瑠香さんの連絡先を、調べてくださいと、お願いしました。お仕事中、すみません……」

親父はそれを、気持ちよさそうに煙を吐きながら聞いていた。

やがて、短く二度頷く。

「滉一……連絡先というのは住所と電話番号があればいいのか」

半ば遥を無視したような恰好だが、今、そんなことを指摘して波風を立てたくはない。

「うん、住所と電話番号が、分かれば」

親父は作業ズボンに左手を突っ込み、取り出した何かをこっちに差し出してきた。たぶんメモ紙か何かだ。

少し距離があったので、俺は慎重に一歩前に出て、しかし手を出す前に、

「……ありがとう、ございます」

まず頭を下げた。それで駄目出しをされるようなことがなければ、親父の差し出してきた紙片に手を伸ばす。片手ずつだ。ちょうど卒業証書を受け取るのと同じ手順だ――

よし。無事、受け取ることに成功した。

開いてみると、神奈川県内の住所と電話番号が書いてあった。

ふいに頭上で声がした。

「なぜ瑠香に会いたいんですか」

その口調から俺にではなく、遥に訊いているのだと察した。

斜め後ろに目をやると、遥もかなり表情を硬くしていた。

二秒か三秒、間があっただろうか。

「……けっこうです。私は仕事に戻ります」

そう言って親父は、またガラスドアを開け、入っていってしまった。後ろ姿も、あっというまに見えなくなった。

俺と遥の間を、蒸れた夏の風が吹き抜けていく。

それ以外は、とても静かだった。

「……沢口さん」

「はい」

「一応、目的は、達成しました」

「はい」

「瑠香の住所と、電話番号を、入手しました」

「はい、お疲れさまでした」

「もう、ここに用はないので、帰ろうと、思いますが」

「はい、賛成です……」

ちゃんと向き直ってみると、遥は、さっきよりさらに緊張した面持ちで固まっていた。

率直な感想を、聞いてみたい。

「……怖かった、でしょ」

「はい……緊張感、半端なかったです。でも私は、私個人は、思ったより、ちゃんと喋れました。自己評価は、満点に近いです」

「でも、嫌でしょ、もう一度会えって言われたら」

「いえ、私は、そこまでは、思いませんが……なんか、やっぱり瑠香って、偉かったんだなって、思いました」

それは今日、俺も強く再認識した。

4

本番終了後の楽屋は、その後に出番を控えたバンドのメンバーたちでごった返している。客席は客席で、関係者や出演者、一般のお客さんですし詰め状態だ。少し内容のある話がしたいなら、外までいくしかない。

あたしとヨウ、実悠と翔子の四人で会場を出てきた。階段を上ってる途中、ヨウはずっと「ねえ瑠香は？　瑠香はどこ？」と訊いていた。あたしは地上に出るまで、あえて聞こえない振りで通した。

夜の原宿。何十メートルか先に見える竹下通りは、ちょうど縁日のようにキラキラと賑わっている。右から左、左から右に流れていく人の群れ。浴衣姿の人はさすがにいないが、それでも秋祭りに似た賑わいは感じられる。

お祭りの、露店の並んだ参道から外れた場所って、たいてい暗くて、寂しい。

ここって、ちょうどそんな感じ。

「ねえ、瑠香はなんでいないのって訊いてるのッ」

そう怒鳴られて、あたしはヨウに向き直った。

正直に言うべきだってのは、あたしだって分かってる。

「ヨウ……ごめん。さっきは本番前だったから、瑠香は警察と話してるとか言ったけど、ほんとは違うんだ。瑠香は……乱闘になったときに怪我をして、救急車で、病院に運ばれた」

ヨウの口からは「えっ」も出てこない。

「今、病院で治療を受けてる。だから瑠香は、ここにいない」

いきなり胸座を摑まれた。

「怪我って、怪我ってどんな」

「ギターで……殴られた」

やはり「ハァ？」は声にならず、ヨウは首を傾げただけだった。

首が苦しいけど、ちゃんと伝える義務が、あたしにはある。

「なんか……バットとか、ラケットみたいに、ギターのネックを持って、犯人が振り回して……」

「それが、瑠香の、どこに当たったの」

「……頭」

「ハァ？　頭って、そんな……当たり所が悪かったら死んじゃうじゃんッ」

「それは、大丈夫……一応、その後も瑠香、喋ってたし」

「そんときは大丈夫でも、あとで悪くなることだってあるかもしんないじゃん」

「まあ……それは今、あたしには、分かんないけど」

首の絞めつけが一層強くなる。

「それをなに、私に教えないで、本番やらせたわけ」

「だから……ごめん」

「瑠香が病院で治療受けてるときに、私は呑気にステージに立って、馬鹿みたいにギター弾いて唄ってたわけだ」

呑気と、馬鹿はないだろう。

「そういう言い方、しないでよ……瑠香だって、ヨウがステージに立って、唄うこと、望んでたんだから」

ヨウの、眉間の縦皺が深くなる。

「私は、怪我して病院に運ばれた友達を放ったらかしにして、歌なんて唄いたくなかった」

「放ったらかしとか、そういうんじゃ、ないじゃん。あたしはそれが、よかれと思って……」

「ハァ? 思って、何よ。瑠香が入院したことを私には知らせないで、ステージに上げちゃおうって」

実悠が、あたしの胸座を掴んだヨウの手を放しにかかる。

「ちょっとヨウ、もう、それ以上はやめて」

「みんなで相談して、私には教えないで……実悠は知ってたんでしょ? その場にいたんだから、瑠香が救急車で運ばれたこと、知ってたんだよね」

それには実悠も、頷かざるを得ない。

ヨウが、あたしから手を放す。

「みんなグルじゃん。みんなで、私を騙してたんじゃん。なにそれ、なんなのそれ。そこまでして、こんなコンテストに出たかったの。そこまでして私をステージに上げたいの。なにそれ、全然分かんない。分かんないっていうか、大嫌い、私……そういうの、大ッ嫌い」

引き千切るようにネクタイを外し、地面に叩きつけ、踏みつけて、ヨウはあたしたちから離れていった。

夜でも明るい竹下通りに背を向け、暗い、深い穴のような路地に、ヨウは入っていった。

黒いシャツの背中は、闇に溶けて、すぐに見えなくなった。

後日、警察から事件の詳細を聞いた。正確にいったら、あたしが直接聞いたわけじゃないけど、いろんな人の話を繋ぎ合わせると、おそらくこういうことだろう、という程度には理解できた。

犯人は、ライヴハウス「ドゥ・アップ」の元スタッフ、柳川敏和という二十六歳の男だった。

柳川は、例のコンテストの三日前に「ドゥ・アップ」をクビになっている。なぜクビになったのかというと、楽屋に隠しカメラを仕掛けて、女性メンバーがいるバンドの着替えなどを盗撮していたのが店長にバレたから、らしい。店長はこの件を警察には届けていない。柳川をクビにし、コレクションしていた映像を消去させることで、丸く収めるつもりだったらしい。

しかし柳川はこれを逆恨みし、復讐を計画した。店側が困ることならなんでもよかったらしいが、たまたま思いついたのが楽器泥棒だった。そして、出演者や関係者の数が多い、店内が混乱しがちなコンテストの開催日を狙って侵入。まんまとギター三本、べース一本を盗み出した。特に実悠のベースについては「貴重なビンテージ物を見つけてテンションが上がった」と言っているらしい。

ところが、柳川にとっては運が悪かったというべきか。まさにその、楽器の持ち主たちに歩いているところを目撃されてしまった。その後はあたしも知っている通り、乱闘になった。暴行を働いた相手が盗んだ物の持ち主だったからか、柳川の罪は「強盗致傷」になるらしい。強盗っていうと、覆面かぶって刃物とかライフル持ってるイメージだけど、そればかりではないようだ。

怪我のことをいったら、あたしだって翔子だって痛い思いはしたけど、そんなのは一週間くらいのことで、どうということではなかった。事件直後に翔子が泣いてたのも、痛かったから、というよりは、怖かったから、という方が大きかったらしい。

でも瑠香は、そうはいかなかった。

十日経っても、二週間経っても学校に出てこない。どういうことなのか、あたしも担任の先生に訊いてはみたけれど、逆に「あなたたちの方が詳しいこと知ってるんじゃないの？」と訊き返されてしまった。学校も連絡は入れているけど、なかなか親御さんとは直接話せないようだった。

一方、ヨウの塞ぎ込み振りも凄まじかった。

あたしが廊下で声を掛けても無視、なんてのはほんの序の口。同じクラスの実悠が話し掛けても、完全無視の状態が続いているという。

あたしと実悠と翔子は、一日に一回は必ず喋るんだけど。

「相変わらず、クラスの他の子とも喋んないの？」

そうあたしが訊くと、実悠は悲しそうに頷いた。

「全然。誰っとも喋んない。下級生とかも、もう怖がって寄り付かなくなってる」

翔子も頷く。

「私も、見ちゃった……廊下で、森久先輩って、ちっちゃい子が駆け寄ってってたの。で、何か差し出したんだけど、なんにも言わないで、パッと手で払い除けて、そのまま行っちゃって……凄い、怖かった。その子も、なんか泣きそうになってた」

実悠が、深く溜め息をつく。

「……瑠香の具合、どうなんだろ」

そう。それが何より、一番の心配事だ。

「だよな。いくら電話しても出ないんなら、いっそ、直接行ってみっか、瑠香の家まで」

「うん、それしかないかも」

それから何度か、日暮里にある瑠香の自宅マンションを三人で訪ねた。オートロックとかそういうのはないので、直接部屋の前まで行くことはできたけど、呼び鈴を鳴らしても応答はなかった。それでも、郵便物が溜まっているときと、綺麗になくなっているときがあるから、ずっと誰も帰ってきてないわけではなさそうだった。

正確にいうと、毎回必ず三人で訪ねたわけではなかった。実悠がいないときも、翔子がいないときもあった。それは、大学受験を控えた高校三年生なら当然のことであり、あたしもそうするべきだったのかもしれない。

でも、できなかった。

翔子が来られなくても、実悠が来られなくても、二人とも無理な日でも、あたしは瑠香の自宅に通い続けた。郵便物はとってるんだから、少なくとも家族の誰かはこの部屋に出入りしてるんだろうと判断して、メモみたいな、短い手紙を残したことも何度かあった。

するとある夜、ウチに電話がかかってきた。

「クミ、電話だよ、真嶋さんのお母さんから」

そう母親に言われ、あたしはベッドから飛び起き、電話のあるリビングまで駆け下りていった。

電話機横に伏せられていた受話器をすくい取る。

「はい、もしもし」

『もしもし。真嶋瑠香の、母です。あの、家に……』

「はい、メモを残しました、佐藤久美子です」

『久美子さん……初めまして。何度も来ていただいてるの、分かってはいたんですけど、私もいろいろ、仕事とか瑠香の病院とかで、バタバタしてて、連絡が遅くなって、ごめんなさいね』

やっぱり、そうだったのか。

「こちらこそ、すみません。お忙しいのに」

『うん、でも、心配してくださってるのも、分かってたので。ごめんなさいね、本当に。いろいろご迷惑かけて』

普段、瑠香のお母さんがどんな喋り方をする人なのかは知らない。けどなんとなく、疲れているんだろうというのは感じた。

「あの……瑠香の様子、少しだけ、教えてもらってもいいですか」

やや間はあったものの、瑠香のお母さんは『ええ』と応じてくれた。

『精密検査の結果……頭蓋骨にヒビが入ってることは分かったんだけど、脳には異常がないってことで。それはよかったんだけど、一日したら、左の耳が聞こえないって言うんで、改めて調べてみたら、鼓膜が破れてて。ちょっと重傷だから、手術が必要なんだけど、そしたらいつのまにか、右耳も聞こえなくなってて……だから今、瑠香は全然、音が聞こえないの。右耳の方は、心因性じゃないかって、お医者さんは言うんだけど……』

頭から耳まで包帯を巻いて、白い壁の方を向いて、それでも微笑んでいる瑠香を想像した。

可哀相過ぎて、声が、震えた。

「あの……お見舞いとか、行くの、駄目ですか」

『んん、嬉しいんだけど、今は、瑠香の精神状態も、あんまり安定してないから。もう少しして落ち着いたら、会いに来てあげてくれるかな。その方が、瑠香も喜ぶと思うし』
あたしには、「はい」としか答えようがなかった。
でもそれ以降、瑠香のお母さんからの連絡はなかった。

夏が終われば、秋がくる。

秋が終われば、冬になる。

受ける大学の偏差値に大差はあれど、実悠も翔子も、もう完全なる受験勉強モードに入っていた。あたしは相変わらずブラブラしてたけど、でも廊下で顔を合わせれば、ちょっとくらいは立ち話もした。

B組の実悠とは、こんな感じ。

「ヨウ、相変わらずなの」

「うん。最近、周りからは『地蔵』って呼ばれてる」

D組の翔子とは、こんな感じ。

「クミ、ほんとに大学受験しないの？」

「しないんじゃないの。できないの」

「なんで？　バカだから？」

「泣かすぞ、コラ」

二学期の間はそれでも、三人で「またRUCASやろうね」みたいに言ってはいた。

ヨウは、もう口も利いてくれなくなっちゃったから無理かもしれないけど、二人の受験が終わって、瑠香も学校に出てくるようになったら、初期みたいに、また四人でスタジオに入ったりできるんじゃないか、って思ってた。

でも、それも無理そうだった。

三学期になっても、瑠香は学校に来なかった。

瑠香がいないのに、RUCASはできないよね。

誰も口には出さなかったけど、そういうことだった。

なんか、あっというまだったな、って思う。

ヨウをボーカルに迎えて、四人と瑠香っていう編成になって、みんなで同じ方を向いて活動できたのって、ほとんど、ひと夏の間だけだった気がする。

幻みたいな夏だった。夢を見てるみたいだった。

ギラッギラに輝いて、でもガラス細工みたく簡単に壊れて、そうしたら、ほんの一瞬で粉々になってしまった。

あのとき、あたしが嘘なんかつかなければ、よかったのかな。瑠香を抱き込んで、三人を騙してコンテストに出ようとしたり、瑠香の怪我について黙ったまま、ヨウをステージに上げたりしなければ、今もあたしたちは笑い合って、五人でスタジオに入れていたのかな。

ヨウ。あんたはもう、あたしの弁解になんて耳を貸してはくれないだろうけど、あたしだって、RUCASの全員でデビューしたかったよ。それが一番いいに決まってる。でも、それが叶(かな)わなかった場合、ヨウとあたしなら、あんたと二人なら、けっこういいところまで行けるんじゃないかって、思ってた。それは正直、思った。

でも最悪、それも叶わなかった場合――。

あたしは、あんた一人でもステージに立ってほしかった。あんたがステージに立ってるのを見たかった。これは打算でも弁解でもなくて、本当に、そう思ってたんだよ。

あたしは駄目でも、あんたなら上に行ける、天辺(てっぺん)まで行ける。本気でそう思ってたし、信じてたし、願ってた。実際、あのコンテスト関係者の評価だってメチャメチャ高かったらしいよ。ただそういう声も全部、あんたはシャットアウトして、聞こうとしなかったってだけで。

あたしは、表現者としての森久ヨウを、心から愛していた。それは分かってほしかったし、今でも、伝えたいと思ってる。

そんな機会はもう、あたしたちには、ないのかもしれないけどね。

もうすぐ卒業でしょ。大学、みんなバラバラだし。

あたしも肚括(はらくく)って、一人で歩き出さなきゃって、思ってる――。

＊　＊　＊

あれからもう、十四年か。

近頃のあたしは、やけにあの夏のことを思い出しては、一人感慨に耽っている。まあ、そういう季節だから、というだけのことなのかもしれないけど。

お客さんだ。常連バンドの、二十代の男性メンバーだ。

「あ、クミさん。おざーす」

「おはようございます。篠田さんは……Bスタですね。もう空いてますから、入っちゃっていいですよ」

「はーい、どーもでーす」

スタジオ・グリーンは今も、あの頃と同じように営業している。

ひと頃は流行りの音楽の影響で日本のアマチュアバンド数が激減し、ウチも経営が難しくなった時期があったが、ここ数年はまた持ち直してきてて、売り上げは安定してきている。安定っていうか、ボスと母親が食っていけて、たまには孫に小遣いをやれるくらいの収入は確保できている、らしい。

孫ってのは、あたしの兄貴の子供のこと。七歳と五歳の、平気で鼻水を袖で拭いちゃうようなガキンチョだ。でも上の子の、音楽的センスはなかなかだ。ギターは弾けるし、ドラムも8ビートくらいなら余裕で叩ける。下の子は、まだ分からない。戦隊モノの主題歌を唄うのは好きみたいだけど。

あ、ちょっと、もう四時過ぎてるじゃん。あたし、そろそろ出かけたいんだけど。

内線でボスを呼び出す。

『……んあい』

「おい、いつまで昼寝してんだよ。早く下りてこいよ」

『……あと……十分』

「フザケんなよ。もうあたし出かけんだよ。店番いなくなるぞ」

『……店番って……言うな』

「言われたくなかったらサッサと下りてこい」

まったく、タダだと思って便利に使いやがって。こっちはそこまで暇じゃねえんだ——

などと思っていたら、携帯に電話がかかってきた。

おや、これはまた懐かしい、珍しい人からだ。

「はい、もしもーし。久し振りぃ」

『うん、久し振り……っていうかクミ、聞いてよ聞いてよ』

いや、あたし今、あんま時間ないから手短に——。

え、うっそ。

5

滉一が滉一のお父さんから受け取ったメモには、神奈川県横浜市旭区の住所と、「〇四五」で始まる電話番号が書かれていた。早速携帯電話の地図で調べてみると、日暮里から一時間ちょっとで行ける場所のようだった。

最寄駅は【南万騎が原】となっている。

「なんて読むんですかね、これ」

携帯の画面を見せると、滉一は思いきり眉をひそめた。

「……ナン、マン、キがハラ？　ミナミ、マンキがハラ？　バンキがハラかな」

正解を調べるのは後回しにしよう。

「乾さん。いつ行きますか」

滉一の眉が、ひゅんと元の位置に戻る。

「まあ……なるべく早く連絡をとって、向こうも不都合でなければ、来週の火曜日というのが、俺としてはベストなんですが」

実際、そういう約束になったと、翌日、滉一から電話をもらった。

「ほんとですか……ありがとうございます」

来週火曜には、瑠香に会える——。

もちろん嬉しかったが、でも同時に、私は同じくらいの不安も感じていた。いや、むしろ不安の方が大きかったかもしれない。

「……ちなみに、瑠香は、どんな感じでした？」

『どんなって、別に、普通でしたよ。ああお兄ちゃん、久し振り、みたいな』

何年も会ってないのに「久し振り」で「普通」なのか。実の兄妹って、そういうものなのか。一人っ子の私にはまるで理解できない。

私は、あくまでも友達。いわば他人なのだ。

「私のことは、話しました？」

『ああ、それは驚いてました。なんでぇ、みたいな』

なんでぇ、って、それだけ？

今一つ、では足りない、今四つも五つも感動のないリアクションだったように聞こえた。でもこれは、あくまでも滉一による再現なので、決して瑠香自身が無感動だったわけではない、と現時点では解釈しておきたい。

でも、本当にしれっと「久し振り」ってだけの再会になってしまったら、どうしよう。

待ちに待った火曜日。滉一との待ち合わせは十時半、場所は前回と同様、日暮里駅にした。

私が着いたのは約束の五分前だったが、それでも滉一はもう来ていて、改札を入ってすぐのところにある柱に寄り掛かって、携帯を弄っていた。

ストライプのサマーニットにチノパンという、夏らしいコーディネイト。靴は白とネイビー、ツートーンのウイングチップ。

「おはようございます。あの、なんか……お父さまに会いにいくときと、感じ、違いますね」

照れたように笑いながら、滉一は携帯をポケットにしまった。

「おはようございます……そりゃそうですよ。親父と会うときは、丈夫で動きやすくて、汚れてもいい服じゃないといけませんから」

その場合のベストコーデは迷彩服か。

「いや、そういう意味じゃなくて。なんか、お洒落だなと思って」

「……似合い、ませんか」

「そんなことはないです。とてもお似合いです」

こういうとこだよな、と自分でも思う。もっと「似合ってます」という感じを前面に出して「お似合いです」と言えたら、きっと人との付き合い方も変わってくるだろうに。

でも滉一は、とても優しい人だから。そんな私の、さして感情のこもっていない褒め言葉も、ちゃんと笑顔で受け止めてくれる。

「ありがとうございます。じゃ、行きましょうか」

「はい」

　山手線で品川まで行って、京急本線に乗り換えて横浜、今度は相鉄本線に乗り換えて、あの「南万騎が原」まで行く。

　そう、それは私が言おうと思ってたのに、

「例の駅名、ミナミマキがハラって読むんですね」

　滉一に、先に言われてしまった。

「私も調べました。なんで瑠香、そんなところに住んでるんですかね。そんなところっての も、失礼な言い方ですけど」

　それに対する回答は、特になかった。私もそれ以上訊くことはせず、なんとなく、徐々に平たくなっていく窓の外の風景を眺めたり、嘘臭いほど空が青いな、とか思ったり、乗り換えたら改めてひと通り、見える範囲の中吊り広告に目を通したりして過ごした。

「……乾さん、週刊誌って、読みますか」

「いえ、滅多に読まないです」

「私もです」

　一回分の会話は、大体これくらい。

　滉一も、そんなにずっと喋っているタイプではないので、ちょうどよかった。

「そういえば、お昼ご飯、瑠香がなんか作ってくれるみたいです」

「ああ、瑠香が……そうですか。私、瑠香に何か作ってもらったことって、あったかな」

滉一が、ニヤリと片頬を持ち上げる。

「あいつ、たぶん料理上手いですよ」

軽めに揶揄された気もしたが、相手が瑠香では致し方ない。

「ええ。瑠香が料理、下手なわけないですよ。私と違って」

まただ。こういうとこなんだよな。普段は碌に喋らないくせに、ちょっと喋ると、ひと言多い。最後、そんなの付け加えなくたっていいのに、付け加えてしまう。そういうところが、私にはある。

「沢口さん、料理嫌いなんですか」

滉一は滉一で、ときどきこういう訊き方をする。けっこう容赦がない。確か、わりと最初の頃に、ギター嫌いになっちゃいましたか、みたいに訊かれたことがあった。

「料理は……まあ、少なくとも、得意ではないですね」

「でも、嫌いではない？」

「んー、かといって、好きでもないですけど」

「カレーとハンバーグは、作れますか」

「それくらいは、まあ、かろうじて」

「だったら大丈夫です。カレーとハンバーグが作れれば、あとはその応用だって言いますから」

ぜったい嘘だ。そんな説、私、聞いたことない。

南万騎が原駅に着いたのが、正午ちょっと前。

「ここは、名古屋っぽくは……」

「ないです。これは、普通に田舎です」

典型的な田舎の住宅地だった。私がこれまで、一度も住んだことのないタイプの町だ。ほとんどが二階家で、たいていは庭付きで、何かしら木が植わっている。広い空と、乾いた空気と、草の匂いに同時に包まれる感覚がある。

なんとなく、瑠香が選びそうな町だと思った。私が知っている瑠香なんてほんの数ヶ月分しかないのに、でも、そう思う。

やや舗装の傷んだ坂道を上っていくと、

「もうすぐだと、思うんですけどね」

滉一は、お父さんにもらったメモではなく、自分でプリントアウトしてきた地図で確かめて、

「……あ、ここだ」

わりと小さめの、でも真っ白で綺麗な家の前で足を止めた。

石造りの門柱に組み込まれた郵便受、その上には【FUJIYOSHI】と彫り込まれたステンレスプレートが掛かっている。

当たり前といえば当たり前だが、そうか。そういうことか。

滉一が、瑠香についてあまり説明しようとしなかった理由が、ようやく分かった気がした。瑠香の側にもいろいろ変化があるから、それについては本人から直接聞いた方がいい、ということなのだろう。それこそ、驚くような内容もあるだろうし、複雑な事情もあるのかもしれない。

滉一が、ステンレス表札の隣にあるドアホンのボタンを押す。

返事はすぐにあった。

《はぁーい》

そのひと言で、もう分かった。間違いなく瑠香の声だった。

滉一がドアホンに顔を近づける。

「あの、俺、滉一だけど」

それに対する応答は、なし。

その代わり、いきなり玄関ドアが開いた。

「……はーい、いらっしゃーい」

紺色のポロシャツを着て、白いパンツを穿いて、髪色は少し明るくなって、高校時代よりもロングにしてアップにして、お化粧もしてるからだいぶ大人っぽくなっては見えるけど、でもそれはまさに、私の知っている瑠香だった。

あの頃のままの、私が大好きだった、瑠香に違いなかった。

ステップを三段下りて、シャンパンゴールドの門扉を慣れた手つきで開けてくれる。

「……わあ、ヨウちゃんだぁ」

両手がいっぺんに、私の両頰に伸びてくる。

「ほんとに……ほんとにヨウちゃんだ」

それはかつて、何度も見たことのある表情だった。

込み上げる感情を抑え込むようなことは一切せず、ただ涙と共に溢れさせる、まさに泣き始める三秒前の、くしゃっとした、瑠香特有の表情。そんな顔、好きとか可愛いとか言われたくはないかもしれないけど、でも大好きだった、瑠香の泣き顔だ。

「瑠香……」

「ヨウちゃん」

私から、瑠香を抱き締めた。あの頃より、さらに身長差がついた気はするが、でも、私の方が高くてよかった。背で抜かされてたら、この再会の雰囲気はかなり違ったものになっていたと思う。

「ヨウちゃん……会いたかった」

「私もだよ、瑠香」

「ほんと、ずっとずっと、会いたかったの」

「私もだってば」

瑠香も私を抱き締め、何度も顔を確かめ、両手を握り、激しく上下に振り、もう一回抱き合って、ようやく、長い長い再会の「瞬間」は終わった。

「……中、入って。散らかってるけど」

そのときになって、私は初めて気がついた。

ドア口には、瑠香のお母さんが立っていた。

私は「あっ」と言ったきり、すぐには言葉が出てこなかった。

瑠香のお母さんは、だいぶ老けはしたけれど、でも優しそうな雰囲気はあの頃のままだった。あと、あの頃より、また少し丸くなられたように見えた。

お母さんが、少し膝を折って会釈のようにする。両手が塞がっているからだ。

「ヨウちゃん、いらっしゃい」

「あ、あの……ご無沙汰(ぶさた)、しております。お久し振りです……お邪魔、いたします」

そうは言ったものの、なかなか自分からは踏み出すことができなかった。なぜって、瑠香のお母さんが、胸に、小さな子供を抱いているからだ。

瑠香が、ドア口にいるお母さんを見上げる。

「私の子。来月で一歳なんだ」

そう、か。そういうことだって、あり得るわけだ。

「ほんと……瑠香、ママなんだ」

「うん、まだ新米だけどね。さ、入って入って」

玄関先で、すでにこの衝撃。

今日一日、私は、一体どれくらい驚かなければならないのだろう。

瑠香の家は、外観も綺麗だったけど、中はもっと綺麗で可愛らしかった。内装はほぼ白で統一されていて、リビングダイニングは吹き抜けになっていて、二階の窓に映る青空が下から直接見えて、とても開放的な空間になっている。

今のところ赤ちゃんは大人しく、ベビーベッドでおやすみになっている。ちょっと、その顔を覗(のぞ)いてみる。

「女の子？」

「うん、ゆうか。友達のトモにカオルで、友香……起きないうちに、早く食べちゃおう」

「うん。瑠香の手料理、楽しみにしてた」

しかしそれは、なんとも奇妙なランチタイムだった。

滉一が、瑠香に注いでもらったシャンパンを飲んでいる。もうそれだけで、かなりファンタジックな眺めだった。

またお母さんは、何かというと「こら」と滉一を叩く真似をする。滉一も、わざと行儀を悪くしたり、乱暴な物言いをしているように見えた。そもそも、こんなにフザケた滉一を見るの自体が初めてだし、この三人の組み合わせも、懐かしいような新鮮なような、自然なような違和感が否めないような、私には奇妙としか言いようのないものだった。

「お前がお店出したのはお父さんから聞いたけど、なんで直接あたしに連絡してこないの。あたしは母親なんだよ」

「ごめん。でも、親父に電話して連絡先聞くって、精神的負担が半端ないじゃん」

「それは分かるけど、でもお父さんじゃなくたって、香奈枝のお店にだって、連絡できたでしょう」

うっ、と滉一がシャンパンを噴き出しそうになる。

「え……叔母さん、まだあの店やってんの？」

「やってるよ。っていうか逆に手ぇ広げて、支店出してるよ。去年、横浜のど真ん中に。あたしもそこで、週三日使ってもらってるけど……あんたも、悔しかったら支店の一つや二つ出してごらん」

「別に、悔しかねえよ」

瑠香が作ってくれたのは、魚介とトマトの冷製スープ、海老と海藻のサラダ、生ハムとルッコラのブルスケッタ。

彩りもいいけど、何より味がいい。洒落てる。

「このスープ、すっごい美味しい」

「よかったぁ。それが一番時間かかったから」

ちょいちょい、近況も報告し合った。

「瑠香の旦那さんって、どんな人？」

「見た目から何から、『ザ・公務員』みたいな人。横浜市役所で働いてる。最近、文化観光局ってところに異動になって、なんか面白そうだなって、ウチにもなんかいいことあるかなって思ったんだけど、前の、建築局のときとなーんにも変わんないの。期待外れもいいとこ……ヨウちゃんは？　結婚は？」

「私は、一回して、今は独身」

「そうなんだ。でもなんか、ヨウちゃんっぽいかも」

　そしてメインは、ウニのクリームパスタ。こんなの、カレーとハンバーグの応用で作れるわけがない。

「んんっ……おいひぃ」

「よかった。好き嫌いとか聞かないで作っちゃったけど、でもお兄ちゃんが、たぶん大丈夫だって言うから」

　滉一との出会いについても訊かれたので、離婚して仕事も辞めて、谷中に戻ってきた辺りから話し始めた。

「へえ、じゃあ今は、またあそこに住んでるんだ」

「そう。母親が亡くなって相続したから、今は私があのビルのオーナー」

「ええー、羨(うらや)ましいィ」

　途中で友香ちゃんが目を覚ましたので、お母さんがオムツを換えて、瑠香がご飯を食べさせて。

詳しく聞いてみると、どうやらお母さんはここに住んでいるわけではなく、電車だと三十分、車だと十五分くらいのところで、一人暮らしをしているのだという。

「だから、呼ぶとすぐ車で来てくれるの。いいオバアちゃんよね？」

お母さんが手で、大袈裟(おおげさ)に扇(あお)ぐような仕草をする。

「便利に使われてんのよ。しかも車だから、ビールの一杯も飲ませてもらえないの」

でもお母さんも、顔は満更でもなさそうだった。

この二人を見ていると、こういう関係性の親子っていいな、と改めて思う。私は二人のことが、昔から羨ましかった。財産があるとかないとか、そういうことよりも、直接「繫がっている」という、この感覚。私も、自分の母親に試してみたことはあったけど、全然駄目だった。同じ場所で暮らしていても、見ているものも感じているものも、まるで違うんだと思い知らされるだけだった。ただ寂しくなって、終わるだけだった。

食事を終えると、お母さんと滉一が友香ちゃんと遊び始めた。タコのぬいぐるみと、柔らかいピンクのボールがお気に入りだという。ああ見えて、滉一は子供と遊ぶのが上手だった。友香ちゃんを、よくケタケタと笑わせている。ひょっとすると、瑠香が赤ちゃんだった頃も、ああやって遊んであげていたのかもしれない。

友香ちゃんは、どこにも摑まらないで歩くことにチャレンジし始めた段階らしい。見ていると確かに、何歩かヨタヨタと歩いたら、必ずその先でコテンと転ぶ。私なんかは、そのたびに泣くかと思ってヒヤリとするけれど、でもたいてい、友香ちゃんはニッコリと笑って立ち上がる。そんな子供の様子を見て、一緒に笑顔になっている自分に、私自身、少し驚いたりもした。

二人が友香ちゃんと遊んでくれているお陰で、私は瑠香と、少しゆっくり話ができそうだった。

瑠香が淹れてくれたコーヒーを、ひと口いただく。あの、昔よく出してくれた焼菓子が急に食べたくなったけど、今日のところは、私が日暮里で買ってきたチョコレートで我慢することにする。

しかし、いざこうなってみると、何を話していいのか分からなくなる。それは瑠香も同じだったのかもしれないけど、でも瑠香の方がやっぱり、判断が早くて、何かが正しい。

「あのさ……学校、黙って行かなくなって、ごめんね」

なんかもう、それを聞けただけで、いいような気がした。

「そんな、瑠香が謝ることじゃないよ」

「なんで学校行かなくなったか、誰かから聞いてる？」

「うん。教室で、実悠が……私は、ただ黙ってただけだけど、実悠が隣にきて、話してくれた。瑠香、耳が聞こえなくて、手術するみたいって」

「そっか」

もう、あの頃のことを思い出すと、死にたいというほどではないけれど、自分の存在を抹殺したくはなる。

「私……自分でも、自分が嫌でしょうがなかった。あの頃の私は、ほんと、どうしようもなかったと思う。最低だった。なんで瑠香は学校来ないの、なんで瑠香は私に直接、それを教えてくれないの、なんで実悠から聞かされなきゃいけないの、って……ほんと、子供じみた発想っていうか、嫉妬(しっと)っていうか。気持ち悪いよね、いま考えると」

瑠香は「そんなことない」と首を横に振った。

「私から、ヨウちゃんに直接言うべきだった。それは私も分かってたし、そうしたかった。でも、どうしてもできなかったの……ヨウちゃんの声が聞こえないって、それ、当時の私にとっては……世界が、真っ黒に塗り潰されるくらいの、絶望だったから」

私の声が聞こえないという、絶望——。

やっぱり、直接聞いてみないと分からない気持ちって、ある。

私が頷くと、瑠香は続けた。

「あの頃の私には、ＲＵＣＡＳが全てだった。ヨウちゃんが全てだった。ヨウちゃんの歌を聴いて、心も体も震えるあの感覚が、私にとっては、何よりの『生きてる証(あかし)』だった。でもそれが、半分しか聞こえない、って思っちゃったのが、よくなかったんだろうね。怪我した左耳だけじゃなくて、右も聞こえなくなっちゃって……しかも、これを人に言うの、私、今日が、二回目なんだけど……」

今にも泣き出しそうな瑠香の背中に、私は、思わず手をやった。

「うん」

「私、ギターで、殴られたのね……あんなに重たくて、痛いなんて、思ったこともなくて……そんなふうに思っちゃ駄目だって、分かってるんだけど、でもギター、見るのも怖くなっちゃって……ギター弾いてるヨウちゃん、あんなに大好きだったのに、それを、怖いなんて思っちゃ駄目だって、頭では分かってるのに、どうしても……」

それも、言われてみれば、そうなんだと分かる。けど言われなければ、馬鹿な私には分かりようのない心境だった。

瑠香が、小さく頷く。

「そんな私を、救ってくれたのは……クミだった」

自分ではない誰かなのは、分かっていた。でもそれがクミだというのは、当然のようでもあり、意外でもあった。

「クミ、が……？」

「うん。事件のあと、ずっと何度も、ウチまで来てくれて。私の耳が、まあ普通に生活できるくらいまでになったのが、年明けて、二月になったくらいだったかな。もう高校はいったん中退して、大検受けて、一浪で大学入れたら上出来か、くらいに私は思ってて。その頃に、ようやくだよ。人に会ってみてもいいかな、って思えるようになったのは。そこに、ちょうどクミが来てくれたから、会って、少し喋って……」

私は、あんなに瑠香のことが好きだったのに、クミがしたような、そういう努力は一切しなかった。そんな自分が、今は恥ずかしくて仕方がない。「人間力」の低さが、そこには顕著に表われている気がしてならない。

瑠香が続ける。

「……まだ怖いって、正直に言ったの、クミに。ギターを見るの、怖いって。そしたらクミ、ニコッて笑ってさ。だったら、これからはあたしの応援しなよって、言うの。何かと思ったら、クミ、日本の大学には行かないで、アメリカの音楽大学に入って、向こうでデビューするって言うの。私も久し振りに、ちょっと笑っちゃって。ギターは怖いかもしんないけど、ドラムなら大丈夫でしょ、だったらあたしの応援しなよ、って。今度はあたしが、瑠香のために頑張るからって……知ってた？ クミって、ほんとにアメリカでデビューしたんだよ」

私は目一杯、大きく首を横に振った。

「知らなかった。全っ然、そんなの……全く」

「ま、無理もないけどね。いわゆる、サポートミュージシャンってやつ？ アルバムのクレジットまで見てれば分かるかもしれないけど、テレビに出るわけじゃないし、クミ名義のアルバムがあるわけでもないし。しかも、向こうでの名前は『ミッコ』だから。なんか最初、英語ふうに自己紹介しようとして、クミコの『ミ』に力入れて、『クミッコ』みたいに言ったら、それがウケちゃって。そしたら、いつのまにか『ク』は略されて、『ミッコ』って呼ばれるようになっちゃったんだって」

私の「ヨウ」とはえらい違いだ。エピソードとして、なんか恰好いい。本物っぽい。

「向こう行ってからも、ちょいちょい連絡くれて。クミを応援してたってのも、実際にあると思うんだけど、ちょっとしたら、ギター恐怖症も克服できて。今はもう全然、また大好きになったよ」

その後、瑠香は看護専門学校に入学し、看護師の免許を取得。現在は育休中だが、今年中には職場復帰する予定だという。

「へえ……なんか、やっぱ凄いね、瑠香って」

事件とかがあっても、人生そのものが「ちゃんと」してる感じがする。

私は、駄目だ――。

思わず溜め息をつくと、瑠香はテーブルの端っこで、そっと私の手を握ってくれた。

「でも、よかった。またヨウちゃんに会えた」

「うん……」

「一番、会いたい人だったから」

それには、素直に頷けない。

「そんな……私なんて、ほんとダメダメだよ。ずっとウジウジしてて。結婚も仕事も長続きしないし」

「それは、ヨウちゃんのせいとは限らないじゃない」

「誰かと喋ると、すぐ自己嫌悪に陥るし」

「それも、ある程度はみんなあるんじゃない？」

「私は、いっつもだよ。毎回だよ」

「それは、ヨウちゃんが潔癖だからだよ」

「いまだに、大人嫌いだし」

それには、瑠香は首を傾げた。

「大人……嫌いなの？」

「嫌いだよ、昔からずっと」

「高校の頃も？」

「そうだよ。だってずっとだもん。瑠香にも話したじゃん」

「お父さん、お母さんと上手くいってない、とは聞いたけど」

「もちろん、それが根っこだとは思うけど」

今度は反対側に、瑠香が首を傾ける。

「……大人が嫌いなんて、ある？」

やっぱり、瑠香って凄いと思う。

相手の、つまり私の意見を真っ向から否定した質問なのに、全く嫌な感じがしない。

「そりゃ、あるよ。だって私……」

「じゃあさ、私は？　私、もう大人だよ。私のことも嫌い？」

「瑠香のことは、もちろん、嫌いじゃないけど」

「じゃあお兄ちゃんは？　嫌いな人と、わざわざその妹の家になんて、遊びにくる？」

「乾さん、も……もちろん、嫌いじゃない」

「ほらぁ」

瑠香は、得意気な笑みを浮かべて胸を反らせた。

「つまり、好きな大人もいるけど、嫌いな大人もいる、ってことじゃん」

「まあ……厳密に言ったら、そうだけど」

「じゃあ子供は？　子供の頃、高校の頃とか、みんなのこと好きだった？　クラス全員、学年全員、好きだった？　クミに聞いたんだけど、ヨウちゃん、あのコンテストの日に、クミとかみんなに『大嫌い』って言って、それ以来話さなくなっちゃったんでしょ？　そのときは少なくとも、クミとか翔子とか実悠のことが嫌いだったんだよね？」

「……まあ、そのときは」

「ってことは、好きな子供も嫌いな子供もいるってことじゃん。だったら、大人は嫌いで子供は好き、ってこととは、違うよね」

理屈では、確かにそうなるけど。

私の手を握る瑠香の手に、一層力がこもる。

「それはさ……私が思うに、ヨウちゃん、純粋過ぎるんだよ。潔癖過ぎるっていうか。割り切れない、赦(ゆる)せないことがあると、もう絶対に駄目、嫌だってなっちゃうんだと思うんだけど、それがヨウちゃんのパワーになってた部分も、絶対にあると思うけど、でもそれを、ヨウちゃん自身が苦しく思っちゃうんだとしたら、私はそれ、なんか悲しいよ」

なんで、瑠香が悲しいの――。

でも私自身、本当に苦しくなっちゃって、思うように、瑠香に問うこともできない。

そんな私の目を、瑠香が覗き込む。

「私はさ、だから……あんまり大人とか、子供とか、分けては考えないのね。小児科にいたこともあるから、よく思ったんだけど、頭のいい子って、ほんとびっくりするくらい、頭いいんだよね。分別があるっていうか、中身が大人っていうか。逆に……あんまり偉そうに言いたくはないけど、いくつになっても、大人げない人って、いるじゃない。それってどういうことかなって、考えたことがあって……ヨウちゃんが感じてる部分と、少しズレるかもしれないけど、たぶんそれって、他人のために行動できるかどうかの、違いだと思うんだよね」

他人のために、行動――。

瑠香が、お母さんに抱っこされている友香ちゃんに目を向ける。

「子供ってさ……小さいうちは、泣き虫だし、我がままだし、自分のことすら自分じゃできない、可愛いってこと以外に、あんまりいいとこないじゃない。でもそれは小さいから、子供だから許されてるわけであって、いい大人が泣き虫で、我がままで役立たずだったら、最悪じゃん」

「……確かに」

「無理やり言ったら、それが大人と子供の違いかなって、私は思う。泣きたいの我慢して、我がまま言わないで、自分のことは自分でやった上で、誰かのために一所懸命になれるのが、大人なのかなって。そういった意味では、私は大人でありたいと思うし、いい大人になりたい。それは……誰かのために一所懸命になれるって、それ自体を自分の喜びに変えられるって、一番、強いことだと思うから」

本当だ。ほんと、言われてみたら、瑠香っていっつも、誰かのために一所懸命だった。

高校の頃にはもう、瑠香は大人だった――。

今も、自分は後回しにして、私の涙を拭こうとしてくれる。

「ありがと……」

「もう、泣かないで、ヨウちゃん」

そんなふうに言われたら、私、どんどん駄目になる。

でも、ちゃんと言わなきゃ。

「私……親も嫌いだったけど、自分のことも嫌いで……瑠香と友達だった頃だけは、ちょっと自分を、好きになりかけたけど、でも瑠香と離れ離れになって、また自分のこと嫌いになって」

「うん」

「瑠香のことは好きなのに、瑠香との思い出は、なんか、思い出すと悲しくなるから、なるべく思い出さないようにして……」

「うん」

「瑠香みたいに、ちゃんとできること、なんにもないから……」

今度は瑠香が、私の肩を抱いてくれた。

「そんなことないよ。ヨウちゃん、凄かったよ」

目を閉じると、瑠香の中にいるみたいで、とても心地好い。

「私、なんにもできない……」

「そんなことない。ヨウちゃん、私のために、一所懸命唄ってくれたじゃん。頑張って唄ってくれてたじゃん。それは消えてなくなることじゃないよ。あのコンテストだって、ほんとはデビューできるレベルだって、言われたんでしょ。クミは、それもヨウちゃんに伝えたけど、返事はなかったたって……私なんてさ、ただの器用貧乏だよ。なんとなく、普通のことがそれっぽくできるだけ。ほんと普通。でも、ヨウちゃんは違う。絶対的に凄いもの持ってるから。それは私が保証する」

瑠香にそう言ってもらえるのは、素直に嬉しいけど、でもそれは、さすがに買い被りだと思う。

「私……もう、十年くらい、付き合いのある友達に、昔のお前は、嫌な奴だったたって、最近になって、言われて……それが、別にショックってわけじゃなくて、むしろ、そうだよなって、自分でも思って。そもそも、自分で、自分が好きじゃないから……自分のこと好きになれないのに、誰かが、私のこと好きになんて、なるわけないと思うし……」

　瑠香は「そうかな」と呟き、私の手を放した。

「お兄ちゃん、ちょっと、ちょっとこっちきて」

　手招きをしたのだろう、滉一が立ち上がる気配、続いてこっちに近づいてくる気配も感じた。

　目を開けると、案の定、瑠香の向こうに滉一が立っている。

「なに」

「お兄ちゃん」

「うん」

「ヨウちゃんのこと好きでしょ？」

　ちょっと瑠香、なに、いきなり。

　滉一だって困ってる。

「なんだよ、お前、いきなり」

「いいから答えて。ヨウちゃんのこと好き？　嫌い？」

「そんな、小学生じゃないんだからさ」

「子供とか大人とか関係ないの。いいから答えて。ヨウちゃんのこと好き？　ねえ、好き？」

　瑠香、そんな訊き方したら、好きじゃなくたって、好きって言わなきゃいけないみたいになっちゃうでしょ。やめてよもう。恥ずかしいよ、悪いよ、お兄さんに――。

でも、滉一が一つ咳払いをすると、空気が変わったのは、感じた。

「ん……あの、そういう、アレだったら、その……はい、好きです。沢口さんのこと、俺は、好きです」

「結婚したい？」

瑠香、もうほんと、もう、ほんっとにやめて。

終章　赤い靴

瑠香から電話がかかってきた。

「はい、もしもーし。久し振りぃ」

『うん、久し振り……っていうかクミ、聞いてよ聞いてよ』

「いや、あたし今、あんま時間ないから手短に」

『じゃ、短くね。今度ヨウちゃんと会うことになった』

一瞬、意味が呑み込めなかった。

でも、その言葉の意味するところは、一つしかあり得ない。

瑠香が、高校卒業以来行方不明になっていた森久ヨウと、十四年振りに会う――。

「え、うっそ……」

あたし、目黒でレコーディングの予定があるからすぐにでも出かけなきゃいけないのに、思わず、話を続けてしまった。

「なにそれ……どゆこと」

『あの、なんかね、私のお兄ちゃんがいつのまにか谷中にお店出してて、そこに偶然ヨウちゃんが来て、そっから話が繋がって繋がって、今度の火曜日にウチに遊びにくることになったの』

頭のいい瑠香にしては要領を得ない説明だったが、二人の再会には瑠香のお兄さんが絡んでいることと、瑠香が、とても興奮していることだけはよく分かった。

その電話はまもなく切って、でも翌日の昼にあたしからかけ直して、改めて詳しく話を聞いた。翌週の水曜日にも電話して、前日はどんな感じの再会になったのかも教えてもらった。

『うふふ……私、けっこうキューピッドかも』

リアルに『うふふ』って口に出して言うの、あたし初めて聞いたよ。

「しかし、なんかすげーな、その組み合わせ……ちなみに、瑠香の兄貴がヨウと結婚したら、瑠香、ヨウの義理の妹じゃん」

『そこね、若干釈然としないけど、それはそれで楽しみかな』

瑠香に連絡先教えてもらって、あたしもヨウに電話してみた。

「もしもし、ヨウ？　あたし、分かる？　クミ、佐藤久美子」

ヨウには前もって瑠香から連絡があったらしく、あたしからかかってきても、さして驚いたふうではなかった。

『……うん、久し振り』

「相変わらず暗いね、ヨウちゃんよぉ」

『うん、ごめん……あの、なんかさ……なんかね、クミには、いろいろ謝んなきゃいけないと、ずっと思ってて』

そうだろうけど。

「いいよ、そんなのもうどうでも。それよっかさ、十四年振りにセッションしない？　あの頃みたいに、ウチのスタジオでさ」

『でも……クミ、もうプロなんでしょ？』

そういうの、気にするんだ。

「関係ないじゃん。やろうよ、面白そうじゃん。実悠と翔子とはさ、まあ、年に一回か二回だけど、スタジオでちょっと遊んで、それから飲みにいくんだよ」

そこまで言っても、ヨウはまだ躊躇していた。

『私……あれから一回も、ギター触ってないし、今は、持ってもいない』

なるほど。そういえば、あのコンテスト会場からギター持ち帰ったの、あたしだったな。

「いいじゃん、瑠香の兄貴に借りれば。瑠香から聞いたけど、付き合ってんだろ？」

『なにそれ。どういう話になってんの……別に、付き合ってるわけじゃないよ』

「分かった、じゃあ瑠香の兄貴に弾いてもらえばいいじゃん。リペアマンが、全くギター弾けないってことはないっしょ」

『確かに。たぶん弾いたら、そこそこ上手いんだろうとは思うけど』

「よっしゃ、それいってみよう。二人の、初めての共同作業ってわけだ」

すると『馬鹿じゃないの』と、けっこう強めに言われた。

その口調が懐かし過ぎて、あたし、ちょっと泣きそうになった。

そうはいっても、あたしにだって仕事があるし、聞くところによるとヨウは無職らしいけど、瑠香は子供がいるから、旦那（だんな）かお母さんが預かってくれる日じゃないと出かけられない。翔子は、品川にあるウィンドウディスプレイの制作会社で営業、実悠は某有名大学の講師。二人とも普通に働いている。あと、瑠香の兄貴の都合だってある。もろもろ調整に調整を重ねて、ようやくみんなで集まれることになったのは、二ヶ月後の第一週の火曜日だった。

スタジオは夕方四時から、二時間押さえてある。本当は昔みたいにEスタジオを使いたかったんだけど、大人六人だとさすがに狭いので、今回はCスタジオにした。

最初に来たのは実悠だった。

「おー、クミぃ、お疲れぇ」

「へい、いらっしぇい」

実悠が担いできたのは、昔から使っている、あのプレシジョンベースだ。幸いにもネックはちゃんと修理できたので、多少価値は下がったものの、今もいい楽器であることに変わりはない。

それを、実悠が待ち合いスペースのソファに立て掛ける。

「ねえねえ、ヨウと瑠香のお兄さんが付き合ってるって、どういうこと？」

表情は意地悪が半分、野次馬根性が半分といったところだ。

「それさ、下手にイジると、またヨウがヘソ曲げる可能性、あると思うんだよね」

「ああ……ライヴハウスから衣装のまま帰っちゃう、みたいな」

「そうそう。楽器も置いて帰っちゃう、みたいな」

「カバンも置いてったのに、どうやって家まで帰ったんだろうね、みたいな」

もう、十四年前の出来事を冗談として話せる程度には、あたしたちも大人になった。

「だから……そういうふうに、あたしらのノリで茶化すのは、マズいと思うんよ。なんせ相手は、あの森久ヨウだから」

そこまで話したら、翔子が入ってきた。

「あー、クミ、実悠、お疲れェ……あれ、瑠香とかヨウは、まだ？」

翔子も、実悠と同じところにギターを立て掛ける。今日持ってきたのは、あの頃使っていたエピフォン・カジノではなく、最近になって中古で買った、ギブソンのレスポール・スペシャルの方だろう。

「うん、まだ」

「じゃあ、来る前に聞かせてよ。ヨウが瑠香のお兄さんと付き合ってるって、なんなの。どういうアレなの」

「いや、だからね、今それを、実悠とも話してて……」

そこであたしは次の足音に気づいたので、手をかざして「シャラップ」と示した。

上半身を右に傾けると、最初に見えたのは、階段を下りてくる白いパンプスと、ベージュのスカートの裾だった。向こうも、低く覗き込むように首を傾げている。

「……あー、クミぃ、実悠、翔子ぉ」

ここしばらく、出産と子育てで忙しかった瑠香とは、電話かメールでの連絡だけになっていた。四人で会うのは本当に久し振りだ。

その後ろに続いて入ってきたのは、

「……どうも」

目尻の垂れた、いかにも優しそうな雰囲気の男性だった。痩せ型なのでスラッとして見えるが、背はそんなに高い方ではない。百七十五センチ、あるかないかだろう。肩にはちゃんとギグバッグを担いでいる。

こっちは三人揃ってご挨拶だ。

「どうもォ、初めましてェ」

ちょっと、興味津々な感じ出し過ぎちゃったかな。お兄さん、若干顔、引き攣ってるわ。

あれ。もう一人、来ないじゃないの。

瑠香もそう思ったのだろう。出入り口を振り返る。

「……ヨウちゃん、入ってきな」

言いながら手招きをすると、ようやく、足が見えてきた。

赤い、ローカットのコンバース・オールスター。細い足首、タイトなデニムの裾。真っ直ぐな、綺麗な形の脚。あえて白シャツの裾をインしてるのは、ウエストが細いのをアピールするためと思ってよろしいか。

なんとなく、あたしと翔子、実悠の三人も、出入り口付近まで出ていった。

あと一歩のところまで、ヨウは来ている。

スタジオ・グリーンの「敷居」を、じっと見下ろしている。

やがて、赤のコンバースが、低くすべり込んでくる。

ヨウが、スタジオ・グリーンの「敷居」を、十四年振りに跨いだ瞬間だった。

「ヨウちゃん」

「ヨウ」

四人で、ワッと寄り集まった。

抱き合って、一つになった。

懐かしい体温だった。

「みんな……」

「ヨウ、お帰り」

「ヨウちゃん、んもぉ、会いたかったよォ」

みんなに揉みくちゃにされ、泣き顔になったヨウは、それでも三人、それぞれの顔を確かめるように見てから、頷いた。

「みんな……ごめん。あと……ただいま」

なんかもう、アレね。これだけで、もう言うことないね。

セッションは、ヨウの代わりに瑠香のお兄さん、滉一さんがギターを弾いてくれたので、思いのほか完成度の高いものになった。ちなみに、あの青いギターはちゃんとスタジオの倉庫に保管してあったので、きちんと調整した上で、ヨウに「弾いてみなよ」と勧めてみた。しかし、ヨウは「やだ」と短く即答し、以後は見向きもしてくれなかった。非常に残念ではあるが、ま、致し方ないかな。

一方、滉一さんが持参したギターは赤。形はストラトだけど大きく薔薇の彫刻が施されている、やけにゴージャスな一本だった。

「珍しいっすね、そのギター」

滉一さんは、かなりの照れ屋さんなのだろう。「いやいや」と頭を搔きながら、それでもちゃんと説明はしてくれた。

「これは、ウチの店の看板代わり、みたいな……まあ、飾り物なんですけど、沢口さんが、わりと気に入ってくれてて……今日も、これにしようって言うんで……そんな、音は特別よくないんですけど、まあ、使えないことはないんで……ええ、これにしました」

滉一さん、ヨウのことを「沢口さん」って呼ぶんだ、とは思ったけど、あえて触れずにおいた。

実悠も翔子も、薔薇ギターには驚いていた。

「うん、すっごい綺麗」

「なんか、チョコレートみたい」

翔子が言いたかったのは、わりと高級なチョコレートの包み紙のことなんだろうけど、あまりいい喩えとは思えなかったので、それにも、あえて触れずにおく。

ヨウはそんなやり取りを、ちょっと離れたところでニヤニヤしながら見ている。もちろん、隣には瑠香がいる。何か喋ってるけど、内容はこっちまでは聞こえてこない。

あたしはスティックを鳴らした。

「はいはい、じゃせっかく、滉一さんも練習してきてくれたんで、もう一曲の方も演りましょう……滉一さん、いいですか」

「はい、オッケーです」

あたしはシンバルを避けて、正面を覗く。

「ヨウも、OK?」

「うん、オッケー」

指で輪っかなんか作って。あんた十四年経って、むしろ、ちょっと可愛くなったんじゃないの。

「じゃ、あたしからいくよ……ワッ、トゥッ……」

ギターとドラムに続いて、ベース、さらに翔子のギターも入って、ようやくヨウが唄い出す。
《わたしの、祈りが……誰かに、届いたとして》
いいじゃん、ヨウの歌。いま聴いても、やっぱいい声してると思うよ。
《その誰かは、何か捨ててくれるだろうか……世界は愛では、救えない》
そりゃ、さすがにあの頃のような切れ味はないけど、でも、昔よりも丁寧に唄えてて、これはこれで魅力的だと思う。
《平和を、叫んだ……男は、目を閉じていた》
むしろ、あたしは今の方が好きかもしれない。
《女は目を開け、両手を広げた……世界は愛では、救えない》
うん、もっといろんな曲を唄わせてみたいな。バラードとかも聴いてみたい。
《誰かが求めれば、誰もが求めるだろう……憂う言葉は、届かないだろう》
あたしと同い年なんだから、三十二歳だろ。見た目だって全然若いし、いいんじゃないかな。
《綺麗事を並べて、夢を見ていればいい……世界は愛では、救われない》
今からのデビューだって、あり得なくはないんじゃないかな。
今週末、仕事で慎ちゃんに会うから、相談してみっか。
案外、簡単に乗ってくるんじゃないかな。

ル・カス・ギ
ルーカ

解説

タカザワケンジ

あなたの〝あの夏〟はいつだろう。

人生にそう何度も訪れることのない特別な夏、それを〝あの夏〟と呼ぼう。あなたがまだ若く、そんな夏をまだ経験していなかったとしても、これからきっと訪れる。この物語のような忘れられない夏が。

『あの夏、二人のルカ』には三人の語り手が登場する。一人目は、離婚して名古屋から日暮里へと帰ってきた「私」。三十二歳の女性だ。亡くなった母が住んでいた谷中の部屋へ向かう道すがら、「ルーカス・ギタークラフト」という看板に目を留める。楽器の修理工房がなぜこんなところに？

二人目はクミ。女子校に通う高校二年生だ。夏休み明けの教室でギターケースを目にした彼女は、その持ち主を待ちかまえ、バンドを結成するきっかけをつかむ。彼女は五歳の頃からドラムを叩いていて、バンドをやりたくてうずうずしていたのだ。

三人目は乾滉一（いぬいこういち）。三十代後半独身だ。「ルーカス・ギタークラフト」の店主である。プロのミュージシャンをめざしていたが、限界を感じてリペアマンに転じた。ご近所からの日用品の修理依頼を受け付けてしまうお人好しでもある。そんな彼の前に「季節外れの雪女みたいな」女性が現れる。

一人目の「私」と三人目の「俺」こと滉一の世界は同じ時間、同じ場所に設定されている。つまり「私」が真夏に現れた「雪女みたいな」女性なのである。しかし、二人目のクミの世界はどうだろう。読者はまずこの二つの世界がどのように関係してくるかを考えながら、夏から始まった二つの物語を読み進めることになる。

「私」は少し世間とズレたところがある人物だ。いまは無職ということもあり、世捨て人のようでもある。滉一は職人らしいこだわりがある一方で、人の話をちゃんと聞くし、デリカシーもある。だからこそ「私」に接近できるのだが、かといって恋愛関係に進むわけでもない。しかも二人の過去には何か接点がありそうなのだ。

高校生のクミは「私」とは対照的に元気いっぱいだ。父親がレンタルスタジオを経営しているので、大人たちに囲まれて音楽漬けの毎日を送っている。夢はプロのドラマーになること。バンド結成もそのための手段だ。実にわかりやすい。

二つの世界の進み方は語り口も、時間の流れも違う。「私」と滉一の時間はひと夏をゆっくりと流れていくが、クミの日々は矢のように過ぎていく。そのスピードの変化が心地いい。転調する楽曲のようでもあり、一枚のアルバムのなかでバラードと激しいビートの曲が並んでいるようでもある。

高校三年になったクミの前に、真嶋瑠香（まじまるか）という同級生が現れる。楽器はできないけれど、ロックやバンドが大好きだから手伝いたい。仲間に入れて欲しいという。「二人のルカ」のうち、一人はどうやら彼女のようだ。

瑠香は積極的にバンドを手伝い、森久ヨウというボーカル候補まで連れてくる。ヨウの登場で、クミのバンドは大きく変わることになる。クミの印象はこうだ。

「ヨウはまるで、敵を威嚇するような目つきで唄う。髪を振り乱し、闘志を剝き出しにし、かと思うと、冷徹に銃弾を撃ち込む、スナイパーの目で睨みつける。」

ヨウが誰に教わることもなくつくった曲を聴いて、さらにクミは圧倒される。

「ヨウの表現しようとしている世界観、その一端を垣間見ただけで、あたしの脳味噌はブッ飛ばされていた。」

こうして彼女たちの〝あの夏〟──高校三年の夏が始まるのだ。

まだ読んでいない方は、ここまで読んで、ああ、この小説は高校生たちがバンドを組んで成功するサクセスストーリーなのね、と思われるかもしれない。あるいは栄光と挫折の物語なのかな、と。たしかにその要素もある。しかし、この小説の舞台になっているもう一つの〝夏〟、「私」と滉一の出会いが、彼女たちの物語に新たな視点を付け加え、世界を広げるところにこの作品の真価がある。

その真価について書く前に、作者の誉田哲也について少し。姫川玲子シリーズや『ジウ』シリーズ、『ドルチェ』などの警察小説、『武士道シックスティーン』から始まる〝武士道〟四部作などの青春小説ほか多数のヒット作があるが、異彩を放つのが音楽小説である。作家になる前にはプロのミュージシャンをめざしていたというだけあり、楽器や演奏についての描写が細かく書き込まれ、リアリティがハンパない。しかも書き手がその描写を楽しんでいることが伝わってくるのだ。

ほかにも誉田の音楽小説には特徴がある。必ず天才が登場することだ。『疾風ガール』『ガール・ミーツ・ガール』の柏木夏美、『レイジ』の三田村礼二がそうだ。どちらの作品も、彼女、彼がどのように才能を開花させ、プロとして成功するか（あるいは失敗するか）が物語の推進力になっている。誉田がミュージシャン時代に書いた歌詞から生まれたという寓話的な短篇「最後の街」（『あなたの本』に収録）も、やはり成功したミュージシャンが主人公である。これらの作品からは、天才ミュージシャンは音楽を人に聴かせて初めて存在価値がある。てっぺんをめざして当然。そんな誉田の哲学がうかがえる。

しかし『あの夏、二人のルカ』に登場する天才は少し違う。ヨウは音楽的才能に恵まれているが、自分の才能を生かそうという気持ちがまるでない。プロになりたい、大勢の人に自分の曲を聴かせたいと思っていないのだ。ヨウは自分の才能を認めてくれた音楽プロデューサーにこう言い放つ。

「私は、このバンドが、このバンドのメンバーが、好きなんで。このバンド以外で、唄うつもりはありません」

傲慢にも聞こえる言葉だが、ヨウは言葉通り、このメンバーで唄いたいだけ。プロという枠組みも、お金も承認欲求も必要ない。それほどヨウにとって、初めて組んだバンドで音楽に熱中した〝あの夏〟は特別だったのである。それは同時に「大人に支配されるのが、嫌だってこと」でもある。

大人なんて嫌いだ——十代の頃に、そう思ったことがある人は多いはずだ。とくにロックという反抗の象徴のような音楽にハマった人にとって、既存の大人は嫌悪すべき存在、唾棄すべき社会の代弁者である。

しかし、当然のことだが人はいつかは大人になる。そこで、「私」と滉一のパートがぜん存在感を発揮してくる。三十代の二人はもう大人だ。しかし、どこかに十代の頃の面影を残している。彼らは大人だろうか、子供だろうか。そもそも大人とはどんな存在なのだろうか。私たちも、登場人物たちとともに、「大人って何だろう?」という問いへの答えを探し始めるのだ。

大人なんて嫌いだと、かつて思っていたあなた。いままさにそう感じているあなた。〝あの夏〟は、十代でしか経験できない特別な夏はたしかに存在する。しかし、大人になったら、また別の特別な夏がやってくるかもしれない。

『あの夏、二人のルカ』の真価はここにある。〝あの夏〟は遠い昔の郷愁ではない。子供には子供の、大人には大人の〝あの夏〟がある。そこに仲間たちがいる限り。

本書は、二〇一八年四月に小社より刊行された単行本を加筆修正のうえ、文庫化したものです。

本文イラスト／浦上和久

あの夏(なつ)、二人(ふたり)のルカ

誉田哲也(ほんだてつや)

令和3年 4月25日　初版発行

発行者●堀内大示

発行●株式会社KADOKAWA
〒102-8177　東京都千代田区富士見2-13-3
電話　0570-002-301（ナビダイヤル）

角川文庫 22637

印刷所●株式会社暁印刷
製本所●株式会社ビルディング・ブックセンター

表紙画●和田三造

●お問い合わせ
https://www.kadokawa.co.jp/（「お問い合わせ」へお進みください）
※内容によっては、お答えできない場合があります。
※サポートは日本国内のみとさせていただきます。
※Japanese text only

ISBN 978-4-04-111242-7　C0193

◇◇◇